Abgelehnt

Eine Familie sucht ihr Glück in Amerika

Inhalt

Prolog

Am Dogde Pick-up-Truck waren alle Fenster offen. Der Golf von Mexiko glänzte allgegenwärtig in mondänem Türkis. Überall auf dem Highway hatte man den grandiosen Wasserblick, es roch nach warmer, etwas fischiger, salzhaltiger Meeresluft, und sehr intensiv bis unangenehm nach dem *red tide*, einer roten, mit Bakterien versetzten Alge, die sich im Sommer, besonders am *Intercoastal*, da wo sich Salz und Süßwasser treffen, vermehrt. Dieser so vertraute Geruch, der mich an viele Spaziergänge mit meinen Hunden erinnerte, stimmte mich unsagbar traurig. In meinem CD-Player lief laut der Song „How deep is your love?" von den Bee Gees. Ja, wie tief ist meine Liebe zu diesem Land nur geworden? Die Liebe zu Amerika, dieser grandiosen Natur hier, den stolzen, liebenswerten und freundlichen Menschen, der Größe des Landes, den vielen Möglichkeiten im Business, und natürlich der Wärme hier im Süden in Texas.
Jetzt fühlte ich einen intensiven Schmerz. Dieser Schmerz, der sich wie brutale Messerstiche anfühlte, direkt ins Herz hinein, wohnte schon seit Wochen in mir, und kam und ging in Wellen. Seit ein paar Tagen weinte ich schon, wenn ein Nachbar mir freudig zurief und mir klar wurde, dass ich ihn bald nicht mehr sehen würde. Meine Tage hier in meinem geliebten Corpus Christi waren gezählt.
Wir müssen unser geliebtes Land verlassen.
Wie um alles in der Welt sollte ich nach diesen Jahren in Amerika nun wieder nach Deutschland zurück?

Nicht, dass ich Deutschland hasste, aber mein Leben war hier in den USA viel intensiver, interessanter, einfach schöner. Der Himmel war immer blau, wir waren erfolgreich, hatten ein wunderschönes Haus und eine hohe Lebensqualität. Jeden Sonntag fuhren wir nach der Kirche an den Strand, legten uns auf Handtüchern auf die Ladefläche des Pick-up-Trucks und genossen das Leben.

Abends gingen wir mit Freunden essen, tranken zum Abschluss noch gemeinsam einen kühlen Wein auf unserer Holzterrasse, dabei zirpten die Grillen laut. Mein Herz war hier, ich gehörte hierher, nun wurde mir verboten, hier zu leben, das war alles so unreal. Niemand konnte mir helfen, es gab keinen Trost.

Wie so oft in meinem Leben stand ich mit meinem Schmerz allein da. Es gibt nie ein Rettungsnetz, in das ich fallen kann. Ich hatte und habe seit jeher die Aufgabe, in meiner Familie stark zu sein, andere zu trösten. Der einzige Trost für mich war und ist mein unerbittlicher christlicher Glaube. Dieser Glaube baut mich auch in schlimmsten Situationen immer wieder auf.

Laurenz, unser Sohn, jammerte neben mir „Mama, wie oft müssen wir noch zum *storage*? Diese Hitze ist unerträglich." Ja, der verdammte *storage*, eine Art Garage zum Mieten. Einen Teil der Möbel und die Buchhaltung unserer Firma mussten hier untergebracht werden, außerdem noch die ganzen Werkzeuge unserer Renovierungsfirma. Mein Mann Manfred war bereits in Deutschland, um für uns eine Wohnung zu finden. Das Ertragen von Hitze war und ist mir nie schwer gefallen. Nur Kälte, die mag ich gar nicht. Aber die körperliche Arbeit, wie Möbel wuchten, Kisten schleppen, und das bei 38 Grad Hitze, machte dann doch keinen Spaß. Nachmittags gingen die Kinder mit mir zu den nahegelegenen Luxusappartementanlagen mit schönem Pool. Da wir Freunde aus der Anlage kannten, durften wir uns dort gerne abkühlen. Die Atmosphäre am Pool war immer sehr entspannt, es lief ein CD-Player mit heißer Rockmusik. Es wurde gegrillt, Bier getrunken und sehr nett geplaudert. Wir waren als Ausländer gekommen und wurden hier so wie an jeder anderen Stelle der USA als Freunde willkommen geheißen und interessiert und freundlich behandelt.

Meine Tochter Sarah flirtete heftig mit einem muskelbepackten Schönling. Ich sah das nicht so gerne. In Amerika nehmen viele Jugendliche Drogen, meist Kokain. Man konnte nie zuordnen, aus welchem Haus so ein junger Mann kam. Wir fuhren erschöpft nach Hause. Unser Haus war groß und geräumig, die Pecanholzböden glänzten, fast alle Möbel waren schon verkauft oder im Store. Die Klimaanlage blies kalte Luft in die Räume, das war immer ein prickelndes, schönes Gefühl.

Erstes Kapitel

Abschied

Es war schneidend kalt, unsere beiden Kinder, Laurenz, 6 Jahre, und Sarah, 9 Jahre, saßen angeschnallt im gemieteten Mercedesbus. Ich blickte zurück zu unserem Haus. Dieses riesige Haus hatte uns an den Rand unserer Kräfte gebracht, aber am Ende war die Arbeit diesen Preis wert. Am 20. Dezember 2000 hatte Manfred, mein Mann, mir zum Geburtstag ein ehemaliges Hotel mit 30 Zimmern geschenkt. Das Haus war zu diesem Zeitpunkt vollkommen sanierungs- bedürftig. Die letzten Jahre war es zudem als Asylbewerberheim genutzt worden. Über 200 Menschen hatten in dieser Alleinlage mitten im Wald mehr gehaust als gewohnt. Die Einwohner des naheliegenden Dorfes berichteten mir, dass jeden Tag die Polizei kam. Es ging meist um Autodiebstähle, Drogenhandel und Benzinklau.

Dem Haus war, als Manfred es für einen Schnäppchen- preis kaufte, zwar eine gewisse Größe und Schönheit anzusehen, aber es steckte hauptsächlich ein riesiges Stück Arbeit darin. Manfred sah nichts anderes als ein wunderschön saniertes Landgut mit mehreren Hektar Wald. Unsere Immobilienfirma lief sehr gut, wir konnten uns zu dieser Zeit vor Aufträgen kaum retten. Da wir öfter davon träumten, einmal einen großen Landsitz in Alleinlage zu besitzen, hatte sich jetzt unser Traum erfüllt. Sarah ging in den Kindergarten, Laurenz besuchte dreimal wöchentlich den *Babyclub*. Die Sanierungsarbeiten an dem Haus zogen sich trotz einer großen Mannschaft von etwa fünf Mann hin, ständig wurden Feuchtigkeitsmängel entdeckt oder es mussten die komplette Elektrik und sämtliche Rohre erneuert werden, auch die Heizungsanlage war desolat. Bei vielen Räumen wurden Durchbrüche nötig, da wir besonders große Zimmer wollten. Die Kinder bekamen ein eigenes Stockwerk, mit großem Spielzimmer neben ihren eigentlichen Zimmern und einem lustig und bunt gestalteten Kinderbad. Alle Wohnräume waren großzügig, hell und freundlich, allein unser Bad war so groß wie ein großes Kinderzimmer, gestaltet mit Marmorfliesen. Trotz all dieser Belastungen blieb Manfred erstaunlich gelassen und fröhlich. Ja, ich kann sagen, wir saßen zu dieser Zeit mit unseren Hintern in Butter.

2002 und 2003 wurde aufgrund neuer Gesetze in der Immobilienbranche der Verkauf von Immobilien plötzlich erheblich erschwert, Die SPD setzte durch, dass Häuser erst nach zehn Jahren steuerfrei verkauft werden durften, wenn man sie nicht selbst bewohnt hatte. Das brachte den sonst so boomenden Markt fast zum Erliegen. Das war jedoch noch nicht das Schlimmste. Es stand eine große Steuerprüfung an. Da Manfred immer sehr sparsam eingestellt war, haben wir keine Unmengen neu investiert, sondern unsere Erträge gespart. Den einzigen Luxus, den wir uns leisteten, waren Nobelkarossen. Als Manfred sich einen Sportwagen kaufte, wurde das Finanzamt aufmerksam und kündigte eine Steuerprüfung an. Die Aufregung für meinen Mann war grenzenlos, denn man behandelte uns wie Schwerkriminelle. Dass wir bereits ein Vermögen an Steuergeldern bezahlt hatten, kümmerte niemanden.
Der Steuerprüfer war ein anstrengendes Individuum. Er konnte trotz tagelanger Suche nicht viel finden, was wir falsch gemacht haben könnten. Ein paar läppische Rechnungen waren falsch gebucht und wir mussten eine

kleine Summe nachzahlen. Der Steuerprüfer hätte liebend gerne mehr gefunden. Ich habe diesen Mann als einen kleinen Sadisten empfunden, ständig lächelte er vielversprechend und ließ uns spüren, dass er schon etwas finden würde. Etwa zur gleichen Zeit, als die anstrengende Steuerprüfung gerade ihren Höhenpunkt erreichte, trat ein Käufer einer Privat-Immobilie nach Abschluss des Notarvertrages zurück, ohne einen triftigen Grund anzugeben. Später stellte sich heraus, dass der Käufer erzürnt war, dass er den Hausschlüssel nicht vor der Kaufpreiszahlung bekommen hatte, er wollte schon gleich renovieren, da er auf Weltreise gehen wollte. Als wir aber hart geblieben waren und darauf bestanden hatten, dass er erst renovieren könne, wenn das Geld geflossen sei, trat er trotzig zurück. Als Vorwand behauptete er dann in seinem Anwaltsschreiben, dass der Holzbock im Gebälk sei. Eine freche Lüge. Wütend nahmen wir uns dann auch gleich einen Anwalt. Dieser war der Bruder eines lieben Bekannten. Er empfahl uns eine sofortige Klage und versicherte, dass die Gegenseite nicht die geringste Chance hätte. Wir vertrauten ihm. Großer, großer Fehler, was waren wir doch so naiv!?
Die Geschichte ging für uns nicht so gut aus, wir einigten uns auf einen Vergleich, da eine langwierige Klage uns zu viel Zeit gekostet hätte, leider mussten wir anteilig die immensen Gerichts- und Anwaltskosten mitbezahlen. Wir hatten nichts falsch gemacht und wurden auch noch durch hohe Kosten bestraft. Wir konnten die Immobilie zum Glück noch einmal neu verkaufen und sind bis heute mit den neuen Eigentümern befreundet, der Holzbock hatte sich bei ihnen nie vorgestellt. Das süffisante Grinsen unseres Anwaltes sehe ich heute noch vor mir, er hatte an uns sehr gut verdient. Wer glaubt, der Bruder eines Bekannten, den man ehrt und gerne hat, sei genauso nett, könnte auf einen Halsabschneider hereinfallen. Dies alles liest sich vielleicht

sehr leicht aber für uns war ein Tief erreicht. Wir wollten Deutschland verlassen, und zwar jeden Tag ein bisschen mehr. Der Wind war zu scharf geworden, das zwischenmenschliche Klima zu kalt. Wir hatten zu dieser Zeit das Gefühl, ständig gegen den Strom zu schwimmen. Wir wollten träumen von einer besseren Welt, von ein paar rosaroten Wolken. Amerika manifestierte sich in unseren Gehirnen, nahm einen festen Platz in unseren Gedanken ein. Ja, dort würde alles besser. In schlechten Lebensabschnitten, in kritischen Phasen suchte ich mir, oder besser, wünschte ich mir eine andere Welt, eine heile Welt. Manfreds Eltern lebten seit vielen Jahren in Kanada und wurden dort sehr glücklich, allerdings mussten sie dort nie arbeiten. Wir könnten natürlich noch nicht in Rente gehen, wir müssten auch in Amerika noch einmal Karriere machen, das war uns klar.

Manfred recherchierte wochenlang über die Wirtschaftslage in Florida, unser Wunschgebiet in Amerika. Wir kannten den Südwesten Floridas schon recht gut. Laurenz hatte als Baby durch seine frühe Geburt oft Lungenprobleme gehabt, der Arzt riet uns damals, eine Weile in ein milderes Klima zu ziehen. Manfred kannte einen Architekten, der uns sein Haus in Florida in den Wintermonaten für eine verhältnismäßige geringe Miete anbot. Wir lebten dort ein halbes Jahr in Cape Coral, einem Gebiet nahe Fort Myers, das an der Westküste liegt und in dem sich viele Deutsche angesiedelt hatten. Wirtschaftlich hieß das aber, dass wir in dieser Zeit kein Geld verdienen konnten, da wir nur ein Besuchervisum erhielten. Allerdings hatten wir immer sehr hart gearbeitet und ganz gut verdient und Manfred war und ist ein Sparbrötchen (Gott sei Dank). Das warme Klima hat Laurenz sehr geholfen. Er gewann an Stabilität und gedieh prächtig und bekam nie wieder Lungenprobleme.

2003 herrschte in den USA gerade ein wahnsinniger

Boom in der Immobilienbranche. Die Leute kauften in Florida Grundstücke, bauten Häuser und machten satte Gewinne beim Wiederverkauf. Manfred kam jeden Tag mehr ins Schwitzen. Er witterte wie ein Goldgräber in Alaska seine Chance, unsere Chance, wir konnten einen Neuanfang schaffen.

Die ganze Idee war auf gewisser Ebene sehr erregend und aufwühlend, und ein wenig beängstigend.
Aber wenn Manfred sich etwas aus Überzeugung in den Kopf setzte, dann war alles schon beschlossen. Mich brauchte er nicht zu überzeugen, da ich ein großer Amerikafan bin. Ich hatte nur wahnsinnige Angst um unsere Kinder. Würden sie glücklich mit unseren Wünschen? Ich war mir da nicht so sicher.

Um die Visa vorzubereiten, musste Manfred nach Florida reisen, den Markt kontrollieren und tätig werden. Das bedeutete, er musste Grundstücke kaufen, auf denen wir dann bauen würden.

Außerdem musste er eine Firma, gründen und ein Büro eröffnen. Ich konnte an diesem spannenden Unter-fangen nicht mitwirken, da ich mich um unsere Kinder kümmerte.

Am 5. November 2003 brachte ich Manfred gut gelaunt zum Frankfurter Flughafen. Er flog nach Fort Myers, Florida. Mit dem Mietwagen ging es nach Venice, direkt in ein Maklerbüro, dort war Manfred mit Kathy, einer Maklerin verabredet. Manfred hatte Kathy im Internet für Makleranzeigen in Grundstücksverkäufen kennen gelernt. Die beiden hatten sich schon rege unterhalten, welche Grundstücke interessant seien. Zu der Zeit hatte ich vorsichtshalber mal gecheckt, wie Kathy denn so aussieht. Sie hatte ein sehr nettes Gesicht, war super schlank und passte nicht in Manfreds Beuteschema.

Manfred liebt es eher üppig. Klingt jetzt albern, aber ich wollte kein ungutes Gefühl dabei haben, wenn Manfred im schönen Florida den ganzen Tag mit einer Sexbombe verbringt.

Bis jetzt war er immer gerne zu Hause und treusorgend, so sollte es auch bleiben. Hihi.

Kathy ging mit Manfred erst einmal in ein nahegelegenes Hotel, wo er kurz eincheckte und seine Koffer abstellen konnte. Er verlor keine Minute und ließ sich sofort Grundstücke in einem Neubaugebiet zeigen.

Als er mich in Deutschland anrief, schrie er fast ins Telefon, wie phantastisch der Markt sei, wie toll das Wetter, und wie er sich freute, das alles bald mit mir zu teilen. Mein Herz pochte wild, denn ich wusste, unser Schicksal war besiegelt. Es geht nach Amerika.

Nun folgte der schwierigste Part. Wir mussten bei der amerikanischen Botschaft in Frankfurt Visa beantragen. Die meisten Auswanderer nehmen sich dafür einen Anwalt. Sicherlich ist das der einfachste Weg, aber auch der teuerste. Etwa 4000.- bis 5000.- Euro, zu dieser Zeit. Für Manfred ein absolutes No-Go. Er vertraute keinem Anwalt und er hasste es, unnötig Geld auszugeben, bei dem er nicht eine hundertprozentige Sicherheit hatte, dass damit alles klappen würde. Das bedeutete für uns, einen strammen Plan zu erstellen und die Autorisierten davon zu überzeugen.

Dann war der große Tag gekommen, es ging am 6. Januar 2004 in die amerikanische Botschaft nach Frankfurt.

Der Wartesaal der Botschaft war überladen mit Menschen aus aller Herren Länder. Verschiedene Kulturkreise prallten aufeinander, die Luft war stickig, es roch nach Schweiß, so ein Schweiß, den man produziert, wenn man Angst hat, wenn es um alles geht.

13

Alle diese Menschen wollten aus den verschiedensten Gründen ins gelobte Land, dorthin, wo „Milch und Honig" fließen.

„Feige", rief eine Stimme nach zwei Stunden Wartezeit, ich glaubte, mein Herz sprang aus der Halsschlagader. Mit unseren Akten liefen wir an eine Art Fenster. Eine freundliche Frau mit feuerroten Haaren, etwa um die 50 Jahre alt, fragte uns auf Deutsch, was wir investiert hätten für ein 5-Jahres-Investorenvisum. Manfred stellte ihr sein neues Büro vor, das er samt Sekretärin gemietet hatte, in Venice, Florida, außerdem ein Firmenkonzept über 160 Seiten. Dann zeigte er der Dame seine Umsatzzahlen der letzten fünf Jahre. Die Rothaarige interessierte sich nicht so sehr für unsere guten Umsatzzahlen und das Firmenkonzept, vielmehr wollte sie unsere Investitionen sehen. Da wir unser Risiko so niedrig wie möglich halten wollten, hatten wir nicht so viel Geld im Voraus investiert. Zuviel zu investieren, könnte ein großer Fehler sein, den viele Auswanderer machen, um schnell ein Visum zu erhalten. Später bedeuten solche hohen Investitionen oft den Genickbruch und ein schnelles Aus. Einige Investoren kaufen marode Firmen, z. B. Poolservice, mit altem ausgedienten Auto, einem nicht mehr ganz taufrischen Absauger und desolaten weiteren Maschinen, oder heruntergekommene Restaurants, die kernsaniert werden müssen, für Hunderttausende Euro und das Ganze war oft nicht einmal die Hälfte wert. Natürlich gibt es Investoren, die viel investieren und alles richtig machen. Doch wir hatten persönlich einige Menschen kennen gelernt, die ihr gesamtes Vermögen eingebracht und verloren hatten.

„Sie müssen ein halbes Jahr nach Amerika, mit einem Besuchervisum, dann können Sie Ihre Investitionen erweitern, kaufen und nochmals kaufen, den Beweis hier abliefern, dann kriegen Sie Ihre Visa", sagte die Dame am Fenster lächelnd.

Verdammter Mist, dachte ich mir, nicht mit uns. Ich redete auf sie ein, wie erfolgreich wir die letzten Jahre waren und dass erfolgreiche Menschen eben überall Erfolg haben. Sie blickte mich voller Mitgefühl an. Manfred sagte, er habe schon ein Grundstück gekauft und werde sicherlich die nächsten Wochen fünf weitere Grundstücke kaufen, um zu bauen. Sie wurde hellhörig und fragte nach den Unterlagen für das Grundstück. Manfred reichte ihr die Papiere durch das Fenster. Diesmal schaute sie genau auf den amerikanischen Kaufvertrag. „Das ist gut", waren ihre kurzen Worte. „Sie haben drei Monate Zeit, ihre Auswanderung zu planen, sonst verfällt das Visum". Was, halt stopp, das war es, wir hatten es geschafft?! Wir hatten für das Grundstück gerade einmal fünftausendfünfhundert Dollar bezahlt, die üblichen Grundstückpreise für etwa zweitausend Quadratmeter Land in Florida. Wir reichten einer Sekretärin unsere neuen Pässe und ließen gleich Bilder machen, für die Kinder hatten wir extra schon amerikanische Bilder in einem Atelier anfertigen lassen. Die Visa wurden dann gefertigt und in unsere Pässe integriert. In zwei Wochen sollten uns die Pässe zugeschickt werden. Wir hatten es geschafft, unsere Zukunft war besiegelt. Mein Stolz war unbeschreiblich…

Ich musste unser Haus in Alleinlage schnellstens verkaufen und wir mussten in Florida ein Haus zur Miete finden. Wow, die Aufgaben waren für mich eine Herausforderung. Ich glaube, zu dieser Zeit war mein Adrenalinspiegel nie normal, sondern immer auf höchster Alarmstufe Ein Zustand, der mich in unserem Leben oft begleitete.

Überraschend schnell fand sich für unseren Hausverkauf

ein charmanter Architekt, der schon sehr lange nach einer solchen Lage mitten im Wald suchte. Ich musste dafür sehr hart arbeiten, den Garten und alle Räumlichkeiten perfekt anbieten, das hieß putzen und nochmals putzen, der Architekt wollte ca. 10-mal schauen, messen, kalkulieren, bis er sich für unser Haus entschied. Manfred war kaum mehr ansprechbar. Ihn hatten alle Grundstücke und endlose Gespräche mit der Maklerin Kathy in Florida beschäftigt.

Dann war er da, der Tag, der 3. März 2004. Im gemieteten Mercedesbus fuhren wir auf dem Waldweg auf vereistem Boden Richtung Frankfurter Flughafen. Ich hatte keine Angst, nicht die geringste. Es war nur Freude da, Freude auf ein tolles Abenteuer und ein neues Leben. „Toll, dass wir uns das trauen, ich bin so stolz", dachte ich.

Kapitel 2

Ein neuer Anfang in Florida, Englewood

Wir hatten in Englewood, Florida, einer kleinen Gemeinde in der Nähe der Stadt Venice, für drei Wochen ein Ferienhaus gemietet. So lange hatten wir Zeit, eine feste Bleibe zu finden. Das Ferienhaus war für uns Luxus pur, 5 Schlafzimmer, 3 Bäder und ein riesiger Pool. In Amerika sind die Wohnlage und die dazugehörigen Schulen extrem wichtig. In schlechteren Wohnvierteln sind die Schulen zwar nicht zwingend schlechter ausgestattet, aber in den Klassen prägen soziale Probleme das Gesamtgefüge, mehr Diebstähle, Bandenbildung, Drogenmissbrauch, Armut und Hoffnungslosigkeit werden beobachtet. In Deutschland sind solche krassen Unterschiede zwischen den sozialen Schichten seltener, wobei auch hier die Schere der sozialen Herkunft leider immer weiter auseinandergeht. Nur haben wir in Deutschland ein Rettungsnetz für arme Familien. Bedürftige erhalten Wohnungen, die komplett bezahlt werden, dann noch Geld zum Leben, das zwar nicht viel ist, aber im Vergleich zu Amerika den Familien gut aushilft. In Amerika bekommen arme Familien meistens lediglich *foodstamps* (Essensmarken) ausgehändigt. Das sind umgerechnet etwa 23 Euro pro Woche. Nur wenige erhalten *welfare* (Sozialhilfe). Man kann schon erahnen, dass hier jeder meistens selbst für sich verantwortlich ist.

Jetzt galt es für uns auf die Suche nach einem Haus zu gehen.

17

Aber erst einmal hieß es, sich ein wenig einzuleben und die Gegend auszukundschaften. Ich konnte nicht glauben. wie schön die Stadt Englewood ist. Das aufregendste waren jedoch die Strände und die Natur. Englewood verfügt über Strände, die schöner nicht sein können. Schneeweißer, pudriger Sand, der lang und flach ins Meer zieht. Das Meer war glasklar, man konnte winzige Fische, Muscheln und kleine weiße Steine erkennen. Wir ließen uns in dieser einzigartigen Schönheit treiben. Hin und wieder sahen wir zu unserer großen Freude ein träges Manatee vorbeischwimmen. Manatees stehen unter Naturschutz und sind eine Art Seekuh. Sie können eine beachtliche Größe erreichen und verzücken sämtliche Besucher, wenn sie gesichtet werden.

Am Strand laufen Tiere herum, die man sonst nur im Zoo sieht, z. B. Pelikane, die meistens auf Pfählen sitzen, mit ihren breiten Schnäbeln. Beim Vorübergehen kann man den starken Fischgeruch dieser Vögel wahrnehmen, da man ganz nah an die Tiere herankommen kann. Sie sind Menschen gewöhnt und brauchen sie nicht zu fürchten.

Oft konnten wir Wasserschildkröten in einem leicht felsigen Gebiet beobachten. Manche waren klein und einige recht groß. Etwas weiter hielten sich Flamingos auf, man hatte das Gefühl, in einem Paradies zu sein.

Als wir in jenen Tagen eine Bootsfahrt machten, schwammen etwa fünf Delphine mit uns mit.
Wir machten auch viele Ausflüge in die Natur. In dem sandigen Lehm-Torf-Boden wuchs alles unglaublich üppig. Wir wanderten durch Kiefer-Palmen-Wälder, entdeckten Mangrovengebiete und freuten uns an der reichen Fauna und Flora dieses Landes.
Wir mussten aber auf der Hut vor Alligatoren sein. Überall in Naturgebieten befinden sich kleinere

Gewässer, in denen sich die Reptilien lautlos aufhalten. Manchmal denkt man, ein Brett im Wasser zu sehen, dann stellt sich heraus, dass es eine Alligatorenschnauze ist.

Laurenz warf einmal einen kleinen Stock auf das unbewegliche Tier, blitzschnell schnappte es danach.

Wir genossen besonders die Obstplantagen. Dank Christopher Columbus, der hier vor 500 Jahren Orangensaat nach Florida gebracht hatte, blühen hier Tausende Orangenbäume und schenken den Menschen die legendäre süße Frucht.

Auch Litschibäume erfreuen sich großer Beliebtheit. Die Früchte schmecken frisch geerntet einfach köstlich.

In den Wohngebieten wuchsen Zypressen, Oleander, verschiedene Kakteen, Jacaranda, Magnolienbäume, Ahorn und Pinien.

Alles war perfekt und unglaublich gepflegt angelegt. Mir gefielen besonders die Aloe vera Pflanzen und Kakteen. Ich hatte den Eindruck, dass hier viele Anwohner Gärtner beschäftigen.

Ich stellte mir vor, wie es wohl sein würde, wenn wir unseren Garten anlegen, welche Pflanzen wir auswählen, welche Büsche wir einsetzen würden.

Eine tolle Sache waren die vielen Restaurants in Englewood. Wir liebten die Buffet-Ketten, a la „all you can eat". Für unsere Kinder war das immer ein Erlebnis, man hatte eine riesige Auswahl an wirklich schmackhaften Speisen. Laurenz aß meistens Spaghetti und leckere süße Litschis. Man hörte immer, dass in Amerika nur Fast Food gegessen wird. Klar gibt es viele Fast-Food-Ketten, aber auch ebenso viele interessante Restaurants, die gesunde vielfältige Kost anboten.

Wir liebten die Salatbar und die riesige Auswahl an Früchten, die tollen Fleischgerichte, neue uns unbekannte Gemüsesorten, wie z. B. *red potatoes* und *sweet potatoes*, nicht zu vergessen die tollen Desserts und Biskuittorten, alles schmeckte phantastisch.

Zum Bummeln bot die Stadt eine riesige Einkaufmall, dort fanden sich alle handelsüblichen Geschäftsketten wieder.

Wir konnten in Florida beobachten, dass sich in den Städten unglaublich viele alte Menschen aufhielten, wir lernten, dass es sich um *snowbirds* (Schneevögel) handelte, meist wohlhabende Menschen, die in warmen Gefilden überwintern.

Ein Nachteil der älteren Population zeigte sich im Straßenverkehr, denn manchmal schoss ein Auto unvermittelt aus einer Einfahrt heraus, am Steuer saß ein steinalter Greis, der fast nichts mehr sehen konnte, geschweige denn den Verkehr beachtete. Man musste auf der Hut sein. Auf der Autobahn fuhren manche Rentner so langsam, dass ein Kinderrad sie hätte überholen können. Schwere Unfälle waren an der Tagesordnung. Jeden Tag sahen wir auf den Straßen irgendwelche Vorkommnisse.

Manche älteren Menschen waren garstig, unfreundlich und egoistisch, einmal schob ein älterer Mann unsere Sarah aus dem Weg, oder die Menschen drängelten sich bei den Buffet-Restaurants vor.

Meine Lieblingsgeschäfte waren die hiesigen Buchhandlungen oder die groß ausgestatteten Büchereien. Ich hatte vor, den Kindern und uns die Sprache über Bücher zu vermitteln. Einfache Bilderbücher boten den Anfang. Man lernte in ganzen Sätzen zu sprechen und die anschaulichen Bilder halfen den Text zu verstehen. Die Kinder und mein Mann fanden leider wenig Gefallen an meiner Idee und landeten eher in der Computerabteilung. Dort konnten sie chatten und Spiele entdecken. Die waren aber auch alle in Englisch, so konnte man natürlich auf angenehme Weise die Sprache lernen. Das waren die ersten Tage in Englewood.

Nun mussten wir an unsere Zukunft denken und ein wenig Gas geben, wir brauchten ein adäquates Heim. Manfred brauchte Grundstücke. Also ging ich die Zeitungsinserate nach Mietshäusern durch. Wir hatten entschieden, erst einmal ein Haus zu mieten und später eines zu kaufen, wenn wir die Gegenden besser kennen würden.

Diese Aufgabe hatte ich mal wieder alleine zu managen, da mein lieber Mann – fast schon fanatisch – wieder auf Grundstücksuche ging. Die Preise der Grundstücke stiegen fast täglich und man musste am Ball bleiben. In Kathys Maklerfirma wurden nur Häuser und Grundstücke verkauft, Mietshäuser waren nicht im Angebot, deshalb musste ich neue Makler finden. Leider waren mir meine schulbritischen Englischkenntnisse sehr im Weg. Die Amerikaner sprechen schnell und haben einen hier in Florida typischen Südstaatenslang, der es mir schwer machte, die Menschen zu verstehen. Ich nahm all meinen Mut zusammen und rief Makler an, um Mietshäuser zu besichtigen. Viele hatten nicht die Geduld, mit einer Deutschen zu sprechen, die einen derart schrecklichen Akzent hatte. Zu dieser Zeit konnten die Makler sich ihre Kunden noch aussuchen. Heute wäre das ganz sicher anders.

Dann rief ich Barbara an, eine sehr aufgeschlossene, liebevolle und geduldige Maklerin. Sie erzählte mir verständlich von den schönsten Gegenden und besten Schulen. Der beliebteste Stadtteil hieß Nokomis, dort waren exzellente Schulen. Sie betreute dort ein etwas älteres Wohnhaus mit 5 Zimmern, 2 Bädern und einem riesigen Garten. Das gesamte Haus war gerade frisch renoviert worden, eine neue Küche und neue Teppiche wurden eingebaut. Ich machte spontan einen Termin für den Nachmittag. Ich wollte keine Zeit verlieren, denn wir mussten in nur einer Woche schon aus unserem Ferienhaus ausziehen, eine Verlängerung würde es nicht geben.

Manfred fuhr mich und die Kinder zu dem Termin. Ein flotter Pontiac kam zu der gegebenen Adresse angerauscht. Verblüfft stellte ich fest, dass die Maklerin Barbara schon in einem recht fortgeschrittenen Alter war, bestimmt 70 oder gar älter, ein Alter, in dem man eine deutsche Frau auf dem Arbeitsmarkt nur sehr selten findet. Barbara war gut gelaunt, hatte ein langes Strandkleid an und war unglaublich braun. Ihre Brille wurde seitlich durch einen Klebestreifen gehalten. Ich mochte sie augenblicklich. Trotz ihres hohen Alters war sie noch immer eine schöne Frau. Dann standen wir vor dem angebotenen Haus, in einer ruhigen Sackgassenlage. Von außen sah das Haus ein wenig alt aus, aber innen roch es nach frischer Farbe und neuen Teppichen. Die Küche war sehr modern und brandneu. Das Haus hatte eine wunderbare Größe und genügend Zimmer. Der Garten bot viel Platz für unsere Kinder und unseren Hund Quenty, einen kanadischen weißen Schäferhund, der gerne und oft bellt, vor allem, wenn sich jemand unserem Haus nähert.

Der Preis für die Miete war verhältnismäßig günstig. Man zahlt hier für ein freistehendes Mietshaus in dieser beliebten Lage ca. 2000.- Dollar kalt. Unsere Miete betrug 900.- Dollar. Ein Schnäppchen. Die Nachbarschaft schien gut situiert zu sein, die Häuser waren attraktiv und die Vorgärten sehr gepflegt.

Wir unterschrieben den Deal sofort. Der Eigentümer, ein Portugiese, ließ sich mit uns frischen Immigranten ohne Vorbehalte gleich ein. Allerdings mussten wir die Miete für drei Monate im Voraus zahlen. Das war uns aber schon klar und ist nur zu gut verständlich, denn wir hatten hier ja noch kein Einkommen.

Barbara sagte uns, dass wir sofort den Schlüssel bekämen und das Haus einrichten dürften.

Wir waren super happy, das war ein toller Termin. Barbara empfahl uns noch das Möbelhaus *Rooms To Go*, etwa 20 Meilen von uns entfernt. Wir wollten keine Zeit verlieren und fuhren, nachdem wir uns herzlich von Barbara verabschiedet hatten, sofort los. Ich hasste seit Menschengedenken deutsche Möbelhäuser, diese stickigen, unfreundlichen, neonüberladenen Endlos-gänge, die genervten Verkäufer, die langen Schlangen an den Kassen – aber nicht so in Amerika. Das Licht war gedämpft, die Stimmung freundlich, es roch phantas-tisch, überall waren Duftkerzen aufgestellt. Die Auswahl war gigantisch, die Möbel geschmackvoll. Nach nur zwei Stunden hatten wir ein Wohnzimmer, Esszimmer, beide Kinderzimmer und unser Schlafzimmer gekauft. Schränke mussten wir zum Glück nicht kaufen, denn die sind in Amerika in jedem Zimmer bereits integriert, man nennt sie begehbare Kleiderschränke. Nur zwei Tage später waren alle Möbel geliefert und in unserem Haus aufgebaut. Ein Service, den wir aus Deutschland nicht kennen. In Amerika geht fast alles sehr schnell, aber das Tempo hat uns schon die Sprache verschlagen.
Jetzt mussten die Kinder in der Schule angemeldet werden, Ferien hatten die beiden ja lange genug gehabt. Ich freute mich dennoch, dass sie so eine schöne erste Zeit hatten. Sie sollten freudig an das Land herangeführt werden. Mein Herz pochte, wenn ich nur daran dachte, sie in eine fremde Schule zu bringen. Wenn es um meine Kinder geht, sitzen meine Tränen leider locker, so natürlich erst recht jetzt. Ich wünschte mir oft, dass ich nicht so emotional wäre, einfach etwas cooler drauf wäre, nicht immer flennen müsste. Gleichzeitig dachte

ich, was tun wir unseren Kindern nur an? Sie sprechen kein Englisch, kennen die Regeln nicht, haben keinen einzigen Verbündeten. Ein paar Tage später war es soweit. Ich hatte einen Termin an der renommierten Schule in Nokomis gemacht. Die Kinder waren sehr aufgeregt, aber ich konnte auch Freude in ihren Augen ablesen. Nur hatte ich natürlich wieder einen ultragroßen Kloß im Hals.

Ich musste mich zusammennehmen, für meine Kinder stark sein. Wir fuhren in die Schule. Das Schulgebäude wirkte groß und modern, links und rechts waren einladende Sportplätze und mehrere Nebengebäude, hier konnte man sich schnell verlaufen. Wir folgten der Masse von Schülern. Mit den Impfbüchern kamen wir zu der Krankenstation. Dort stellte man fest, dass die Kinder keine Impfung gegen Gelbfieber hatten. Sie boten an, die Impfung gleich im gegenüberliegenden Gesundheitsamt zu machen. Laurenz war stocksauer, für eine Spritze war er nicht zur Schule gekommen. Die Krankenschwester war sehr behutsam, streichelte Laurenz und gab den Kindern sehr vorsichtig die Impfung. Es tat nicht weh. Der Schulrektor holte die Kinder mit einem freudigen Lachen vor dem Eingang ab. Er wollte die beiden in ihre Klasse bringen, wir sollten nun nach Hause gehen. Verloren gingen die Kinder mit, blickten noch einmal ängstlich zu mir. Es schnürte mir buchstäblich die Kehle zu. Dicke Tränen kullerten über mein Gesicht. Manfred zog mich aus dem Raum und wir fuhren nach Hause. Das ist die dunkle Seite unseres Abenteuers, von der ich wusste, dass sie schmerzhaft sein würde. Wenn die Kinder erst einmal die Sprache lernten, würde alles besser, dachte ich mir in meinem Schmerz. Gegen 3 Uhr am Nachmittag holten wir die Kinder wieder ab, genauer gesagt waren wir schon um halb drei da. Ich erwartete, dass sie mit hängenden Köpfen aus dem Schulgebäude schleichen würden. Ganz falsch, Laurenz kam mit zwei neuen Freunden angerannt, die er mir vorstellte. Die Schule sei schön, die Mitschüler freundlich, er hatte noch einen extra Klassenraum zum Englisch lernen, die Lehrer seien cool.

Sarah kam ebenfalls strahlend aus der Schule, auch sie hatte einige hübsche Teenager im Schlepptau. Sie berichtete ebenfalls von dem anderen Klassenzimmer, in dem sie lernen durfte, und von sehr netten Lehrern. Das waren großartige Nachrichten, Manfred und ich waren unendlich erleichtert. Dann zeigten die Kinder uns eine Einkaufsliste mit der benötigten Schulkleidung. Die Kinder sollten an der Schule alle gleich angezogen sein, keiner sollte mit teurer Markenkleidung glänzen. Zum Glück konnten sich die Kinder ein paar Sachen aussuchen, es wurden drei T-Shirt-Farben erlaubt, es gab lange Hosen, kurze Hosen und Röcke in Beige, die Polohemden durften weinrot, grün und beige sein. Auf den Polohemden war das Schulzeichen abgebildet.
Die Schulkleidung gab es bei *Walmart*, sie war günstig und für jeden bezahlbar. Ich fand die Idee mit der Kleidung sehr sinnvoll, denn erstens erkennt man ein Kind sofort auch außerhalb des Geländes an der Kleidung und zweitens gibt es kein Kräftemessen, wer die schickeren oder teureren Klamotten hat.

Während unseres gesamten Aufenthalts in Amerika haben wir mit den Schulen nur allerbeste Erfahrungen gesammelt. Die Kinder hatten Zeit, erst einmal die Sprache in einem sogenannten *ESOL*-Programm zu lernen. *ESOL* bedeutet: „English for Speakers of other Languages" (Englisch sprechen lernen für Ausländer). Die Kinder waren täglich ca. drei Stunden in einem speziellen Klassenraum und wurden dort erst einmal in der Spracherlernung gefördert, danach gingen sie in ihr reguläres Klassenzimmer. Das *ESOL*-Programm war bei unseren Kindern nach drei Monaten nicht mehr nötig.

Sie lernten sehr schnell und mit viel Freude die englische Sprache. Im Klassenraum waren nie mehr als 15 Kinder und 3 Lehrer zugegen.

In den Klassen waren behinderte Kinder selbstverständlich integriert, alle Schüler waren daran gewöhnt, wenn nötig, Hilfestellungen zu leisten. Natürlich kann ich nur von den Schulen sprechen, in denen unsere Kinder waren. Der Druck, den ich von deutschen Schulen nur allzu gut kenne, nämlich der Notendruck, der Druck, sofort im Unterricht mitkommen zu müssen, den habe ich in Amerika nicht kennen gelernt. Wenn Schüler dem Lernstoff nicht so schnell folgen konnten, wurde nach dem Unterricht noch eine Nachhilfestunde gegeben. Das dreigliedrige System mit Hauptschule, Realschule und Gymnasium gibt es in Amerika nicht. Demnach werden keine Kinder diskriminiert, so wie es meiner Meinung nach in Deutschland ist. Natürlich ist die Weiterbildung in einem *College* keine günstige Angelegenheit, da müssen die Amerikaner schon früh anfangen zu sparen. Eine praktische Ausbildung, z. B. als Krankenschwester, bei der noch Geld verdient wird, gibt es nicht. Für fast alle Berufe muss man ins *College*.

Diese Gedanken schob ich beiseite, denn wir hatten noch eine Menge Zeit. Jetzt galt es endlich zu arbeiten. Da wir ein Investoren-Visum hatten, durften wir nur als Selbstständige arbeiten. Manfred hatte noch drei Grundstücke gekauft, aber wir wollten uns mit dem Bauen noch ein wenig Zeit lassen. Wir planten, ein paar Erfahrungen mit den üblichen Baumaterialien zu machen. So überlegten wir, als Handwerksfirma neue Erfahrungen mit den Menschen und Materialien zu sammeln.

Kapitel 3

Der erste Auftrag in Florida

Unsere Sozialversicherungsnummern kamen ins Haus geflattert, nun konnte es losgehen. Nur, wie kommt man an Arbeit? Ich rief Barbara an und fragte sie, was zu tun sei. Sie meinte, als Maklerin und Verwalterin vieler Häuser könnte sie uns gegebenenfalls einen Auftrag vermitteln.

Barbara kam noch am Nachmittag vorbei. Sie hatte sofort einen Auftrag. Manfred sollte einen Screen, einen Moskitoschutz, um unsere Terrasse bauen. Der Lohn würde von der Miete abgezogen. Wir sagten sofort zu. Im Baumarkt, dem *Home Depot*, holten wir die Materialien. Bei Temperaturen von bis zu 32 Grad im Schatten war diese Arbeit eine ganz schöne Tortur. Aber Manfred konnte mit seinen handwerklichen Fähigkeiten punkten. Barbara war von dem Resultat begeistert.

Sie versprach, uns einen neuen Auftrag zu besorgen, sie hätte da etwas Spannendes in Aussicht.

Nach einer Woche rief sie an, um uns ein neues Projekt vorzustellen. Es ging darum, ein älteres Haus zu renovieren. Wir verabredeten uns an der angegebenen Adresse, in der besten Gegend von Venice, der *Harbour Drive*, in direkter Strandlage.

Als wir das Haus von außen sahen, machte es einen etwas ältlichen Eindruck. Alle anderen Häuser in dieser Lage waren ziemlich pompös und extrem gepflegt.
Wir konnten nicht ahnen, wie es innen aussah, denn das

27

Grundstück war sehr gepflegt. Als wir zur Tür hereinkamen, ließ uns ein beißender Geruch die Luft anhalten. Barbara öffnete sämtliche Fenster. Das Haus war übersät mit Rattenkot. Die Menge ließ darauf schließen, dass dort hunderte von Ratten gehaust haben mussten. Der alte Mann, der dort lebte, war nachts von Ratten angefressen worden. Eine üble Geschichte, die einen Brechreiz bei mir auslöste. Seit meiner Kindheit fürchte ich mich schrecklich vor Ratten. Ich wurde mal von einer gebissen, als ich mit Freunden einen Abenteuerausflug in alten Kellerräumen einer abgerissenen Brauerei machte. Ich fragte Barbara, ob die Ratten bekämpft wurden. Sie lachte herzlich bei dieser Frage und versicherte mir, dass dort keine einzige Ratte mehr sei. „Wer es glaubt", dachte ich. Unsere Aufgabe war es nun, das Haus wieder in einen solchen guten Zustand zu bringen, dass die Erben es gut verkaufen oder vermieten konnten. Die Bezahlung wäre fürstlich. Wir zögerten keine Minute und nahmen den Auftrag dankend an. Barbara huschte in ihrem langen Strandkleid in ihren Pontiac und düste davon. Wir hatten nun den Schlüssel in der Hand und mussten sofort loslegen. Als Erstes fuhren wir zu *Home Depot*, dem Baumarkt, und kauften Schutzkleidung, Handschuhe, Gummistiefel, Putzmittel, Farbe, Pinsel und noch ein paar andere Kleinigkeiten. Es ging dann sofort los. Meine Aufgabe war es, Bäder und Küche so zu reinigen, dass man sie auch benutzen mochte. Als ich den Kühlschrank öffnete, fiel eine riesige verweste Ratte heraus. Ich schrie so laut, dass Manfred angerannt kam. Als er die Ratte sah, zuckte er mit den Schultern. Empfindlich war gestern, wir mussten Gas geben. Also packte ich das Vieh und schmiss es samt dem stinkenden Kühlschrankinhalt in einen der vielen schwarzen Müllsäcke. In den Küchenschränken, in den Cornflakes, überall Rattenkot. Bei unserer Arbeit mussten wir Schutzkleidung und Mundschutz tragen. Die gesamte Schutzkleidung klebte heiß an unseren

Körpern, denn die Klimaanlage funktionierte nicht mehr. Zwar kam durch alle geöffneten Fenster immer ein Luftzug, aber der war auch warm. Wir hatten das Gefühl, in einer Sauna zu arbeiten. Wir hatten in unserem Leben noch nie so geschwitzt. Unsere Haare waren permanent nass. Wir mussten darauf achten, immer genug zu trinken, um nicht zu dehydrieren. Eine Abkühlung gab es erst, wenn wir Mittagspause machten. Die Schnellrestaurants boten eiskalte Räume, das war immer ein großer Genuss. Die Arbeit war sehr anstrengend, aber wir waren voller Elan und Arbeitseifer. Das Gefühl, gute Aufträge zu bekommen und gut zu verdienen, war ein beruhigendes Gefühl. Wir konnten dabei auch nach und nach unser Englisch aufbessern.

Wir sollten alle verrotteten Möbel, Matratzen, Bettgestelle und die gesamte Wäsche in den Vorgarten stellen. Ich hatte kein gutes Gefühl dabei. Dieses ganze Viertel glänzte mit wunderschönen Villen und Gärten. Ich dachte, dass wir gehörigen Ärger bekommen würden, bei all dem Müll, den wir nach draußen platzieren mussten.

Kaum hatte Manfred den verspackten schmierigen Wohnzimmerschrank mit mir hinausgestellt, kam ein Nachbar aus der gegenüber liegenden Villa angerannt. Wir schauten dem, wie wir dachten, superreichen, etwas älteren Mann, auf riesigen Ärger vorbereitet, in die Augen. Er grüßte uns sehr freundlich und fragte uns, ob er den Schrank haben könne. Wir teilten ihm mit, dass einst hunderte von Ratten in dem Schrank gelebt hatten. Das sei okay, ließ er uns wissen und rückte den Schrank beiseite. Er meinte es tatsächlich ernst, denn nur fünf Minuten später kam seine Familie zum Abtransport des vollkommen verdreckten Schrankes. Ich konnte das nicht glauben, traute meinen Augen nicht. Niemals hätte in Deutschland jemand, auch nicht der Ärmste, diesen

Schrank mitgenommen.

Als wir mehr und mehr Möbel im Vorgarten abstellten, kamen Autos zum Stehen und Leute schauten sich die Möbel an. Es ging zu wie auf einem Flohmarkt. Als wir eine extrem verdreckte Matratze mit Urinflecken rausstellten, kam eine Nachbarin mit Lockenwickler auf dem Kopf und fragte, was sie koste? Ich erklärte der alten Dame, dass alles schmutzig sei und dass Ratten im Haus gewesen waren. Sie verzog die Mundwinkel. Dann klagte sie, dass ihre Matratze so hart sei. Wir sagten ihr, dass sie die Matratze umsonst mitnehmen dürfe, und boten ihr an, dass Manfred sie in ihr Haus bringen würde. Sie willigte voller Freude ein. Manfred trug die stinkende Matratze in das Haus der alten Dame, ihr Name war Rose. Sie freute sich über das Schnäppchen!!!!!

Barbara kam am Nachmittag vorbei und fragte, ob wir wertvolle Materialien gefunden hätten, was wir verneinten. Sie schaute sich selber noch ein wenig auf dem „Flohmarkt" um, dann düste sie wieder davon.

Wenig später reinigte ich einen großen Einbauschrank. Ich stand auf einer Leiter, um besser in die Ecken zu gelangen. Auf einmal hatte ich ein Metallteil in der Hand. Ich hielt es fest und zog meine Hand zurück. Ich hatte einen Revolver gefunden. In Amerika keine so große Sache, aber mir jagte die Waffe einen Riesenschreck ein. Ich legte sie gleich zur Seite, mein Herz schlug bis zum Hals. Was, wenn sich aus Versehen ein Schuss gelöst hätte?

Bei dem nächsten Einbauschrank fand ich Besteck aus Gold, sicherlich das, nach dem Barbara gefragt hatte. Ich legte es zu der Waffe. Ich rief Barbara an, fünf Minuten später war sie schon da. Das Besteck und die

Waffe nahm sie schnell an sich, bedankte sich und bot uns noch an, etwas Schönes aus dem „Müllberg" auszusuchen. „Nein danke", sagte ich. Als wir nach Dienstschluss im Auto saßen, genossen wir nur noch müde die Klimaanlage.

Die Eindrücke, die ich in jenen Tagen gewonnen habe, kann ich heute als selbstverständlich einordnen. In Amerika ist das Leben viel härter als z. B. in Deutschland. Die Menschen müssen eine sehr hohe Haussteuer zahlen, manchmal werden sie krank, verlieren ihren Job oder es ereilt sie ein anderes Schicksal. Die soziale Unterstützung durch den Staat, das soziale Sicherheitsnetz, wie wir das in Deutschland kennen, fehlt vollkommen, selbst wenn es den Menschen mal sehr schlecht geht. Das bedeutet, sie müssen ihre Probleme selbst lösen. In schlimmen Fällen verlieren sie in kürzester Zeit ihr Hab und Gut.
Manche Menschen haben nur noch ihr Haus, aber keine weiteren Ressourcen, z. B. keine Krankenversicherung usw. Die Krankenversorgung ist in meinen Augen in den USA katastrophal. Nur ganz reiche Menschen finden gute Versorgung, viele andere müssen ein Vermögen zahlen, nur um z. B. ein Blutbild oder eine Röntgenaufnahme zu bekommen. Deshalb sind die meisten Menschen nicht krankenversichert, da man trotz Versicherung erst einmal kräftig zur Kasse gebeten wird. Die Arztwahl ist nicht frei, jede Versicherung hat eine Liste mit Ärzten. Und nur daraus darf man wählen.
Rose war ein solches Beispiel. Als ihr Mann nach einem Krebsleiden starb, war Rose fast pleite, weil sie so hohe Arztkosten zu begleichen hatte. Rose blieb auf den Schulden sitzen. Das einst so reiche, stolze Paar hatte ein Haus in der beliebtesten Gegend in Venice, der *Harbour Drive* (direkte Stranduferstraße): Rose aber hatte nichts anderes mehr. Deshalb freute sie sich über eine bequeme Matratze – trotz der Urinflecke.

Nach vier harten Wochen waren wir mit unserer Arbeit fertig. Das Haus war tipptopp geputzt, frisch gestrichen und wohlriechend. Nur zwei Tage später zog ein junges Paar zur Miete ein.

Kapitel 4

Heimweh

In den Sommerferien wollten wir nicht arbeiten, sondern über Hausbau und unsere Möglichkeiten als Bauherren recherchieren. In Amerika haben die Kinder im Sommer fast drei Monate Ferien. Eine, wie ich finde, sehr lange Zeit.

Wir beschlossen, die Kinder in ein renommiertes Feriencamp zu geben, um die lange Ferienzeit zu versüßen und die Sprache lebendig zu halten. Vorher wollten wir aber unbedingt das Camp besichtigen, ob es überhaupt unseren Vorstellungen entsprach. Das Grundstück glich einem riesigen Freizeitpark. Überall waren einladende Sportplätze, es gab ein Olympiaschwimmbad, einen großen Spielplatz und sehr ansprechende Innenräume. Dort wurde gebastelt, gemalt, Tischfußball und vieles mehr angeboten. Da schon seit einer Woche Ferien waren, tummelten sich bereits viele Kinder im Camp. Sarah und Laurenz wären am liebsten gleich dageblieben, sie waren begeistert. Wir sprachen mit den Betreuern, die auf mich einen engagierten und motivierten Eindruck machten. Wir wollten die Kinder noch eine Woche zu Hause lassen, dann sollte es losgehen.
Wir mussten viele Papiere unterschreiben, da die Kinder in verschiedenen Gruppen viele Ausflüge unternahmen.
Morgens konnten wir die Kinder bis 9 Uhr bringen, abends war um 18 Uhr Abholzeit. Die Kosten für dieses Camp empfanden wir als astronomisch hoch, deswegen waren jetzt noch Plätze frei. Wir fühlten uns aber mit der Führung und den Möglichkeiten für die Kinder dort sehr

33

wohl. Jeden Mittag gab es eigens selbstgekochtes Essen. Die Lebensmittel in der Kantine sahen für uns sehr appetitlich aus. Die Kinder durften sich Getränke nehmen, die in einem riesigen Kühlschrank standen.

Wir unterschrieben den Campvertrag für vier Wochen. Die Kinder kamen gemeinsam in eine Campgruppe. Sarah und Laurenz freuten sich. Nach einer Woche ging es los. Gleich am ersten Tag fuhren sie nach Sanibel Island, einer wunderschönen Stadt am Meer. Dort gibt es verschiedene Muschelarten und viele Wasserschildkröten. Der Badestrand bot viele Attraktionen. Sarah und Laurenz machten eine Bootstour auf einem Segelboot. Sie durften bei allen anfallenden Aufgaben mit anpacken und lernten, wie man ein Segel hisst. Bei diesen Aktivitäten hatten die Kinder hochwertige Schutzkleidung an (sonst hätte ich solche Dinge nicht erlaubt, ich alte Schissnudel). Aufgeregt und voller Inspirationen kamen die beiden am Abend in unser Auto und konnten nicht mehr aufhören, von ihren Erlebnissen zu berichten. Wir freuten uns, dass die Kinder einen schönen Urlaub haben würden.

Nach einer Woche wollten wir die Kinder etwas früher abholen. Als wir in die Sporträume geführt wurden, wo gerade ein Sportprogramm durchgeführt wurde, konnten wir unseren Laurenz nicht finden. Panik machte sich in mir breit. Als ich in dem Sportsaal unter die Tische schaute, fand ich meinen Jungen zusammengekauert dort sitzen. Er hatte geweint. Ich nahm ihn in meine Arme und tröstete ihn liebevoll. Er erzählte mir von größeren Jungen, die ihn geärgert und getreten hatten. In mir stieg eine riesige Wut auf. Leider gehöre ich zu der Art Mütter, die extreme Rachegefühle hat, wenn ihren Kindern etwas widerfährt. Am liebsten hätte ich diesen Jungs so richtig den Arsch versohlt. Ich lief zu den Betreuern und machte meinem Ärger Luft. Da ich die englische Sprache noch nicht fließend beherrschte, hörte sich meine Beschwerde sicherlich gruselig an. Die Betreuer waren sichtlich sehr betroffen über den Vorfall. Der Junge, der Laurenz getreten hatte, wurde abgemahnt. In Amerika wird jede Form von Gewalt sehr ernst genommen. Die Betreuer entschuldigten sich bei uns, dass sie das Geschehene nicht bemerkt hatten. Grund war sicherlich die Sprachbarriere von Laurenz. Er konnte nicht petzen und die Jungs wussten das genau. Solche Grausamkeiten zwischen Kindern finden in allen Ländern statt. Wenn man betroffen ist, lernt man den Schmerz kennen. Diesen Schmerz vergisst man nie wieder. Er hilft einem, sich in die Schuhe anderer zu stellen.

Nach dem Vorfall war ich deprimiert und mir nicht mehr sicher, ob wir das Richtige tun. Ich wollte es nicht auf Kosten der Kinder ausprobieren. Meine Kinder wurden gequält, weil wir Ausländer waren. Dieser Gedanke ging mir nicht mehr aus dem Kopf. Wir möchten unsere Kinder beschützen, aber wie ist das möglich, ohne sie dabei zu ersticken? Meine Stimmung wurde von Tag zu Tag schlechter. Mir fiel auf, dass es hier in Amerika kein gutes Brot gab. So ein richtiges Bauernbrot, mit knuspriger Kruste und Sauerteig gebacken, nur weiche toastähnliche Brote, ob hell oder dunkel. Überall standen an den Verpackungen ganze Aufsätze über die Zusatzstoffe. Ich war so wütend darüber. Ich sprach eine Verkäuferin an. „Gibt es hier eigentlich gesundes Brot, ohne Gift?" Ich muss zugeben, die Frage war äußerst zynisch. Die Verkäuferin strahlte mich mit ihren riesigen vorstehenden Zähnen an, sie wirkte warm und freundlich auf mich. „Mam, sehen Sie, dieses Brot hier (ein braunes Toastbrot), das hat mein Vater sein ganzes Leben gegessen und er ist 99 Jahre alt geworden, ich glaube nicht, dass es giftig ist." Sie lachte mich voller Wärme an. Mir schossen die Tränen in die Augen. Die Verkäuferin umarmte mich. Sie wusste, es war nicht das verdammte Brot, um das es hier ging. Ich sagte: „Ich habe Heimweh, weil hier alles anders ist." „Du wirst alles lernen, mein Darling", sagte sie, voller Mitgefühl.

Diese wunderbare Verkäuferin zeigte mir, dass man auch solche Schwierigkeiten überwinden kann. Ein wenig Zeit und Verständnis von dieser Frau haben mir über meine Krise hinweggeholfen. Ich liebe sie bis heute dafür. Im Allgemeinen sind die meisten Amerikaner Fremden gegenüber sehr freundlich und offen. Sie scheuen sich selber nie, ihre eigenen Emotionen und ihr Mitgefühl zu zeigen. Das machte mir das Leben in Amerika so lebenswert und schön. – Die restlichen Wochen im Feriencamp verliefen sehr harmonisch und ohne weitere Zwischenfälle. Ich hatte sogar das Gefühl, dass Laurenz von den Kindern und Betreuern ein wenig verwöhnt wurde.

Als die Schule wieder begonnen hatte, klingelte eines Nachmittags das Telefon. Als ich ranging, wurde Laurenz von einem Mädchen verlangt. Er übernahm das Telefon und sprach (ich möchte behaupten) fließend Englisch mit dem Mädchen. Manfred und ich waren zutiefst davon beeindruckt, wie schnell das gegangen war.

Die größten Schwierigkeiten, in einem fremden Land zurechtzukommen, sind meines Erachtens nach die Sprachbarrieren. Wenn man alles verstehen kann und aktiv mitredet, nimmt man am Leben teil. Traditionen, die länderorientiert sind, lernt man leichter, wenn man sie versteht.

Unser Leben in Amerika konnte jetzt so richtig losgehen.

Kapitel 5

Der Führerschein und ein Pick-up-Truck

Wir waren jetzt über drei Monate in Florida, unser deutscher Führerschein verlor nun seine Gültigkeit. Wir mussten jetzt den amerikanischen Führerschein machen, da die Versicherung sonst auslaufen würde. Wir hörten davon, dass man den Führerschein auch auf Deutsch machen könne. Das wäre für uns leichter gewesen. Als wir allerdings zur Führerscheinstelle kamen, wusste da niemand etwas von einem deutschen Lerntest. Wir kauften einige Bücher und wir erfuhren, dass wir nur eine Theorieprüfung machen mussten. Die würde ganze 20 Dollar kosten. Ein Schnäppchen gegenüber deutschen Preisen hinsichtlich des Führerscheins. Als wir die Bücher aufschlugen, waren wir entsetzt über die kleine Schrift, die wahnsinnige Menge an Text. Die Grammatik der Sätze konnte ich nicht eindeutig verstehen, ich bastelte mir die Übersetzung einfach zusammen. Zu meinem Glück waren viele Bilder dabei, das machte die Übersetzung leichter.

Nach zwei Wochen Lernen kauften wir uns im Internet Prüfungsfragen. Diese Form des Lernens war für uns einfach, da sich mit der Zeit die Fragen wiederholten. Wir würden bei der „richtigen" Prüfung ebenfalls Fragen an einem Computer beantworten. Ich lernte wie besessen, wollte gar nicht mehr aufhören. Große Teile lernte ich auswendig, da ich sie nicht verstand. Das hört sich vielleicht nicht rational an, aber wenn man die Sprache noch nicht fließend spricht, ist dieses riesige Spektrum, was wir lernen mussten, doch gewaltig. Mein Kopf fühlte sich an wie ein überdimensionaler Schwamm

– ja zu dieser Zeit war ich *SpongeBob.*

Dann kam der Tag der Prüfung. Wir hatten schlecht geschlafen. Die *driver license,* also der amerikanische Führerschein, ist nicht nur zum Fahren wichtig, sondern auch als ID. Die Identität wird mit dem Führerschein gewährleistet, vergleichbar mit unserem Personalausweis. Möchte man z. B. ein Bankkonto eröffnen, reicht es, den Führerschein vorzulegen, um sich auszuweisen.

Wir mussten noch ein paar Minuten warten, bevor der Test losging. Alle Computer waren besetzt. Ich beobachtete die meist sehr jungen Menschen, wie sie sich die Haare rauften. Das ließ meine Nervosität noch steigen. Der Test war sicher schwer. Die ersten waren fertig und durchgefallen. „Oh nein", das ließ nichts Gutes ahnen. Ich fühlte mit den Durchgefallenen mit. Aber es schien, dass die jungen Leute sich nicht viel daraus machten, denn sie lachten und sagten, dass sie es halt noch einmal versuchen würden.

Gute Einstellung, dachte ich. Wir Deutschen sind meistens so verbissen und wollen Schwäche und Versagen nicht akzeptieren. Es muss immer alles gelingen. Manfred und ich sind das beste Beispiel. Ich glaube, niemand hier im Prüfungsraum hatte so irre gelernt wie wir. Wir kamen nun an die Reihe, zuerst ich. Ich hatte weiche Knie und schreckliche Angst. Am Computer verlor ich meine Angst und beantwortete die Fragen oder setzte Kreuzchen. Nach nur fünf Minuten kam ein Mann zu mir und sagte undeutlich etwas über den Test. Das war es, ich war durchgefallen. „Mist, Mist, Mist – Supermist!" Ich ging zu der Anmeldungslady und sagte ihr, dass ich den Test gleich wiederholen möchte. Sie schaute mich ungläubig an und fragte: „Warum?" Sie sprach mit dem Mann und lachte. Er kam auf mich zu und gratulierte mir zu dem bestandenen Test. Ich hatte schon früh die volle Punktzahl erreicht, deshalb hatte der

38

Mann auch „You have passed the test" gesagt, was „Du hast bestanden" bedeutet, und ich hatte „Du hast es verpasst" verstanden. Unglaublich, was man auswendig lernen und dann damit bestehen kann, obwohl man einen einfachen Satz dann wieder nicht versteht. Manfred kam an die Reihe und bestand ebenso. Die Verkehrsregeln haben wir dennoch bald verinnerlicht. Auf dem Führerscheinbild grinse ich wie ein Honigkuchenpferd, es war wohl aus Erleichterung.

Jetzt kam Manfreds großer Tag. Wir hatten beschlossen, uns einen schicken Pick-up-Truck zu kaufen, wenn wir den Führerschein haben. Wir verkauften unseren anderen Wagen, einen Cadillac, der auch sehr komfortabel war, sehr schnell. Als Manfred mit seinen neuen Cowboyschuhen auf den riesigen Parkplatz des Dodge-Händlers lief, fühlte er sich prickelnd, wie zu neuem Leben erwacht. Es gibt, glaube ich, kein schöneres Date für einen Mann, vor allem einen deutschen Mann, als sich ein solches Auto zu leisten.

Manfred ging nicht zu den normalen Trucks, nein, er lief geradewegs zu einem etwas höhergelegten, extrem lauten Truck, in dem gerade ein Kunde saß, der den Motor aufheulen ließ. Manfred schien nervös zu sein, denn er zischte mit seinen Lippen wie eine Schlange: „Ch, ch, ch, ch." Er hat diesen Tick immer, wenn er nervös wird. Der Kunde im Truck ging auf einmal zu einem anderen Auto, der Weg war frei. Mir war augenblicklich klar, dass Manfred dieses Auto kaufen würde. Der Truck war sehr hochwertig ausgestattet, hatte Ledersitze, super Platz im Fahrerbereich, überall Stauräume und Getränkehalter. Das Auto war erst ein halbes Jahr alt. Manfred handelte noch den Preis erheblich runter, was zwei Stunden dauerte. Die Autohändler haben immer dasselbe Prinzip, den Kunden möglichst lange aufzuhalten und mürbe zu reden, denn irgendwann kauft der, allein schon aus Erschöpfung.

Egal, wir hatten jetzt unseren Truck, ein tolles Geschoss. Ich persönlich liebe Trucks, weil man hoch sitzt und alles gut überblicken kann. Wenn Manfred damals nach Hause kam, dachte man, ein Gewitter zieht auf, so hat der Truck gedonnert.

Kapitel 6

Umzug nach North Port

Wir wollten jetzt bald anfangen, Häuser zu bauen. Wir besuchten etliche Bauträger und *Model-Homes*, Häuser, die schon mit Möbeln ausgestattet sind. Wir machten mit Maklern viele Termine. Einen Termin davon in North Port, einer Kleinstadt, in der viele Farmer und Pferde-züchter zu Hause sind. Die Stadt war zudem geprägt von außergewöhnlich guten Schulen. Mitten in einer Art Dschungel, in dem neue Straßen entstanden und neue Häuser gebaut wurden, standen zwei Häuser, ein Holz-haus und ein gelbes, hübsches Haus mit wunderschöner Terrasse. In diesem Gebiet gab es nur Neubauten. Viele Grundstücke waren noch nicht bebaut, aber schon gerodet. Die Natur war überwältigend schön. Man hörte Vogelgesang, Grillen, Frösche und den singenden Käfer. Es war unglaublich laut, aber schön wie ein Konzert. Die Pflanzen waren in ihrer Vielfalt und Schönheit unbeschreiblich. Zwischen Kakteen und Farnen wuch-sen wild Kokos-, Dattel- und Zwergpalmen. Dazwischen rankten Orchideen und Zypressen sowie Rhododendren. An den höheren Bäumen rankten Lianen. Durch das subtropische Klima, den vielen Regen, haben die schönsten Pflanzen Raum und Platz zu wachsen.

Die Bauträger des gelben Hauses wollten schnell ver-kaufen, da sie neue Projekte planten. Der Preis war für ein Haus in dieser Lage unschlagbar. Manfred nahm mich beiseite und fragte mich, ob ich mir vorstellen könnte, dort zu leben. Das war jetzt neu für mich, denn wir suchten ja eher eine Inspiration, um Häuser zu bauen. Wir wollten kein Haus kaufen. Aber Manfred ist kein Freund von Mietshäusern. Wir hatten von jungen Jahren an, sobald wir es uns hatten leisten können, Eigentum. Ich brauchte nicht lange zu überlegen, ich hatte mich längst verliebt. Toll, jetzt hatten wir unser erstes eigenes Haus in Amerika.

Zurück im Büro des Bauträgers konnte Manfred den Kaufpreis sogar nochmals reduzieren. Der Deal wurde unterschrieben. Überraschend bekamen wir für das Haus sehr schnell einen Kredit, da der Preis laut Bank so günstig war. Nach nur sechs Wochen konnten wir in unser neues Zuhause einziehen. Dieses Haus war das erste brandneue Haus, in das wir einzogen. In Deutschland hatten wir immer nur gebrauchte Immobilien gehabt.

Alles roch noch ganz frisch. Es war für uns ein Traum. Wir hatten großzügige etwa 170 qm Wohnfläche, in 6 Zimmern. Die Kinder hatten etwa 2000 qm Grundstück zum Spielen. Wir kauften noch Spielgeräte und legten den Garten mit Palmen und vielen blühenden Pflanzen an.

Abends nach Sonnenuntergang fingen die Frösche an zu quaken. Dieses Quaken war nicht vergleichbar mit dem der deutschen Frösche, es klang eher nach einer mähenden Schafsherde. Die Luft hier in der Natur war würzig und warm, es roch süßlich, lieblich angepasst der dort wachsenden Flora. Ich konnte glücklicher nicht sein.

Die Kinder kamen in eine neue Schule. Der Übergang verlief reibungslos. Sie wurden genauso freundlich aufgenommen wie in der ersten Schule. Das *ESOL*-Programm war nun nicht mehr nötig und die Klassen waren ähnlich klein und freundlich. Die Kinder freuten sich, endlich wieder ein eigenes Haus zu haben, denn hier war wieder alles erlaubt. Wegen der Naturlage konnten die Kinder laut und wild sein. Wenn sie samt Freunden auf ihrem riesigen Trampolin sprangen, war bei uns schon was los.

Kapitel 7

Hurrikan Charly, Hurrikan Ivan

Wir hatten uns sehr gut eingelebt in North Port. Unsere Nachbarn waren aus Kanada nach Florida ausgewandert. Mike und Netty waren Mitte fünfzig und hatten sich vor kurzem kennen und lieben gelernt. Dann hatten sie ihr Leben komplett auf den Kopf gestellt. Sie fingen beide bei null an und beschlossen nach Florida auszuwandern. Beide haben je vier Kinder mit anderen Partnern. Allerdings sind alle Kinder schon erwachsen und kamen immer mal zu Besuch. Ich war froh, so offene, nette Nachbarn in der doch etwas einsamen Gegend zu haben. Mike war von Beruf Holzfäller und ein ziemlich kerniger, offener Typ. Netty war eine warmherzige, liebenswerte Hausfrau.

In unserer Gegend gab es *bobcats*, eine Art Luchs. Viele Nachbarn warnten uns vor diesen Tieren. Sie waren die Hauptüberträger von Tollwut. Wir mussten auf der Hut sein, denn wir gingen oft Gassi mit unserem weißen Schäferhund Quenty. Ich hatte einmal von weitem eine *bobcat* gesehen, sie sah aus wie eine große Wildkatze, mit langen Haaren. Ich hatte riesigen Respekt vor diesem Tier und suchte schnell das Weite.

Der Hochsommer in Florida ist nicht die schönste Zeit dort. Jetzt findet man hier keinen Touristen mehr, denn das Thermometer zeigt bis zu 40 Grad, bei einer Luftfeuchtigkeit von 95 Prozent. Die hohe Luftfeuchtigkeit lässt einen kaum mehr atmen und die Hitze ist unerträglich. Schon der Gang zum Briefkasten wurde da zur Belastung. Man hielt es nur in gut gekühlten Räumen

43

aus. Ohne Klimaanlage hätte man hier keine Lebensqualität.

Im Fernsehen hörte man auf einmal von einem Hurrikan namens Charly, der direkt auf die Golfküste Floridas zusteuerte. In wenigen Tagen sollte er unsere Küste erreicht haben. „Hurrikans", ich hatte davon schon gehört, waren schwere Stürme, die großen Schaden anrichten können. Ich machte mir aber keine allzu großen Sorgen, denn der Himmel war blau, das Wetter konnte schöner nicht sein.

In Deutschland hatten wir keine schlimmen Wetter-bedingungen erlebt. Klar, ein Gewitter konnte uns schon mal Angst machen und Starkregen Hochwasser verursa-chen oder ein Schneesturm verhinderte eine Autofahrt, Glatteis auf den Straßen ist sehr gefährlich, aber einen Hurrikan hatten wir noch nie. Ein heftiger Sturm, das war es, was jetzt auf uns zukommt, nur ein Sturm, so dachten wir in naiver Unwissenheit.

Je näher der Sturm kam, desto panischer wurden die Fernsehberichte. Es wurde den Menschen geraten, große Vorräte an Wasser und unverderblichen Lebens-mitteln zu kaufen. An den Tankstellen war die Hölle los, riesige Autoschlangen ließen das Tanken zur Qual wer-den. Die Leute tankten nicht nur ihr Auto auf, sondern auch ihre riesigen Benzinkanister. Bald hingen an den Tankstellen überall kleine Flaggen. Die Benzintanks waren leer. Viele Menschen verließen die Küstenstädte. Im Fernsehen wurde empfohlen, dass Menschen mit *mobile homes*, das sind Häuser ähnlich wie Wohn-wagen, dringend in die dafür ausgewiesenen sicheren Gebäude gehen sollen, solange der Sturm anhielt.
Jetzt bekam ich doch ein sehr ungutes, ja panisches Gefühl. Neben unserem Haus waren große Bäume, die könnten auf unser Dach stürzen. Unser Haus war zu

44

dieser Zeit noch nicht lange versichert, deshalb hatten wir den Versicherungsschein noch nicht erhalten. Was wäre, wenn…? Nur nicht darüber nachdenken. Wir kauften Mengen an Wasser und Lebensmitteln. Manfred und ich mussten die *hurricane shutters* anbringen, ein Fensterschutz aus Aluminium, der Fenster vor Bruch durch umherfliegende Gegenstände schützt. Diese Dinger anzuschrauben war bei dieser Affenhitze Schwerstarbeit. Unsere Nachbarn Mike und Netty lachten uns aus. Allerdings kamen die aus Kanada und hatten einen Hurrikan noch nicht erlebt. Manfred fluchte und stritt mit mir herum, man merkte ihm die Anspannung an, dass er sein Haus verlieren könnte. In den Medien wurde angeraten, dass unser Bezirk in einem Sicherheitsgebäude der nahe gelegenen Schule Schutz suchen solle. Wir entschieden uns für die Sicherheit, obwohl viele Menschen in ihren Häusern verharrten, weil sie Angst vor Raubüberfällen hatten. Ein trauriges Phänomen, das sich in solchen Notfällen immer wieder zeigte. Der Wetterkanal kommentierte, dass Charly mit der Windstärke der Kategorie 4 an Land treffen würde. Es gibt fünf Kategorien, schon Kategorie 1 könnte einem Haus das Dach abdecken, so stark wären da bereits die Winde, Kategorie 4 bedeutete also, dass da ein sehr gefährlicher Hurrikan auf uns zukommt.

Nun war er gekommen, der große Tag des Hurrikans Charly. Wir fuhren, nachdem wir unseren Hund in den sichersten Raum, mit Unmengen Wasser und Futter, geschlossen hatten (Hunde waren in der Notunterkunft nicht erlaubt) und alles gut verriegelt hatten, los in die Schule. Der Parkplatz der Schule war bereits proppenvoll, doch wir konnten glücklicherweise noch einen Platz finden. Das rote Kreuz organisierte Medikamente und ärztliche Versorgung. Am Eingang wurden unsere Namen aufgenommen. Die Kinder bekamen ein nagelneues Kuscheltier geschenkt. Diese Geste rührte mich zutiefst. Eine Rote-Kreuz-Helferin führte uns in einen

Essenssaal.

Das war wieder mal so typisch für Amerika. Ein Unglück naht und die Nation steht zusammen. Unzählige Freiwillige waren vor Ort, um Alten, Behinderten und Familien mit Kindern beizustehen. Niemand sollte sich verloren und allein fühlen. Ist die soziale Fürsorge im Land durch den Staat doch sehr gering, so ist sie es zwischenmenschlich nicht. Das Mitgefühl unter den Menschen war für uns immer greifbar und stark. Eine ältere Dame führte uns an einen freien Platz, zu einem Tisch. Ich schaute mich um und war amüsiert, dass viele Menschen bereits Bettenlandschaften aufgebaut hatten. Ich hoffte insgeheim, dass der Sturm nicht so lange brauchen würde. Wir hatten zwar Decken und Jacken dabei, aber wir wollten ganz sicher nicht hier übernachten. Die Kinder empfanden die Situation als Abenteuer und sahen etliche Freunde aus ihrer Klasse, mit denen sie durch die Räume zogen.

Die großen Menschenmassen der Älteren und Behinderten wurden auf Liegen mit Decken in einem großen Saal, der Aula, untergebracht. Dort stank es gewaltig nach Urin und ungewaschenen Menschen. Es waren traurige Bilder. Viele Frauen und Männer waren zutiefst betrübt und voller Angst, ihr Hab und Gut zu verlieren. In unserer Cafeteria wurde Mittagessen gereicht, ich half ein wenig mit, die Teller zu verteilen, das lenkte mich auch von meinen eigenen Problemen ab. In der Mitte der Cafeteria stand eine übergroße Leinwand, dort lief ununterbrochen der Wetterkanal. Man sah den roten Blutball, den Hurrikan, immer näherkommen. Es schien, als ob der Hurrikan direkt bei uns einschlagen würde. Es war schrecklich.

Ich hielt mich die meiste Zeit am Eingang auf, um zu sehen, wie das Wetter sich entwickelte. Es wurde nun zusehends dunkler. Es fing heftig zu regnen an. Erste Kleinteile flogen durch die Luft, Papiere, Pappteile und eine kleine Palme. Es herrschte eine unheimliche Ruhe. Die Zeit schien stillzustehen. Wir wurden nun von Polizisten gebeten, uns von Fenstern und Türen fernzuhalten. Der Sturm blies laut und kräftig. Die Fenster wackelten bedrohlich. Wir gingen in einen fensterlosen Raum, dem Schulkino, und verharrten dort ein paar Stunden. Leider lief kein Film, da der Strom nun ausgefallen war. Wir hatten aber Notstromaggregate, die uns laut brummend mit dem wichtigsten Strom, z. B. für die Klimaanlage, versorgten. Wir dachten, was alle Menschen dachten. Hoffentlich ist unser Haus verschont, hoffentlich lebt unser zutiefst geliebter Hund noch, hoffentlich geht es unseren Nachbarn, die zu Hause geblieben waren, gut. Diese Form der Angst war so pur und greifbar. Die Natur hat uns alles gegeben, sie kann uns auch alles nehmen. Der Regen prasselte laut und aggressiv auf das Schuldach.

Nach sechs langen Stunden war es vorbei. Die schlimmsten Sturmausläufer waren weiter an Land gezogen, um dort an Kraft zu verlieren und zu verebben. Die Polizei ließ noch keinen aus dem Schulgelände hinaus. Wir waren sehr genervt und konnten nicht verstehen, was diese Hinhaltetaktik zu bedeuten hatte. Wir wollten endlich zu unserem Haus, zu unserem Hund. Was ich damals noch nicht wusste, war, dass Hurrikans große Massen an Wasser mit sich bringen. Das Wasser kommt dann gewöhnlich einfach aus dem Boden und kann beträchtlich ansteigen. Wohnt man in einer sogenannten *floating zone* (Überflutungszone), muss man damit rechnen, sein Haus durch die großen Wassermassen zu verlieren. Unser Haus stand nicht in einer *floating zone*. Die Polizisten mussten jetzt herausfinden, ob alle Wege gut befahrbar waren.
Nach weiteren zwei Stunden durften wir fahren. Ich

glaube, wir waren alle noch nie so aufgeregt und ängstlich vor dem gewesen, was wir vorfinden würden. Würde das Haus stehen? In welcher Verfassung würde unser Hund sein, war er eingequetscht, schrie und jaulte er vergebens nach uns? All diese Schreckensbilder waren in unseren Köpfen. Dann bogen wir in unsere Straße ein. Dort stand unser Haus, völlig unbeschädigt. Ein paar große Äste lagen auf dem Grundstück, das war schon alles. Danke, lieber Gott, für diesen Schutz. Unserer Quenty ging es prima, sie, die sonst so gefräßig ist, hat in ihrer instinktiven Angst keinen Krümel gefressen. Sie hatte die Gefahr gespürt. Der Strom war in der gesamten Stadt ausgefallen. Das bedeutete für uns auch, dass wir kein Wasser hatten. Unser Wasser kam aus einem Brunnen und der wurde mit einer elektrischen Pumpe bedient. Wir hatten gute Wasservorräte und genug Unverderbliches zu essen. Wir wuschen uns notdürftig mit dem Trinkwasser. Glücklich und schon wieder verschwitzt gingen wir zum Schlafen in einen ungekühlten, stickigen Raum. Doch hier roch es gut, es roch so vertraut nur nach uns. Wir hatten dieses schreckliche Ereignis unbeschadet überstanden.

Am nächsten Morgen wachten wir verschwitzt und verklebt auf und beschlossen in unserem Sportclub schwimmen und duschen zu gehen. Der Sportclub war in einer anderen nahegelegenen Stadt, dort gab es noch Strom. Das war eine Wohltat, einfach herrlich, endlich konnten wir uns mit kaltem Wasser abkühlen. Die Hitze war ohne Klimaanlage unerträglich. Die Kinder hatten wegen des Stromausfalls keine Schule, so beschlossen wir, uns einmal umzusehen. Wir hatten weder Fern-sehen noch Radio, außer im Auto und so waren wir von der Außenwelt ausgeschlossen. Wir wollten mit dem Auto in unserer Stadt und in den umliegenden Städten einmal nachsehen, ob der Sturm große Schäden angerichtet hatte. In unserer Stadt North Port hatten sich an verschiedenen Stellen große Wasserpfützen gebildet. Schäden an Häusern konnten wir nicht erkennen. Wir fuhren in die Nachbarstadt Port Charlotte und konnten unseren Augen kaum trauen Die Straßen waren überfüllt mit Hausdämmstoffen, einer Art Riesenwatte in Rosa, verbogenen Blechteilen, abgebrochenen Hausteilen, großen zerstörten Werbeschildern und vielem mehr. Die schlimmsten Bilder boten die zerstörten Häuser, abgebrochenen Dächer, umgefallenen Ampelanlagen, liegenden Zapfsäulen und ausgelaufenes Benzin. Sämtliche Autos waren durch umgefallene Bäume völlig platt gedrückt. Besonders traurig war der Anblick von toten Tieren, die dem Sturm zum Opfer gefallen waren. Es wirkte auf uns wie Ausschnitte aus einem Horrorfilm. Am gefährlichsten erschienen uns die herabhängenden Starkstromkabel, die von der Polizei gesichert wurden. Die Stadt war in einem Zustand wie nach einem Bombenanschlag. Uns wurde bewusst, wie viel Glück wir gehabt hatten und wie gefährlich dieser Sturm gewesen war.

Am schlimmsten hatte es die Stadt Punta Gorda erwischt, sie war ebenfalls eine Nachbarstadt von uns. Dort waren massiv gebaute Gebäude, wie die Bank of America, in der Mitte auseinandergerissen worden. Hotels hatten keine Außenmauern mehr, man konnte Sofas und Betten sehen, ein groteskes Bild. Der dort befindliche *Mobile-Home-Park*, in dem meistens ältere Menschen oder sozial schwächere Familien wohnten, war ein Schrottplatz geworden. Kein Haus stand mehr, man konnte nicht einmal mehr ein Haus vermuten, welches dort einmal hätte gestanden haben können. Es waren nur Aluminiumteile und Möbelteile zu erkennen. In der Geschäftspassage waren bei kleinen Läden sämtliche Scheiben und Türen einfach weg, man konnte dort hineinlaufen, die Waren lagen auf dem Boden. Wir waren extrem geschockt bei diesen Bildern der Vernichtung. Heute bedeutet für mich das Wort Hurrikan Tod und Zerstörung.

Nach ein paar Tagen hatte die *FEMA*, eine staatliche Institution für Katastrophenhilfe, auf sämtlichen zerstörten Dächern blaue Folien gespannt, damit kein Regenwasser eindringen konnte. So wurde auch gewährleistet, dass die Menschen noch zum großen Teil in den nicht so zerstörten Häusern wohnen konnten.

Nach fünf Tagen hatten wir wieder Strom und unser Leben konnte weitergehen. In der Zeitung stand, dass sich bei einigen Menschen eine tiefe Traurigkeit über das Geschehene einstellen könnte. Genau das passierte mit mir. Solch eine schlimme Katastrophe und Angst hatten wir noch nie erlebt, solche schlimmen Bilder noch nie gesehen. Wir hatten einen Schock erlitten. Noch heute erschrecken mich laute Windgeräusche, Manfred empfindet es ganz ähnlich. Die Kinder haben es besser verarbeitet.

Vier Wochen später musste Manfred nach Deutschland reisen, da es Schwierigkeiten mit unseren Häusern gab. Mehrere Mieter konnten auf einmal ihre Miete nicht mehr pünktlich bezahlen. Bei einem Ausfall entsteht kein großes Problem, aber wenn drei Parteien nicht mehr zahlen, wird es sehr gefährlich. Die Häuser waren natürlich auf Kredit gekauft worden und mussten monatlich abbezahlt werden. Ohne Mieteinnahmen funktionierte das nicht mehr. Ein schlimmer Stress für uns. Spaß macht so ein Trip nach Deutschland mit derart negativen Aufgaben natürlich nicht. Aber das Problem musste gelöst werden. Manfred konnte zum Glück bei meiner Tante Inge in Frankfurt wohnen. Das war nicht nur finanziell eine Erleichterung, sondern auch deswegen, weil dadurch der in dieser schweren Zeit wichtige soziale Kontakt gewährleistet war. Manfred konnte sich austauschen, abends abschalten und sich ein wenig wie ein Mensch fühlen. Ich blieb mit den Kindern in unserem Haus zurück. Natürlich hätte ich Manfred gerne unterstützt, aber das ging ja nicht, die Kinder mussten in die Schule.

Als ich Manfred am Flughafen verabschiedete, war ich sehr aufgewühlt und traurig. Wir sind immer gerne zusammen. Ich hatte ein wenig Angst vor dem Alleinsein in Amerika. Normal bin ich eine gestandene Frau, die sehr gut zurecht kommt, aber in dieser Situation war es anders. Das Leben hier erschien mir plötzlich abenteuerlich und gefährlich. Der Sturm hatte seine Spuren hinterlassen. Ich fühlte mich verletzlich und fragil.

Auf meiner Fahrt nach Hause ging es mir schon besser. Abends wollten die Kinder und ich eine DVD ausleihen, um uns einen spannenden Film anzusehen. Im Videoladen begrüßten wir freudig Mary, die Besitzerin. Sie wirkte angespannt. Ich fragte sie, wie es denn so gehe. Die Antwort klingt mir noch heute in den Ohren. Sie sagte „DIESER VERDAMMTE STURM KOMMT SCHON WIEDER ZU UNS!!!" „Was redet die denn für einen Quatsch", ging es mir durch den Kopf, „der Sturm ist vorbei."

„It's another storm (es ist ein anderer Sturm)", nein, das konnte doch nicht wirklich wahr sein. Überall standen noch die zerstörten Häuser von Hurricane Charly, die Städte lagen noch in Trümmern. Das war nicht möglich, lebten wir in einem Land, in dem man jede Woche mit SCHRECKLICHEN KATASTROPHEN leben musste? Mein Herz sank tief in ein Tal der nackten Angst.
Zu Hause hörte ich im Wetterkanal, dass tatsächlich ein neuer Hurrikan auf dem Weg nach Haiti war.
Ich hörte, dass noch einige Tage vergehen mussten, um

die Richtung des Hurrikans richtig einschätzen und präzise den Landfall in den USA voraussagen zu können. Nach so kurzer Zeit zwei Stürme hintereinander zu ertragen schien zu viel für mich. Manfred war in Deutschland, ich kannte hier noch nicht so viele Menschen, die mir helfen könnten, ich fühlte mich schrecklich. Die nächsten zwei Tage verliefen routiniert, ich fuhr morgens die Kinder in die Schule, kochte Mittagessen, studierte im Internet verschiedene Formen des Hausbaus, schaute währenddessen immer mit einem Auge den neuesten Bericht im Wetterkanal. Der Hurrikan Namens Ivan schlug in Haiti in der Stärke 3 an Land. Die Bilder im Fernsehen waren schrecklich, überall nur Verwüstung und Überschwemmung auf Haiti, einem sehr armen Land, in dem die meisten Menschen in billigen Holzunterkünften leben, abgesehen von den schönen, üppigen Tourismusgebieten.

Manfred hörte besorgt meine Berichte aus Florida, es wurde auch in Deutschland von diesem Sturm berichtet. Wir hofften beide, dass der Sturm an uns vorbei zieht. Aber es kam ganz anders. Ivan kam so wie Charly in genau unsere Richtung an den Golf von Mexiko. Die Einschätzung der Wetterexperten ließ darauf schließen, dass der Sturm zwischen Fort Myers und Venice einschlagen würde. Venice war sozusagen bei uns um die Ecke. Da wir nicht in direkter Meeresnähe lebten, könnten wir von den schlimmsten Ausläufern des Sturms verschont bleiben. Wie gesagt – könnten. Meine Aufgabe war es nun, erneut die *hurricane shutters* an die Fenster zu montieren. Schon mit Manfred war diese Aufgabe eine Qual, aber alleine – nur nicht zu negativ denken, schoss es mir durch den Kopf, ich möchte und ich werde diese Aufgabe schaffen. Am Telefon gab mir Manfred die nötigen Instruktionen, dann ging es auch gleich los. Nachdem ich die Kinder in der Schule abgesetzt hatte, fing ich an, die *shutters* anzuschrauben.

Nach drei Stunden hatte ich erst ein Fenster geschafft (ein Fenster braucht drei *shutters*). Man kann sich nicht vorstellen, wie schwer sie alleine zu halten und zu befestigen sind. Meine Arme hatten unzählige kleine Wunden, verursacht von den scharfen Außenkanten der *shutters*.

Am Nachmittag ging ich mit den Kindern nach der Schule zum Chinesen essen, ich brauchte dringend Energie und die Kinder freuten sich. Danach arbeiteten wir mit vereinten Kräften zusammen weiter. Abends um 21 Uhr waren wir fertig.

Am nächsten Nachmittag sollte Hurrikan Ivan die Küste von Venice erreichen. Es wurde im Fernsehen angeraten, dass die Bürger von North Port zu ihrem Schutze wieder in die sichere Schule gehen sollten. Der Hurrikan habe bei Landfall die Kategorie 2 oder 3. Ich beschloss, mit den Kindern wieder in die Schule zu gehen. Wieder kaufte ich Wasser und Lebensmittel und Wachhaltepillen, ein harmloses Gemisch, die einem helfen, nicht einzuschlafen (die gibt es im freien Verkauf bei Walmart). Ich wollte auf jeden Fall die Kontrolle behalten.

Am nächsten Tag warteten wir bis zum frühen Mittag, wir wollten nicht zu früh in die Notunterkunft. Das Wetter war grandios, nichts ließ uns an eine bevorstehende Katastrophe denken. Dieser Hurrikan war extrem langsam. Pünktlich am Mittag, nachdem wir unsere arme Quenty wieder versorgt hatten, fuhren wir zur Schule. Der Parkplatz war diesmal nicht so voll wie bei Hurrikan Charly, was mich vermuten ließ, dass viele Menschen zu Hause ausharren wollten. Als wir unser Auto ausluden, kam sofort ein junger Mann angerannt, der mir helfen wollte. „No, thank you (nein, danke)", war meine augenblickliche Reaktion. Ein paar Minuten später brachte derselbe Mann mir einen heißen, dampfenden Kaffee an den Tisch, an dem wir saßen. Ich schaute ihm fest in die Augen, gab ihm den Kaffee zurück und sagte nochmals: „No, thank you." Die Kinder mussten kichern, das war lustig, ihre Mutter hatte einen Verehrer. Ich zeigte mich garstig und unfreundlich (ganz gegen meine Natur). Die Männer sollten sehen, ich bin stark für mich und kann meine Kinder alleine versorgen, ein Verhalten, das ich oft bei amerikanischen Frauen beobachtet hatte. Keine Frau, die ich kannte, hatte sich je schwach und hilflos präsentiert. Im Gegenteil, die Frauen, die ich in Amerika kennen lernen durfte, nahmen in ihrer Familie das Zepter in die Hand, sie wechselten selbstbewusst Reifen, fuhren mit ihren Harleys an den Strand und organisierten ihr Leben völlig selbstständig. Nur wenige waren von ihren Männern abhängig. Ich wollte vermitteln, dass ich nicht zu denen gehörte.

Wir suchten uns bei einigen Mitschülern der Kinder einen schönen Platz. Die Situation erschien grotesk: Draußen schien die Sonne und wir warteten auf den Hurrikan. Nach drei Stunden kamen erste Winde, der Himmel färbte sich schwarz. Es regnete in Strömen. Ich trank einen Kaffee nach dem anderen. An der Tür beobachtete ich den Sturm. Zu meiner Überraschung wurde der Himmel wieder hell und die Sonne lugte hervor. Doch die Polizisten sagten, das Unwetter hätte noch gar nicht richtig angefangen. Puuhh, wie lange würde dieser verflixte Sturm dauern?
Es schien, als ob wir in der Schule übernachten mussten. Wir durften uns in dem Umkleideraum ein Nachtlager einrichten. Zwei weitere Familien waren schon dort. Die älteren Männer sollten in den Nebenräumen duschen (Männer und Frauen natürlich getrennt). Die Abluftanlagen der Dusche verliefen durch unseren Raum. Als die Duschprozedur begann, kam uns ein schrecklicher Geruch entgegen. Die Gerüche, die aus

den Duschen kamen, kann man in Worten nicht ausdrücken. Es erschien mir so grausam eklig, dass wir durch den Notausgang hinausliefen, um uns vor diesem Gestank zu schützen. Wären wir nur eine Minute länger in diesem Raum geblieben, wir hätten uns übergeben müssen.

Draußen begegneten wir einer Helferin des Roten Kreuzes. Ich erzählte ihr von den Gerüchen. Sie fragte uns, ob wir in einem Mobile-Home lebten? Ich verneinte und nannte ihr unsere Adresse. Sie sagte, dass der Hurrikan langsam und schwach sei, es gäbe zwar immer mal kräftige Windschübe, aber wir könnten getrost nach Hause fahren. Ich umarmte sie und wir packten schnell unsere Sachen.

Bei diesem Hurrikan waren die meisten Amerikaner zu Hause geblieben. Nur die Menschen aus den *Mobile-Home-Parks*, in diesem Fall fast nur ältere Menschen, waren in die *shelter* (Schutzunterkünfte) gegangen. Viele dieser Menschen lebten von einem Existenzminimum, einige waren behindert und brauchten dringend Hilfe im täglichen Leben. Da liegt die Vermutung nah, dass die einfachsten Aktivitäten, wie Duschen und andere Dinge, für diese Menschen nur schwerlich, wenn überhaupt zu bewältigen sind. Das erklärt diese Gerüche aus den Duschen. Hier hatten sie Unterstützung von den Krankenschwestern bekommen. Wer weiß, vielleicht war diese Dusche die erste nach Monaten gewesen.

Auf dem Weg nach Hause bogen sich die Bäume und Büsche im Wind. Ich hatte schreckliche Angst, die falsche Entscheidung getroffen zu haben. Nach der Ankunft rannten wir schnell ins Haus. Ich brachte die Kinder in das Wohnzimmer, das sicherste Zimmer im Haus. Die hinteren Schlafzimmer grenzten an den kleinen Wald mit den hohen Bäumen. Wenn ein Baum auf unser Haus fallen sollte, dann träfe er nicht die Seite, in der sich das Wohnzimmer befand. Die Kinder fanden das Matratzenlager cool und schliefen schnell ein. Ich nahm zuerst einmal die Anti-Schlafpille ein, ein Gemisch aus hochprozentigem Coffein und irgendetwas anderem. Dann stellte ich einen Stuhl vor die Eingangstür und harrte die Nacht über aus. Es gab immer wieder starke Windstöße, welche die Bäume tief nach unten bogen. Dann war es beinahe wieder windstill, dieses Wechselspiel zog sich durch die ganze Nacht. Ich konnte ohne Probleme wach bleiben, weiß aber nicht, ob die Wachhaltepille oder mein erhöhter Adrenalinspiegel dafür verantwortlich war. Am nächsten Morgen hatte sich die Situation noch immer nicht geändert. Wunderbar war jedoch, dass der Strom bis jetzt nicht ausgefallen war. Den ganzen Tag und die darauffolgende Nacht dauerte der Sturm noch an. Hurrikan Ivan hatte viele Sachschäden in Fort Myers verursacht, bei uns und in der Nachbarschaft waren diesmal größere Schäden ausgeblieben.

Zwei Wochen später kam noch einmal ein Tropensturm zu uns. Dieser Sturm hat die Küste von Venice überflutet und die wunderschöne Dünenlandschaft zerstört. Dieses Jahr 2004 war das schlimmste, von den Stürmen her gesehen. Viele Menschen leben seit Jahrzehnten hier in North Port und haben solche Stürme bis dahin auch und seither nie erlebt.

Durch die Zerstörung der Städte in Florida und die vielen staatlichen Hilfen, Städte und Strände immer wieder neu aufzubauen, wurden in Florida neue Bauvorschriften erlassen. Alles musste nun hurrikansicher sein. Diese Bauauflagen machte es uns unmöglich, günstig zu bauen. Erschwerend kam hinzu, dass die Grundstückssteuer, die *tax*, sich verdreifachte.

Kapitel 8

Zurück nach Deutschland ???

Wir hatten in Florida in einige Grundstücke investiert. Die Steuer dafür wollten wir nicht unbedingt bezahlen.

Manfred kam nun von Deutschland zurück und erzählte von den schlimmen Problemen dort mit einigen Mietern unserer Häuser. Ein Mieter, der ein riesiges Gewerbeobjekt (ein ehemaliger Penny Markt) bei uns angemietet hatte und über Jahre erfolgreich Billigprodukte aus China verkauft hatte, konnte auf einmal seine Ware nicht mehr verkaufen. Der Markt hatte sich schlichtweg verändert, die Ware war zu altbacken. Leider war der Mieter jetzt pleite, er konnte schon seit drei Monaten die Miete nicht mehr begleichen. Das alleine riss ein großes Loch in unser Budget.

Weitere zwei Mieter von zwei 4-Zimmer-Wohnungen zahlten die Miete immer später. In der einen Wohnung war der Vater arbeitslos geworden, das alleine wäre nicht so schlimm gewesen, aber dieser Mann ließ sich hängen und fing an zu trinken. Seine arme Ehefrau weinte sich bei Manfred aus. Sie versprach, künftig die Miete pünktlich zu überweisen. Manfred wusste, dass sie das nicht schaffen würde und sich die Situation eher verschlimmern könnte.

Bei der zweiten Wohnung handelte es sich um eine alleinerziehende Mutter mit zwei fast erwachsenen Söhnen. Diese Mieterin hatte ständig etwas zu kritisieren, mal tropfte der Wasserhahn, dann war die Heizung zu teuer, sie suchte sprichwörtlich das Haar in der Suppe, um die Miete zu reduzieren. Wir hatten für unsere Immobilien einen Verwalter, der sich um unsere Häuser kümmerte. Die Mieterin wusste davon, dass wir weit weg waren. Ein Verwalter ist natürlich kein Eigentümer und hat bestimmt nicht die gleichen Intentionen wie wir. Den Verwalter kennen wir seit vielen Jahren, er war immer unser Elektriker. Er war maßgeblich daran beteiligt, dass wir ein paar Jahre später unsere Häuser verloren (davon später mehr). Manfred war bei seinen Erzählungen sehr niedergeschlagen. Das sah nicht gut aus.

Durch die steuerliche Entwicklung und die erschwerten Bauvorschriften wurde uns klar, dass wir unseren Traum, hier in Florida eine Baufirma zu haben, begraben konnten.

Die bedrohliche Entwicklung in Deutschland ließ eigentlich keine andere Möglichkeit zu, als wieder zurück zu gehen. Wir mussten uns selber um unsere Häuser kümmern.

Wir hatten uns hier in Amerika phantastisch eingelebt, konnten nun die Sprache verstehen und uns an allen Gesprächen beteiligen. Wir liebten dieses Land mit seiner Weite und den Menschen.

Wir versuchten unsere Grundstücke zu verkaufen. Der riesige Immobilien- und Grundstückboom war mit den neuen Steuervorgaben verebbt. Entsprechend gering war das Kundeninteresse. Zwei Grundstücke konnten wir noch verkaufen, natürlich ohne Gewinn, die anderen würden uns nur jedes Jahr Geld kosten. Ein furchtbarer Gedanke.

In Amerika kann die Wirtschaft innerhalb von Tagen zusammenbrechen, da neue Gesetze schnell bestimmt und umgesetzt werden können. So etwas kennen wir in Deutschland nicht. Aber die Grundstückssteuer wurde nur in Florida angehoben. Jeder Staat hat eigene Regeln.

Was sollten wir nur machen? Wir beschlossen tief betrübt, nach Deutschland zurückzugehen. Die Kinder waren über diese Tatsache auch traurig, sie wären gerne noch in den USA geblieben. Manfred bestellte die Rückreisetickets für 4000.- Dollar. In zwei Wochen sollte es losgehen.

Wir mussten noch schnell das Haus verkaufen. Zum Glück war der Hausverkauf nicht so schwierig wie ein Grundstücksverkauf. Die erste Besichtigung verlief enttäuschend, den Leuten gefiel die Umgebung nicht. Bei der zweiten Besichtigung kam eine nette Familie aus Alabama, die ihre Wurzeln hier in North Port hatten und zurückkehren wollten. Ihnen gefiel einfach alles, sie wollten das Haus möbliert kaufen. Sogar meine Bettwäsche sollte bleiben und mein gesamtes Geschirr. Das war unglaublich erfreulich. Sie boten einen sehr guten Preis und wir schlugen ein. Danach tranken wir alle noch ein Bierchen, der Käufer schlief später glatt auf unserem Sofa ein. „Der Mann fühlt sich gleich wie daheim", dachte ich. Die letzten Tage waren angebrochen. Wir fühlten uns einfach schrecklich bei dem Gedanken, bald wieder in Deutschland zu sein.

Wir vertrieben uns abends die Zeit mit Videofilmen. Wie immer beeindruckte mich bei amerikanischen Filmen die wunderschöne Natur, die man während der Filme sehen konnte. Auf einmal hatte ich ein derart starkes Gefühl für dieses schöne Land, ich durfte und wollte noch nicht aufgeben. Texas war und ist mein Wunschziel. Dort waren die Grundstückpreise nicht gestiegen, auch in der Baubranche gab es dort keine strengeren Auflagen. Ich wollte schon als Kind nach Texas. Diese Weite, die Steppe, die wunderschönen Kakteen. Je mehr ich darüber nachdachte, desto klarer wurde mein Entschluss. Ich musste nur noch Manfred überzeugen.

„Bist du verrückt, wir gehen doch nicht nach Texas, wir haben bereits für viel Geld die Rückflugtickets gekauft!", brüllte Manfred mich an. Er war sehr aufgeregt über mein Vorhaben, denn er wusste, dass ich hartnäckig sein kann, wenn ich mir einer Sache sicher bin. „Du kannst die Tickets später bei Deutschlandreisen noch nutzen", konterte ich. „Wir müssen es einfach nochmal versuchen", bettelte ich.

Wir recherchierten die ganze Nacht über Orte in Texas nach. Die wirtschaftliche Lage in Texas allgemein schien ausgezeichnet. Corpus Christi, eine Küstenstadt, gefiel uns am besten. Sie bildet eine Halbinsel und liegt am Golf von Mexiko. Mit seinen 442.600 Einwohnern gehört Corpus Christi zu den überschaubaren Städten, die aber alles zu bieten hatte, was uns wichtig war. Corpus Christi (der Leib Christi, so genannt von den Spaniern zu Ehren des Abendmahls) ist eine bedeutende Stadt in Texas. Sie beinhaltet den sechstgrößten Hafen der USA. Neben den Erdöl- und Naturgasgewerben ist dank der traumhaften Lage am Golf von Mexiko der Tourismus eine große Einnahmequelle. Die Stadt wird auch *Sparkling City by the sea* (funkelnde Metropole am Meer) genannt. In Corpus Christi befindet sich zudem eine große Army-Base, ein wichtiges wirtschaftliches Drehkreuz. Das Klima ist ganzjährig mild, im Sommer sehr heiß. Wir hatten den Eindruck, hier gutes Geld verdienen zu können. Wir mussten Gas geben, das Haus war verkauft, in wenigen Tagen würden wir es übergeben. Manfred erfüllte mir meinen Wunsch, obwohl wir in Deutschland so große Probleme hatten. Ich konnte einfach nicht anders. Das Land hielt mich fest im Griff, wie eine Muschel die Perle. Für meinen Mann war meine Entscheidung schwierig, aber er wollte mich glücklich machen, wie so oft (umgekehrt gilt dasselbe für mich, ich mache ihn auch gerne glücklich).

Wir entschieden, uns einen *Trailer* (Wohnanhänger) zu kaufen. Dazu mussten wir uns einen neuen Pick-up-Truck kaufen, einen mit höherer Zugkraft. Wir besprachen unsere Entscheidung mit den Käufern unseres Hauses. Wir fragten sie, ob es möglich sei, etwas später zu übergeben. Die Käufer waren nicht begeistert, da der Kaufpreis schon in wenigen Tagen fließen würde, aber sie gaben uns eine Woche mehr Zeit. Das war super und reichte, um unser Auto zu verkaufen und ein neues zu kaufen. Jetzt musste nur noch der *Trailer* her. Wir fanden ein sensationelles Angebot in der Zeitung. Im Zuge der Hurrikans wurden viele *Trailer* gebaut, um den Menschen einigermaßen günstigen Wohnraum zu bieten. Den *Trailer* konnte man ja auf dem Grundstück abstellen, alle Anschlüsse waren da und die Familien konnten Stück für Stück wieder ihr Haus aufbauen.

Viele *Trailer* blieben übrig und wurden weit unter Preis angeboten. Wir fuhren zu dem Händler und schauten uns den *Trailer* an.

Wir konnten unseren Augen nicht trauen, als wir den riesigen Hänger besichtigten. Das war kein „Wohnwagen", sondern ein „Wohnhaus" mit Wohnzimmer, Flat-TV, Radio mit Dolby Sound, Couch, Fernsehsessel, richtigem Bad mit moderner Rundusche, extra Toilette, Schlafzimmer mit Schiebetür und Einbauschränken, Kinderzimmer mit Doppelstockbetten und einem großen Tisch mit vier Stühlen, einer tollen Küche mit Gasherd, riesigem Kühlschrank mit Eisfach und vielen Küchenschränken, Eckbank, großem Esstisch, Stühle, alles war gestaltet inmitten einer hellen geschmackvollen Holzverkleidung. Die Räumlichkeiten waren sehr groß. Man konnte elektrisch zwei Seiten ausfahren, um diese Größe zu erreichen. Wenn man mit dem *Trailer* fuhr, wurden die Seitenteile rechts und links wieder eingefahren. Ich konnte mir beim besten Willen nicht vorstellen, damit auf der Autobahn zu fahren. Manfred hatte keine Bedenken, der Preis war klasse, also wurde der *Trailer* gekauft.

Schon wieder waren wir auf Abenteuerfahrt. Die Kinder freuten sich sehr, dass sie noch in Amerika bleiben durften, denn sie fühlten sich wie wir sehr wohl in diesem Land.

Kapitel 9

Aufbruch nach Texas

Der *Trailer* stand mit dem Pick-up verbunden vor unserer Garage. Alles war gepackt. Wir machten noch schnell die Übergabe unseres Hauses, ich hatte noch alles blitzblank geputzt und die Betten neu bezogen. Als Überraschung hatten wir den Kühlschrank mit Leckereien gefüllt, denn wir waren den Käufern sehr dankbar für die Tolerierung der Übergabeverzögerung. Wir verabschiedeten uns herzlich, dann ging es los.

Der neue Pick-up-Truck war noch größer und noch komfortabler, der Platz im Innenraum war für eine derart weite Reise sehr bequem. Auch die Kinder saßen überglücklich auf der breiten, ledernen Rückbank. Wir wollten die Route von Florida über Alabama, Mississippi und Louisiana bis nach Texas reisen. Campingplätze gab es überall genug. Es sollte ein 6-tägiger Trip werden. Wir hatten jetzt Mitte Januar, es war keine Reisesaison. Auf den Straßen war dennoch reger Verkehr, Mit dem megalangen Hänger waren wir ziemlich angespannt, wir kamen uns ein wenig wie LKW-Fahrer vor. Wir fuhren gemütlich und genossen die schöne Natur. Es wurde zusehends kühler. In Florida hatten wir noch alle nur ein T-Shirt angehabt, jetzt war eine Strickjacke notwendig. Die Straßen wurden ab Mississippi schlechter, wir hatten ständig laute Fahrgeräusche im Ohr. Die Campingplätze, die wir vorher ausgesucht hatten, boten alles, was man sich wünschen kann. Besonders sauber war es in den Dusch- und Toilettenbereichen, so konnte man sich immer gut erholen. Mit unserer Quenty machten wir viele Gassi-

Gänge, sie war damals schon eine alte Dame, aber noch topfit. In Louisiana wollten wir nach New Orleans reisen, um uns die Stadt anzusehen. Der Campingplatz in New Orleans war sehr klein und schmutzig, aber dafür teuer. Wir entschieden uns, mit einem Taxi eine Stadtrundfahrt zu unternehmen. Der Taxifahrer war ein Afroamerikaner und ein Glücksfall. Er zeigte uns legendäre Jazzkneipen, die Innenstadt, wunderschöne Südstaatenvillen und die berühmte Bourborn Street. Während der Fahrt sang er wie ein Soulsänger, laut und stimmungsvoll. Unsere Kinder lachten sich krumm. In der Bourborn Street stiegen wir aus. Die Nacht war angebrochen. Wir gingen in eine stimmungsvolle Jazzkneipe, um einen Hamburger zu essen. Es schmeckte köstlich, ein Fest für Augen, Ohren und Gaumen. So langsam wurde es voller in der Fußgängerpassage und es tanzten auf einmal Frauen oben ohne auf der Straße, die dann billige Ketten zugeworfen bekamen. Es wurde Zeit für uns zu gehen, denn die Stimmung war ziemlich aufgeheizt. Sarah und Laurenz bekamen Stielaugen bei diesen merkwürdigen Aktivitäten in dem sonst so prüden Amerika. Wir waren froh, als wir sicher in unserem Camper saßen. Die Kinder lachten an diesem Abend noch lange in ihrem Zimmer.

Nach dem Erlebnis New Orleans ging es am nächsten Morgen weiter nach Texas. Jiiiihaa!
Als wir in den Staat Texas hineinfuhren, hatten wir alle Schmetterlinge im Bauch. Das erste Restaurant „Chilis" war von außen so ansprechend, dass wir kurzerhand dort zu Mittag aßen. Das Restaurant hatte einen Westernflair. Die Eingangstüren waren gestaltet wie Salontüren, echt cool. Das Essen war herrlich, die Bedienungen superfreundlich. In Amerika sind wir von Anfang an von der Freundlichkeit und Herzlichkeit der Menschen überrascht worden. In Texas war es noch einen Schwung herzlicher, super, super herzlich.

64

Nach ein paar Stunden Fahrt kamen wir in Portland, Corpus Christi, auf einem wunderschönen Campingplatz an. Wir hatten einen Stellplatz direkt am Meer. Manfred hatte nichts dem Zufall überlassen. Als wir ausstiegen, sah ich eine riesige Feigenkaktee mit gelben, dicken Blüten, die wunderbar dufteten: meine absolute Lieblingspflanze.

Als wir unseren Anhänger fertiggemacht hatten, genossen wir gemeinsam den wohl schönsten Sonnenuntergang, den ich je gesehen habe. Mit dem legendären *Bud Beer* stießen wir auf unsere neue Zukunft an. Man stellt sich Texas meist als einen Wüstenstaat vor, in dem tote Büsche die Straße entlang rollen. In Corpus Christi wachsen Palmen, Aloe veras, Kakteen, Oleander und vieles mehr. Das Klima ist feuchtheiß. Man kann die Vegetation aber keinesfalls mit Florida vergleichen. In Texas regnet es nur selten und bei großer Trockenheit wird jede Wiese, wenn sie nicht bewässert wird, schnell braun. Die täglichen Gewitter mit kräftigen Regenschauern, wie wir sie aus Florida kennen, kommen in Texas nur selten vor.

Am nächsten Tag fuhren wir durch Corpus (jeder sagt zu Corpus Christi nur Corpus) und wollten die Stadt kennen lernen. Wir mussten uns einen guten Schuldistrikt suchen, in dem wir uns ein Haus kaufen wollten. Laut dem Immobilienmakler gab es sehr gute Stadtteile und ganz schlechte. Die besten Schulen in Corpus waren brandneue Schulen in supermodernen Gebäuden in Flour Bluff. Dieser Stadtteil hatte nicht den besten Ruf, aber die Kinder (aller Millionäre) von Padre Island besuchten diese Schule ebenfalls. Padre Island, eine Insel, befindet sich direkt am Meer und ist ein extrem teures Gebiet, wenn man dort Immobilien kaufen möchte. Alleine die *house tax* (Steuer) ist eine der teuersten der Stadt. Von Flour Bluff ist dieses Gebiet nur eine Brücke weit entfernt. Wir waren von Flour Bluff begeistert. Überall standen Häuser auf Stelzen, die ganz neu gebaut worden waren. Sie waren bunt gestrichen und standen am *Interkoastal* (wo Salz- und Süßwasser zusammentreffen) nah am Wasser. Zwischen den modernen, neu gebauten Häusern standen auch hier und da alte Hütten, vor denen freundliche Leute saßen, meistens Mexikaner. Uns gefielen das Mischgebiet und die Atmosphäre dort sehr gut und wir beschlossen, uns hier niederzulassen.

Die Entscheidung gegen den Rat der Maklerin haben wir nie bereut. Meine glücklichste Zeit in Amerika hatte ich in Flour Bluff, ich liebe diese Gegend bis heute und würde zu jeder Zeit wieder genau dorthin zurückgehen.

Wir beschlossen, ohne Maklerin auf die Suche nach einem geeigneten Haus zu gehen. Bei Häusern in Amerika, die verkauft werden sollen, stehen immer große Verkaufsschilder auf dem Grundstück. Wir sahen ein gelbes Haus auf Stelzen, direkt am Wasser. Um das Haus war ein riesiger Balkon aus Holz gebaut. Wir riefen die Nummer auf dem Schild an, es war die des Eigentümers, einem großen Bauträger aus Corpus. Am nächsten Tag hatten wir mit ihm einen Besichtigungstermin. Das Haus war eine Augenweide, Wasserblick von jedem Zimmer. Aufgrund der Höhe konnte man sehr weit auf das Wasser blicken. Die Zimmer waren etwas kleiner als erwartet, dafür waren das Wohnzimmer und die Küche sehr großzügig geschnitten. Neben dem Haus stand eine Art Fischerhütte, mit ein paar Hunden drumherum. Vor der Hütte saß eine lachende Mexikanerin, die uns überfreundlich begrüßte. Diese Hütte besaß weder eine Heizung noch eine Klimaanlage, aber sie war sehr sauber.
Nach der Besichtigung sprachen wir ein wenig mit der

Mexikanerin. Ihr Name war Shelly und sie lebte mit ihrem Mann Fernando auf dem 3000 m² großen Grundstück in der bescheidenen Hütte. Sie war eine positive starke Persönlichkeit. Arm war sie auf keinen Fall, denn sie besaß viel Land. Sie wollte aber das einfache Leben, das sie als Kind schon gelebt hatte, genau so weiter fortführen. Wir kauften das Haus. Wir durften unsere Sachen schon vor der Unterzeichnung des Kaufvertrags in das Haus bringen. Shelly brachte ein Stromkabel herüber, damit wir Licht hatten. Das war der Beginn einer wunderbaren Freundschaft.

Als wir unseren *Trailer* unter unser Haus parken wollten, mussten wir ein Stück auf der gegenüberliegenden freien Wiese fahren. Durch den schweren *Trailer* entstanden Spuren auf der Wiese. Ein Mann kam von der anderen Straßenseite aus seinem Haus gerannt. Ich dachte nur an den Ärger, der jetzt kommen würde. Bevor der Mann etwas sagen konnte, entschuldigte ich mich eindringlich. Der Mann hörte mich nicht, er lief gleich zu Manfred und winkte ihn nach hinten. Das bedeutete, wir sollten richtig auf seine Wiese fahren, damit wir ordentlich einparken konnten. Er wollte uns tatsächlich nur helfen. Seine Wiese hatte nach diesem Manöver tiefe Spurrillen. Und seine Wiese war sehr gepflegt. Wir waren baff. Von Deutschland waren wir mehr auf Ärger und Streit eingestellt. So ein Verhalten war inspirierend und einfach schön. Man konnte sich ein Beispiel daran nehmen.

Wir mussten mal wieder Möbel kaufen. In Corpus gab es gleich mehrere Läden. Wir kauften unsere gesamte Ausstattung in einem sehr günstigen Möbelgeschäft. Die Einrichtung war von hoher Qualität. Wir spürten einen gewaltigen Unterschied zu Florida. Dort war alles wesentlich teurer, da ganz Florida, besonders am Meer, ein riesiges Tourismusgebiet ist. Kein Wunder bei den

vielen Reichen, die dort überwintern. Mit den wohlhabenden Rentnern wurden die besten Geschäfte gemacht.
Wieder wurden unsere neuen Möbel ins Haus gebracht und zusammengeschraubt.

Kapitel 10

Unser neuer Alltag in Flour Bluff

Die frische salzhaltige Luft drang beim Lüften durch alle Räume, ich blickte zum Wasser und zum unendlichen Horizont. Wir konnten glücklicher nicht sein. So zu leben schien für mich ein Privileg. Ich war zutiefst dankbar für dieses Glück. Die Kinder hatten bei ihrer neuen Einschulung keine Probleme (wenn man bedenkt, wie viele Einschulungen sie schon mitgemacht hatten). In unserer Nachbarschaft lebten viele Kinder, die sich schon bald auf unserem Grundstück und unserem Haus wiederfanden. Wir freuten uns, dass unsere Kinder viele soziale Kontakte pflegten, sie sollten glücklich sein.

Später einmal berichteten mir beide Kinder, wie schön die Zeit in Amerika für sie gewesen ist, wie spannend und wie sehr ihre neuen Erfahrungen mit der Natur und den Menschen sie bereicherten. Sie fühlten sich trotz der vielen Umzüge geliebt und geborgen. Dieses Leben war wie ein Abenteuer, an dem sie wachsen konnten. Noch heute pflegen sie regelmäßige Kontakte zu ihren amerikanischen Freunden. Zum Glück gibt es heute Billigvorwahlen nach Amerika, so können die Kids lange plaudern. Und wir natürlich auch.

In unserer Nachbarschaft pflegte man freundschaftliche Kontakte untereinander, man unterstützte sich bei anfallenden Aufgaben. So zog z. B. unser Nachbar um und alle anderen halfen mit und schleppten Möbel in den Möbelwagen. Als die neue Familie vor der Tür stand, halfen dann auch wieder alle mit.
Wir halfen nun bei anfallenden Aufgaben für andere

69

ebenfalls mit. Bald waren wir integriert, als ob es uns schon immer gegeben hätte. Bei jeder Grillparty waren wir dabei. Es war so ein schönes Leben hier in Flour Bluff.

Dann zogen neue Nachbarn in das gegenüberstehende Haus, das gerade neu fertiggestellt wurde, ein. Jane und Curley und der 14-jährige Jonathon. Ich beobachtete heimlich das bunte Treiben. Sie hatten viele Familienangehörige oder Freunde, die bei dem Umzug halfen. Es war bereits später Abend, die Kinder lagen schon im Bett.
Die beiden hatten einen riesigen Umzugslaster dabei, den die Frau fuhr (Jane). Sie wirkte sehr taff auf mich, beinahe ein wenig männlich. In dem gewaltigen Umzugslaster befanden sich auch die Harley Davidsons des Paares. Jane warf ihre Harley an und fuhr eine kleine Runde, mit lautem Geratter. Sie hatte ihr dünnes, schon ergrautes Haar zu einem dünnen geflochtenen Zopf gebunden, eigentlich eine Mode, die man bei den besonders coolen männlichen Fahrern beobachtet. Spät in der Nacht feierte die Familie noch lautstark und es rann Bier vom Fass.

Am nächsten Morgen stand Jonathon, der neue Junge, mit meinen Kindern an der Bushaltestelle. Er hatte dunkle Locken und weiche Gesichtszüge, er war auffallend hübsch. Er grüßte uns sehr freundlich. Sarah und Laurenz mochten ihn augenblicklich. Die drei wurden allerbeste Freunde.

Jane und Curley luden am folgenden Samstag alle Nachbarn zum Grillen ein. Wir brachten noch einige Salate und Bier mit. Bier ist in Amerika schweineteuer. Ein Sechserpack Dosen kostete 7.- Dollar. Das Fest war unglaublich offen, freundlich und lustig. Wir lernten uns gleich richtig kennen. Jane hatte Curley erst vor kurzem getroffen, sie war bereits dreimal geschieden. Curley trug Jane auf Händen, schwärmte ständig für sie und erfüllte ihr alle Wünsche, allerdings war es Jane, die das Geld nach Hause und die Struktur in Curleys Leben brachte. Jane hatte aus früheren Beziehungen noch drei ältere Kinder. Sie lebte für ihre Familie, die aus verschiedenen Staaten bei jedem Event angereist kamen. So auch bei diesem Fest. Ihre Familie war sehr herzlich. Jane war stark übergewichtig und legte keinen Wert auf Schminke, nur ihre Nägel waren künstlich und ziemlich lang. Trotzdem ging etwas Besonderes von dieser Frau aus, was man nicht in Worte fassen kann. Ich konnte die Wärme und Freundlichkeit gleich spüren. Ich mochte sie sehr gern.

Nun war die Zeit gekommen, hier in Arbeit zu kommen. Der Verkauf von Einfamilienhäusern lief zu dieser Zeit augenscheinlich gut. Wir hatten in Flour Bluff eine große Army Base. Demzufolge zogen viele Menschen immer wieder nach Corpus. Eine Base bedeutet immer eine große Bewegung im Immobiliengeschäft. Das reicht von Vermietungen von Mietwohnungen bis zum luxuriösen Hauskauf oder -verkauf, je nach Dienstgrad. In der Army konnte man eine große Karriere machen und sehr gut verdienen. Eine Chance für die Menschen, die sich ein teures Studium in Amerika nicht leisten können. Zu dumm nur, dass die Army mit Krieg und Waffen zu tun hat und man sich nicht aussuchen kann, in welches Gebiet man geschickt wird. Vielleicht kommt man nach gerade bestandener Grundausbildung direkt an die Front, in den Irak. Wenn man die ersten zehn Jahre überlebt hat, dann hat man (mit schwerem Trauma) definitiv die Chance, einen ruhigeren Job zu ergattern, vielleicht im Büro. Auf jeden Fall wird man später Armyveteran (Army-Rentner) und hat auch da die Möglichkeit, noch einen Kredit zu erhalten, wenn man ein Haus kaufen möchte. Ich stehe der Amerikanischen Army teilweise sehr kritisch gegenüber, weil sie jungen Menschen vorheuchelt, dass sie eine tolle Karriere machen können. Der Friedhof ist voll mit denen, die als Helden Karriere machten. Andererseits beschützt die Army die Menschen vor Terroristen und anderen Eindringlingen Die Army ist in Amerika der größte Arbeitgeber. Alle Army-Angestellten waren gern gesehene Kunden und kreditwürdig. Viele Eigentümer suchten händeringend nach Handwerkern, die ihre Häuser verkaufsfertig machen konnten. Das war für Aufträge für uns eine tolle Zeit. Wir konnten schnell starten und hatten gesicherte Arbeit, bevor wir mit dem Hausbauen beginnen wollten.

Kapitel 11

Jake

In Corpus gab es an jedem Wochenende unzählige Flohmärkte. Bei vielen war es schlicht ein *Garage Sale* (Flohmarktverkauf in einer Garage). Leute, die umzogen, oder Händler boten in ihrer Garage und der Einfahrt alles Mögliche an. Da gab es Geschirr, Möbel, Antiquitäten, Kleidung oder Werkzeug zu günstigen Preisen. Wir liebten es, herumzustöbern und spannende Schätze zu finden. Diesmal war ein Antiquitätenhändler in unserer Nähe, wir suchten noch einen hübschen Sekretär für unser Wohnzimmer und beschlossen, ein wenig zu flanieren.

Schon in der Einfahrt standen unzählige Schränke, die noch aufbereitet werden mussten. Ein großer schwarzer Labrador lag mitten in der Garage und schlief. Der Hund hatte glänzendes gesundes Fell, das seitlich voller getrocknetem Schlamm war. Ich fragte den Garagenbesitzer, ob sich sein Hund im Schlamm gewälzt hätte. Die Antwort verschlug mir die Sprache: „This fucking dog is not mine, I am going to kick him out of here (der scheiß Hund gehört mir nicht, den schmeiß ich raus)." Ich fragte, wem dieser augenscheinlich schöne Hund gehöre, er sagte, der Hund lebe hier ohne Besitzer, wie so viele andere auch. Mir drehte sich der Magen um, Tränen schossen mir in die Augen. Bestimmt waren die ehemaligen Eigentümer des Hundes umgezogen und hatten ihn einfach zurückgelassen. Ein Schicksal, das viele Tieren in Amerika ereilt.

Eine Leine musste her. Wir fanden nur einen Strick.

Manfred schaute entsetzt zu mir herüber, er wusste, ich wollte den Hund mitnehmen, da gab es kein Fragen oder eine Absprache zwischen uns, das hatte ich sofort entschieden. Ich band den Strick um den plötzlich erwachten, freudig wild wedelnden Schönling. Er war jung, ungestüm und unerzogen, sprang an mir hoch, leckte über mein Gesicht und machte laut fiepende Freudengeräusche. Aber der Strick törnte ihn ab. Er bog seinen Kopf geschickt zur Seite, so dass ich nicht daran kam. Der schreckliche Antiquitätenhändler nuschelte: „Kill this piece of shit (Töte den scheiß Hund)." Ich hätte ihm gerne seinen dürren Hals umgedreht, aber ich konnte mich gerade noch beherrschen, denn ich durfte meinen erstarrten Mann nicht noch mehr aufregen. Manfred hielt den Hund fest, damit ich den Strick adäquat festbinden konnte. Leinenführigkeit war für diesen Hund ein Fremdwort. Er war unglaublich stark und zog wie ein Ochse an dem Strick, meine Hände taten höllisch weh. Manfred nahm den Labrador hoch und setze ihn in unseren Pick-up-Truck. Ich setze mich schnell dazu und schwupp war er auf meinem Schoß und leckte mein Gesicht ab. Ich umarmte ihn fest und hielt ihn eine Weile und sprach beruhigend auf ihn ein. Er entspannte ein wenig und wir fuhren los. Der riesige Berg auf meinem Schoß schaute interessiert in die Landschaft, seine Ohren wedelten bei offenem Fenster im Wind. Wir fuhren schnell nach Hause. Quenty war äußerst wütend über diesen unerzogenen Gast. Sie knurrte und bellte ihn heftig an. Wir wussten, sie würde ihn nicht beißen, sondern die führende Mutterrolle übernehmen.

„Jake soll er heißen", entfuhr es mir. Der Name passte gut zu dem schwarzen Klops, den ich bereits ein bisschen lieb hatte. Manfred war etwas skeptischer. Er sah Schwierigkeiten wegen des Ungehorsams des großen Hundes. Ich sah nur sein liebes, treues Gesicht, seine

Honigaugen, hörte sein Liebesfiepen. Da unser Grundstück eingezäunt war, konnten die Hunde sich dort frei bewegen. Die beiden verstanden sich gut. Jake war gegenüber Quenty regelrecht devot. Ich bereitete Jake sein erstes Futter zu. Ich benutzte meine weiße Salatschüssel als Napf. Er fraß in Sekundenschnelle alles auf. Danach nahm er die Salatschüssel ins Maul und brachte sie mir. Sollte wohl „Hey, wo bleibt mein Nachschub?" heißen. Solch einen verfressenen Hund hatte ich noch nie gesehen. Aber Labradore neigen allgemein zur Fresssucht, habe ich mir sagen lassen.

Wir fuhren in den *Pet-Shop*, eine riesige Mall für Tierprodukte. Wir brauchten eine gute feste Lederleine, ein schickes Halsband, Näpfe und Aufbaufutter, viel Futter. Ein paar Spielsachen gab es dazu und natürlich ein bequemes Hundehaus. Das Haus sah aus wie ein Iglu. In dem Haus lag noch eine herrlich weiche Schlafdecke.
Der Verkaufsberater riet uns, zu einem Tierarzt zu gehen, da die meisten ausgesetzten Hunde schlimme Krankheiten in sich tragen würden. Eine der häufigsten heißt *heartworms*, das sind Würmer, die sich in der Lunge und am Herzen ansiedeln. Sie zerstören ihren Wirt, und das in kurzer Zeit. Übertragen wird die Krankheit durch Moskitos. Man kann die Hunde vor einer Übertragung schützen, mit der Gabe von Tabletten, die dann wie eine Impfung wirken. Ich war sehr besorgt und wollte mich sofort darum kümmern.

In Amerika sind alle Ärzte sehr teuer und man muss lange recherchieren, um einen bezahlbaren zu finden. Genauso verhält es sich mit Tierärzten. Wichtig war, dass Jake auf *heartworms* getestet würde. Fiel der Test positiv aus, musste schnell gehandelt werden. So eine Heartworm-Behandlung kostete im Schnitt 2000.- Dollar und es gab keine Garantie, ob der Hund die toxische

Behandlung überleben würde Es ging also los mit dem Telefonieren. Nach etwa 20 Gesprächen mit verschiedenen Tierärzten landete ich bei einer Praxis, in der nur spanisch gesprochen wurde. Ich schrieb mir die Adresse auf und fuhr los, um herauszufinden, ob das eine Lösung sein konnte. In Amerika sind spanisch sprechende Geschäfte um ein Vielfaches billiger und bieten dabei die gleiche Qualität wie amerikanische.

Ich nahm Jake gleich mit zum Tierarzt. Die Gegend war einer der schlechtesten in der Stadt. Überall standen Fabrikgebäude, besonders viele Ölraffinerien und es stank unbeschreiblich. Dann sah ich das Gebäude, in dem der Tierarzt ansässig war. Als ich mit Jake hereinkam, begrüßte mich an der Rezeption eine sehr freundliche Dame. Sie sprach kaum Englisch. Ich sagte ihr, dass ich einen Heartworm-Test machen wollte. Sie nickte mir zu und wies mich ins angrenzende Wartezimmer. Zu meinem Schreck befanden sich dort viele Patienten, Katzen, zwei Pitbull-Terrier, ein kleiner Hund und eine Ratte auf der Hand eines Jugendlichen. Jake zog mich ohne Vorwarnung auf die Pitbulls zu, ich rutschte aus und flog bäuchlings mit der Leine in der Hand hinterher. Jake hatte wohl kurz zeigen wollen, wer der Chef im Haus ist. Leider waren die Pitbulls auch Machos. Ich raffte mich schnell wieder auf, mit Schmerzen am Bauch, und versuchte Jake von den Hunden wegzuziehen. Der Eigentümer der Pitbulls war wohl ein Wrestling-Kämpfer, denn er trennte seine Hunde gekonnt von Jake. Nun hatte ich Jake wieder im Griff. Er schien sehr nervös zu sein, denn er hechelte wild und sabberte reichhaltig. Die anderen Tiere interessierten ihn nicht mehr. Ich hielt die Leine kurz und streichelte den nervösen Hund. „Armes Klöpschen, was du alles mitmachen musst", so dachte ich und strich über seinen erhitzten Kopf. Nach einer halben Stunde kamen wir an die Reihe. Eine junge hübsche Mexikanerin reiche mir freundlich die Hand und stellte sich als die Tierärztin vor. Sie sprach ausgezeichnet Englisch und wirkte intelligent und engagiert auf mich. Gekonnt hob der Helfer den hechelnden, freundlichen Jake auf den Behandlungstisch. Esmeralda (die Tierärztin) untersuchte Jake gründlich, dabei erklärte sie mir, dass Jake augenscheinlich in sehr guter Verfassung zu sein schien. Er sei muskulös und noch sehr jung, ca. 1 Jahr alt.

Jake wurde gekonnt Blut entnommen, er hat es vielleicht gar nicht gespürt. Nach der Untersuchung wollte ich mit Esmeralda über die Behandlung und die anfallenden Kosten sprechen. Sie erklärte mir, dass Jake wahrscheinlich diese Krankheit habe. Die Therapie sei jedoch erfolgsversprechend, da Jake sehr kräftig und jung sei. Aber die Behandlung sei sehr toxisch, manche Tiere würden daran sterben. Mir wurde blitzartig schwindlig. Die Krankheit verlief ohne Frage tödlich, ohne Therapie, aber die Behandlung könnte auch tödlich verlaufen. Wir spielten hier russisches Roulette. Die Kosten beliefen sich auf 180.- Dollar. Super Schnäppchen im Vergleich zu den Kosten der anderen Ärzte. In drei Tagen sei das Untersuchungsergebnis da. Ich wusste instinktiv, dass Jake diese Krankheit hatte. Zu lange hatte er draußen auf der Straße gelebt.

Die Bestätigung kam mit dem persönlichen Anruf von Esmeralda: Jake war positiv. Ich war sehr ruhig und gelassen. Es war klar, dass Jake noch heute seine erste Behandlung bekommen sollte. Ich fuhr mit Manfred, Jake und Quenty zum Tierarzt. Wir machten auch mit Quenty einen Bluttest, um sicherzugehen, dass sie die Krankheit nicht in sich trägt. Dann bekam Jake seine Spritze, danach noch eine gegen Übelkeit.
Jakes Zustand schlug sofort um, von topfit zu lethargisch und schwach. Ein beängstigendes Bild. Wir brachten die

Hunde nach Hause. Esmeralda hatte uns ihre Privatnummer überlassen, sollten sich Komplikationen einstellen. Jake schlief sofort ein, ganze 15 Stunden. Dann wollte er Gassi gehen. Appetit hatte er noch keinen. Er schwankte ganz merkwürdig beim Laufen. Er trank danach seinen Napf leer, dann schlief er wieder. Ich fühlte mich wie eine Verräterin. Hätte ich ihn in der Garage nur liegen gelassen, er würde sicher jetzt nicht leiden, durch meine Aktion würde dieser wunderschöne Hund elendig verrecken. Nicht gerade rational, aber das waren die einzigen Gedanken, die ich hatte.

Nach einem weiteren Tag stand Jake auf und wollte Gassi gehen, er fiepte lautstark am Tor. Wir liefen eine große Runde. Jake zog wieder an seiner Leine, ich sollte ihn noch nicht frei laufen lassen, er schnüffelte überall herum. Er schwankte nicht mehr. Wieder zu Hause rannte Jake an seinen Fressnapf. Ich gab ihm Trockenfutter und Fleisch. Nach einer gefühlten Zehntelsekunde war der Napf leer. Jake würde wieder gesund werden, da war ich mir nun ganz sicher.

Ich rief Esmeralda an und teilte ihr mit, dass ich keine weitere Spritze für Jake wollte, sondern die Behandlung mit den nicht so hoch dosierten Tabletten weiterführen wolle. Esmeralda war froh, dass es Jake wieder besser ging. Sie teilte mir mit, dass Quenty frei von dieser scheußlichen Krankheit sei. Wir waren alle sehr erleichtert. Jake wurde nach einem halben Jahr noch einmal auf diese Krankheit getestet. Das Ergebnis war negativ. Beide Hunde bekamen nun regelmäßig einmal pro Woche eine Impftablette.

Jake entwickelte sich zu einem sehr starken beschützenden Begleiter für unsere Familie. Einmal wurden wir von einem freilaufenden Kampfhund angegriffen. Jake verteidigte uns mit riesiger Kraft. Der Kampf der beiden kräftigen Hunde war grausam und furchteinflößend. Die Hunde bissen sich lautstark. Eingreifen war nicht möglich. Nach kurzer Zeit rannte der Kampfhund schnell weg. Jake rannte ein Stück hinterher, dann kam er hechelnd zurück. Er hatte eine kleine offene Stelle an der Lefze, mehr war ihm nicht passiert. Da wir Jake nun gegen alle Krankheiten geimpft hatten, brauchten wir nicht zum Tierarzt zu gehen. Wir desinfizierten die Wunde, dabei musste Jake wieder schmusen. Er war der größte Schmuser aller Zeiten. Nur mit der Leinenführigkeit hat es nie geklappt. Jake war ein Staubsauger, die Nase immer am Boden und volle Kraft voraus. Ich liebte diesen Hund sehr.

Kapitel 12

Die Zahnspange

Sarah entwickelte sich zu einem hübschen Teenager. Nur ihre Zähne wuchsen seitlich so schief heraus, dass sie aussah wie ein Vampir. Es war klar, Sarah brauchte eine Zahnspange. Nun gingen die Recherchen wieder los. In Amerika haben viele Menschen (aus guten Verhältnissen) sehr schöne, außerordentlich gepflegte Zähne. Da der Gang zum Zahnarzt sehr teuer ist, werden in Amerika viel und oft die Zähne geputzt. Vorsorge lohnt sich. Sarah freute sich, als ich ihr mitteilte, dass sie eine Spange bekommen sollte.
Eine Spange zu tragen war für sie zu dieser Zeit sehr trendy. Viele ihrer Freundinnen hatten schon eine. Die amerikanischen Spangen waren sehr farbenfroh. Man konnte sich die Farbe aussuchen.

Sarah und ich besuchten einige Kieferorthopäden. Der erste empfahl uns, unserem Kind vor der Behandlung 7 Zähne ziehen zu lassen, um eine Spange einsetzen zu können. Der zweite verzog sein Gesicht zu einer scheußlichen Grimasse und erzählte, wie kompliziert das alles sei.
Schließlich kamen wir zu einer ultramodernen Praxis in der nobelsten Gegend, am *Ocean Drive*. In allen Räumen hingen Flat-Screens an den Wänden, auf denen liebliche Disney-Filmchen liefen. Die Praxis war für Kinder sehr einladend und freundlich. Die Eltern hingegen prüften schnell noch einmal das Bankkonto, ob sie wohl hier im richtigen Laden waren. Mir wurde auch ein wenig warm um meine Geldbörse. Andererseits hatte ich bei den anderen Ärzten einfach kein gutes Gefühl.

Als die Kieferorthopädin sich vorstellte, war ich angenehm überrascht. Sie sprach ganz ungezwungen und offen mit uns. Auch über die Kosten. Eine solche Spange kostet im Schnitt 10.000.- Dollar. Autsch, das war teuer, aber die anderen verlangten ähnlich hohe Preise. Man konnte aber die Summe in kleineren Zahlungen abbezahlen, mit den sogenannten *payments*. Ich hatte den Eindruck, dass Sarah hier sehr gut aufgehoben war. Das Endresultat würde sie ein Leben lang begleiten. Die Investition hier war goldrichtig, also machten wir einen ersten Termin.

Vorher sollte Sarah zu einem Chirurgen, um einen Zahn ziehen zu lassen. Das klingt für uns Deutsche doch ein wenig überspannt, wo doch bei uns jeder Zahnarzt Zähne ziehen oder gegebenenfalls herausoperieren kann. In Amerika aber arbeiten viele Ärzte nur in einem speziellen Fachgebiet, z. B. der Wurzelbehandlung etc. Natürlich musste ich wieder recherchieren (irgendwann hat man ja alle Ärzte, die man braucht), diesmal unter den Zahnchirurgen. Die Chirurgen machten Kostenvoranschläge, nachdem sie Sarah in den Mund geschaut hatten. Der kostengünstigste belief sich auf 7000.- Dollar, da der Zahn *very complicated* (sehr kompliziert) und schief im Kiefer sitze.

Jetzt hatte ich wirklich einen ultradicken Hals. Ich wusste, dass Medizin in den USA ein Business ist, aber 7000.- Dollar standen in keinem Verhältnis zu dem Service, einen läppischen Zahn zu ziehen. Ich fand, dass der Zahn normal und gerade saß. Schimpfen und Fluchen nutzte mir auch nichts, ich musste schnellstens einen geeigneten Arzt finden oder Tom Hanks anrufen (der hatte sich im Film *Castaway* selber einen Zahn mit einem Schlittschuh ausgeschlagen).

Die Telefoniererei ging weiter. Dann kam ich an eine

Praxis, in der wieder mal nur spanisch gesprochen wurde. Einen Termin konnte ich wegen der Sprachbarriere nicht machen, ich schrieb mir die Adresse vom Telefonbuch einfach ab. Dann fuhr ich erst einmal alleine hin, um zu sehen, ob es sich um eine gepflegte Praxis handelte. Die Zahnarztpraxis, mit chirurgischer Betreuung, lag in einem Mischgebiet. Das Gebäude war modern und ansprechend. In der Praxis angekommen, fragte ich nach, ob wir hier eine Behandlung erhalten könnten. Die Helferin an der Rezeption sprach schlecht englisch, doch sie wollte den Arzt befragen, ob der meiner Tochter den Zahn ziehen würde. Sie kam freundlich lachend zurück und bejahte meine Frage. Zu den Kosten, die ich ansprach, kritzelte sie etwas auf ein Papier. Ich glaubte schier meinen Augen nicht zu trauen, was da stand: 35.- Dollar. Ich steckte den Zettel schnell ein und machte noch an diesem Nachmittag einen Termin für Sarah. Die freute sich, dass ich endlich einen Arzt gefunden hatte. Er hatte ihre Zähne zwar noch nicht gesehen, aber ich war zuversichtlich. Wenn die Kosten der Behandlung stimmen, war er kein Halsabschneider.

In der Praxis angekommen, mussten wir in eine Art Keller. Dort saß ein dicker älterer Mann am Computer und schaute sich nackte Frauen an. Er grüßte uns verhalten und bat Sarah, im Behandlungsstuhl Platz zu nehmen. Die Praxis wirkte ein wenig veraltet, war aber sauber. Der riesige dicke Mann kam streng auf mich zu und sagte, dass er keine Kinder behandeln würde. Ich bat ihn eindringlich, uns zu behandeln. „Behave (sei bloß artig)!" befahl er Sarah in einem schroffen Ton. Sarah nickte verschüchtert und wurde ganz klein in dem alten Behandlungsstuhl. Ich drückte fest ihre zarte, eiskalte Hand.

Die Instrumente lagen sauber und desinfiziert in einem zugeschweißten *plastic bag*. Als Erstes gab er Sarah eine Spritze. Sie merkte diese kaum. Danach ging der grobschlächtig wirkende Mann an seinen Computer und schaute wieder unverblümt seine nackten Frauen an. Es war ein groteskes Szenarium. Nach fünf Minuten kam der Arzt zurück und packte die Zange aus der Verpackung. Er beugte sich tief über Sarah, ihre Finger gruben sich fest in meine Hand. Wupp, da war der Zahn schon raus. Sarah hatte nicht den geringsten Schmerz gespürt. Sie blutete kaum und war überglücklich. Der Arzt Dr. Gonzales sprach nun sehr freundlich mit uns. Er erzählte, dass er oft in ärmere Gebiete reise und die Menschen unentgeltlich behandele. Er sei einige Wochen in Mexiko gewesen und habe dort schwierige Fälle operiert. Dann erzählte er von einem anderen Deutschen, der ebenfalls zur Behandlung kam, ihm hatte er ein Gebiss gefertigt. Dieser Arzt konnte alles, ihn kennenzulernen, war ein wahrer Glücksfall, nicht nur finanziell. Ein paar Monate später behandelte er mich auch sehr erfolgreich. Die 35.- Dollar hat er nie überschritten. Diese Geschichte zeigte mir, wie so viele andere in den USA, dass man Menschen nicht nach dem ersten Eindruck einschätzen sollte. Dr. Gonzales ist für mich ein extrem feiner Mensch, der anderen gerne hilft (die nackten Frauen sind ein Ausgleichshobby).

Nachdem die Wunde in Sarahs Mund geheilt war, konnte die Behandlung zum Einsetzen der Spange losgehen.
Wir brauchten zwei große Sitzungen, dann war die pinke Spange fest in Sarahs Mund verankert. Die Sache war äußerst schmerzhaft gewesen und mit vielen Tränen verbunden. Doch jetzt gehörte Sarah dazu, zum privilegierten Club der Spangenträger. Wir freuten uns darüber, dass wir diese Hürde geschafft hatten und Sarah bald gerade, schöne Zähne haben würde.

Kapitel 13

Zurück in die Schule

Der Zeitpunkt war gekommen, dass wir nun endlich Häuser bauen wollten Um diese wieder verkaufen zu können, müssten wir Maklerfirmen beauftragen, denn hier kauft kein Kunde von privat ein Haus. Dabei verliert man unnötig Geld. In Amerika haben viele Menschen Angst, verklagt zu werden, wenn sie z. B. als Makler zu viel reden. Deshalb sagen sie bei Verkaufsgesprächen fast gar nichts, klären den Kunden nicht adäquat auf und sind nicht selten erfolglos. Das war für uns nicht ausreichend.

Manfred hatte die Idee, selber eine Maklerausbildung zu machen, um uns damit Kosten zu ersparen. Wie schon einmal erwähnt, kauft in den USA kaum ein Kunde ein Haus ohne Makler. Bei uns in Deutschland ist der Makler so beliebt wie eine Kakerlake auf dem Kopfkissen. Jeder ist glücklich, ein Haus von privat zu finden. So unterschiedlich können Sichtweisen sein.
Die Maklerausbildung findet im *College* statt und dauert ca. 16 Wochen. Manfred hat die Ausbildung zum Immobilienkaufmann in Deutschland in einer dreijährigen Ausbildung absolviert, doch diese Ausbildung ist in Amerika nicht anerkannt. Natürlich sind die Gesetze in den Staaten völlig andere und es ist zu verstehen, dass man diese lernen muss.
Wir überlegten außerdem, ob ich nicht auch im *College* ein paar Kurse zum Hausbau belegen sollte.
Verlangt wurde das in Texas, im Gegensatz zu Florida, nicht. Man konnte hier Häuser bauen, ohne eine Aus-

bildung zu absolvieren. Doch ein gewisses Verständnis und eine Ahnung, wie die Abläufe eines Hausbaues funktionieren, wären angebracht. Deshalb entschieden wir uns dafür, dass ich ein paar Grundkurse belegte.

Im *College* klärte man uns über die verschiedenen Kurse auf, die wir belegen sollten. An drei Tagen hätten wir von morgens bis abends Unterricht, dafür auch zwei Tage frei. Als wir die Kosten für unsere Ausbildungen durchrechneten, tränten uns die Augen. Manfred musste ca. 3500.- Dollar zahlen, ich 3200.- Dollar, insgesamt also 6700.- Dollar. Schon wieder so ein tolles Business, diesmal mit Ausbildungen. Eigentlich wollten wir Geld verdienen, nicht immer nur zahlen. Die Zahnspange saß uns noch frisch im Nacken. Die Kosten hier in Amerika waren in vielerlei Hinsicht beträchtlich und machten mir Angst.

Wir machten uns einen Plan, wie wir uns diese immensen Kosten neben den hohen monatlichen Belastungen (600,- Nebenkosten, 500.- Lebensmittel, 200.- Spange, Benzinkosten usw.) leisten könnten, ohne in dieser Ausbildungzeit arbeiten zu können. Ich muss dazu sagen, dass die Lebenshaltungskosten in Amerika extrem hoch sind. Hier kostete z. B. ein Sack Kartoffeln etwa 8.- Dollar, einen Aldi gab es nicht. Man konnte aber auch sehen, dass zu dieser Zeit die Gehälter der Menschen wesentlich höher waren als z. B. in Deutschland. 400-Euro-Jobs oder Billiglöhne haben wir persönlich nicht erlebt. Nach der großen Wirtschaftskrise könnte sich das natürlich geändert haben. Darüber haben wir aber keine Kenntnis.

Jetzt wusste ich, warum wir zwei Tage während unserer Schulwoche frei hatten. An diesen Tagen musste man schleunigst Geld verdienen, um sich die Ausbildung leisten zu können. Wir schmiedeten den Plan, erst die

Ausbildung zu schaffen und danach das Geld schnellstens zurück zu verdienen.

Zwei Wochen später startete mein erster Kurs. Ich lernte *blueprints* (Hauspläne) kennen, lernte sie zu lesen, lernte verschiedenste Raumaufteilungen kennen. In Amerika ist vieles ganz gleich aufgeteilt, z. B. ist die Größe der Fenster kleinerer Häuser einheitlich, die Türgröße ist ebenfalls genormt. Viele Häuser haben daher die gleiche Eingangstür (in diesem Fall die günstigste). Erst ab einer bestimmten Preisklasse wird es etwas individueller.

Jeden Tag wurde ein Test geschrieben, den ich immer sehr gut bestand. Der Kursleiter erklärte alles sehr genau. Er stammte aus New York und hatte eine exzellente Aussprache, so wie die meisten Amis aus dem Norden. Ich lernte die Reihenfolge der Schritte beim Aufbau eines Hauses. Erst kommt die Elektrik dran, es muss ein Mast mit Strom auf das Baugrundstück gestellt werden, dann folgt der Betonbauer, der alles absteckt und Sand ablädt. Danach kommt der Sanitärinstallateur, der die Abflussrohre in den abgesteckten Sand verlegt. Der Betonbauer legt noch ein Stahlnetz auf den Boden, die Rohre schauen nach oben, wo später Bäder und Küche hinkommen. Der Betonbauer muss nun den flüssigen Beton auf das Netz gießen und gleichmäßig verteilen. Nach etwa einer Woche Trockenzeit kommt der Zimmermann und baut den Hausrahmen und das Dach auf. Alle Firmen halten sich streng an den Plan. Nach dem Zimmermann kommt der Dachdecker und belegt das Dach. Jetzt kommen auch Elektriker und Sanitätsinstallateur wieder zum Einsatz sowie der Klimaanlagenmann, der im Dach des Rohbaus die Klimaanlage einbaut. Jetzt folgt der Trockenbau, der Innenausbau. Hier kann man selbst Hand anlegen und das Haus fertig ausbauen. Die Bäder und die Küche kann man im Baumarkt zusammenstellen und aufbauen. Die Auswahl in amerikanischen Baumärkten ist grandios und man kann sehr kreativ verschiedenste Farben und Formen aussuchen. Jede einzelne Firma, die an dem Haus arbeitet, muss nach der Fertigstellung um Abnahme durch einen Gutachter, der für die Stadt arbeitet, bitten. Der Gutachter stellt, wenn er zufrieden ist, einen Schein aus, der besagt, dass alle Gewerke geprüft worden sind und funktionieren. So hat der Kunde beim Kauf des Hauses die Sicherheit, dass keine Mängel vorliegen.

In dieser Ausbildung habe ich gelernt, welche Firmen man braucht und welche Aufgaben sie haben. Ich habe außerdem gelernt, Pläne der geplanten Häuser im Groben zu zeichnen, bevor man sie dem Architekten vorlegt, der sie dann professionell zeichnet. Wir haben uns persönlich alle Gewerke auf Baustellen angesehen und durften mit dem Gutachter die Funktion prüfen, z. B. die der Elektrik, ob alle Steckdosen und Lichtschalter funktionieren, oder von der Sanitätsarbeit, ob alle Wasserleitungen über genug Druck verfügen, ob alle Leitungen dicht sind etc.

Das alles liest sich gewiss sehr einfach, aber für mich stellten die Tatsachen eines Hausbaues riesige Berge dar, die ich überwinden wollte. Ich war mir auf einmal nicht mehr so sicher, ob ich in der Lage war, eine gute Bauherrin zu werden. Während der praktischen Übungen versuchte ich schon möglichst viel über die dort ansässigen Firmen und deren Preise herauszufinden. Die Antworten schockierten mich immer wieder, denn mir kam der Hausbau extrem teuer vor, und ich überlegte, wie klein wohl die Gewinnmargen sein würden. Die Preise von Neubauten kannte ich nur zu gut.

Eines war klar: Wollte ich in dieser Riege Erfolg haben,

musste ich genau kalkulieren. Ein Hausbau dauert in der Regel ca. 3 bis 4 Monate, der Verkauf etwa vier Wochen. In dieser Zeit habe ich Unmengen an Kosten für Materialien und Arbeiten zu tragen. Da muss der Gewinn schon erfreulich sein, sonst machen diese schwere Arbeit und Verantwortung keinen Spaß.

Der Tag der Abschlussprüfung nahte, ich war ein wenig nervös, hatte aber Vertrauen in mich, da ich eine fleißige und hochinteressierte Schülerin war. Die Prüfung war gegenüber den vorhergegangenen Prüfungen sehr lang und umfangreich. Ich wusste, dass meine grammatikalischen Fähigkeiten nicht die besten waren, und hoffte, dass der Lehrer ein wenig Nachsehen mit meinen Fehlern hatte. – Nach nur einer Stunde bekamen wir die Ergebnisse mitgeteilt. Ich hatte ein B-, das ist eine 2-. Der Lehrer sagte, er habe bei mir manchmal dreimal lesen müssen, um zu verstehen, was ich meinte, aber im Wesentlichen hätte ich alles verstanden. Mann, war ich stolz, ich habe glatt meinen Lehrer umarmt.

Bei Manfred lief es genauso erfolgreich. Nach umfangreicher Ausbildung, meistens um das Thema Gesetzeskunde des Immobilienrechts, konnte er als einer der Besten die Ausbildung abschließen. Ein Makler muss jedoch ständig neue Schulungen mitmachen, die ein hohes Zeitmaß fordern und nicht gerade billig sind. Egal, jetzt konnte es mit uns erst richtig losgehen. YIIIEEEHAAA!

Kapitel 14

Bettys Cleaningservice (Putzservice)

Um eines klarzustellen: Das „Häuser bauen" mussten wir nun einige Zeit nach hinten rücken. Die Ausbildungen haben uns zwar erheblich nach vorne gebracht, doch finanziell ein wenig nach hinten katapultiert. Es musste von uns beiden in kurzer Zeit gutes Geld verdient werden, um das Haushaltsloch schnell zu stopfen. Außerdem wollten wir uns noch ein kleines finanzielles Polster zulegen, um später beim Hausbau nicht so sparen zu müssen. Ich überlegte mir, dass es toll wäre, wenn ich selber eine eigene Firma gründen würde. Nur was für eine Firma sollte das sein? Leicht wäre es, wenn ich eine eigene Tagesmutterstelle hätte. Ich würde etwa 5-7 Kinder ganztags versorgen. Diese Aufgabe durfte man in den USA ohne Ausbildung zum Kindergartenteacher (Erzieher) anbieten. Ich bin zwar in Deutschland staatlich anerkannte Erzieherin, aber leider hat diese Ausbildung in den USA keine Wertigkeit, man müsste sie noch einmal machen. Nein danke, nicht schon wieder *College* und Kosten!
Wenn man als Tagesmutter arbeitet, kontrolliert die Stadt, ob die Gegebenheiten, wie z. B. großer einge-zäunter Garten, genug Wohnraum, Brandschutz, Spiel-utensilien, Einbauküche, genügend Sitzplätze usw. vorhanden sind. In meiner Nachbarschaft arbeitete eine Frau namens Susan als Tagesmutter. Ich klingelte bei ihr, um mir ein paar Ratschläge zu holen. Das, was ich vorfand, war erbärmlich, der Fernseher lief, Susan saß flätig, fett und ungepflegt auf der Couch. Auf dem Beistelltisch flirrte ihr Computer (an dem sie bestimmt gerade noch gechattet hatte). Die drei Kinder, die sie

betreute, spielten mit billigen Plastikautos, die Windeln hingen bleischwer von ihren zierlichen Körpern nach unten.
Susan erzählte mir, dass viele Eltern sich eine Tageseinrichtung für ihre Kinder nicht leisten könnten, deshalb sei die Nachfrage nach „qualifizierten Tagesmüttern" extrem hoch
Sie sagte noch: „The earning is fucking bad (der Verdienst ist scheiß schlecht)." Susan hatte noch diverse Haustiere, wie Frettchen, Hunde und einige Katzen. Auf ihrer Couch Platz zu nehmen, löste ein riesiges Unbehagen bei mir aus. Ein Getränk lehnte ich dankend ab. Eine Mutter holte dann noch eines der Windelkinder ab, sie war ein ganz ähnlicher Typ Mensch wie Susan.

Okay, soweit war ich bedient von dem Thema Tagesmutter. Ich schlug die Tageszeitung auf, um mir vielleicht dort eine Inspiration zu holen, in welches Business ich einsteigen könnte. Da stieß ich auf eine Annonce, bei der eine Putzfrau ihre Dienste anbot und auch gleich den Stundenlohn dazu schrieb. Sie wollte 20.- Dollar haben. Wow, dachte ich, gar nicht so übel. Wenn ich dann noch Angestellte hätte, könnte ich ordentlich Geld verdienen. Ich sprach mit Manfred darüber. Er fand die Idee richtig scheiße. Mehr hatte er dazu nicht zu sagen. In meinem Kopf aber hatte die Idee schon klare Formen angenommen und ich hatte mich entschieden, diesen Job zu machen. Ich musste nur zum Stadtgebäude, um mein Business anzumelden.

Manfred machte weiter mit Renovierungsarbeiten, er arbeitete nun mit Henry, der auch eine eigene Firma hatte. Henry war ein gescheiterter Mensch, den Alkohol und Drogen im Leben begleitet und gezeichnet hatten. Er war jedoch ein liebevoller freundlicher Mann, der ein ganz gutes Sachverständnis hatte. An der Zuverlässigkeit musste er noch arbeiten.

Ich setzte eine Annonce in die Zeitung, die lautete: Call for small Jobs, or big Jobs, Betty the german Cleaningservice will come to help you, please call under... (Ruf an für kleine oder große Arbeiten. Bettys deutsches Putz-Unternehmen hilft dir). Meine Stundenlohnvorstellung lag bei 30.- Dollar. Klingt astronomisch hoch, ist aber in den USA keine Seltenheit. Körperliche Arbeit möchte nicht jeder machen, deshalb wird diese sehr gut bezahlt. Huuhh, nun konnte es losgehen.

Bei *Family Dollar*, einem Discounter für Kleidung und Putzsachen, kaufte ich meine Putzutensilien. Ich kaufte insbesondere Artikel, die stark und angenehm rochen. Ich erwartete eine sehr schwere Arbeit, konnte aber noch nicht einschätzen, wie die Auftraggeber mit mir umgehen würden. Das machte mir ein wenig Angst. Vielleicht wird man als Putzfrau nicht wertgeschätzt, man gilt als ungebildet und einfach. Egal, dachte ich, die Arbeit ist nichts, wofür ich mich zu schämen brauche, ich werde das schaffen. Mein Ziel war es, schon bald Häuser zu bauen, dafür würde ich hart arbeiten.

Als die Zeitung herauskam, klopfte mein Herz den ganzen Tag wie verrückt. Ich war doch viel aufgeregter, als ich mir eingestehen wollte.
Dann kam der erste Anruf. Ein Mister English wollte, dass ich sein Apartment am *Ocean Drive* (beste Adresse in Corpus) reinigte. Er verabredete, dass ich zwei Stunden für diesen Job bräuchte. Ich willigte ein, schrieb mir die Adresse auf und düste sofort los (normal macht man das nicht gleich am selben Tag, aber ich hatte ja Zeit). Vor dem opulenten Gebäude, das etwa zehn Eigentumswohnungen beherbergte, fand ich schnell einen Parkplatz. Ich nahm meine Utensilien mit, Eimer, Schrubber, Reinigungsflaschen und Handschuhe. Mit meinen Putzsachen in der Hand klingelte ich. Nach einer gefühlten Ewigkeit wurde mir die Türe von einem sehr

alten Mann geöffnet. Er trug einen seidenen Pyjama und führte einen Rollator vor sich her. Er begrüßte mich freundlich und wir fuhren gemeinsam mit dem Fahrstuhl in den dritten Stock. In der Wohnung angekommen stellte ich fest, dass alles picobello aufgeräumt und geputzt war. HHHMMMM. Komisch. Na ja, vielleicht war der Mann ja sehr ordentlich und sauber. Ich fing an, die super saubere Küche zu putzen, die drei Tassen zu spülen, den perfekt gereinigten Kühlschrank auszuwaschen. Meine Blicke schweiften durch die geschmackvoll eingerichtete Wohnung, überall hingen Bilder. Auf den Bildern war der Mann etwa 45 bis 50 Jahre alt. Sie zeigten Prestige und Reichtum. Mister English in einem Porsche, einer Sportmaschine, während der Jagd, immer umringt von schönen Frauen. Man konnte meinen, dass er einmal berühmt gewesen war. Ein Narzisst war oder ist er auf jeden Fall. Nun erinnerte nichts mehr an den einst wunderschönen, großen und muskulösen Mann. Er wirkte eher wie ein 100-jähriger Greis. Gebeugt von den unschönen Nebenwirkungen, die das Alter mit sich bringt.

Während ich fröhlich das saubere Wohnzimmer putzte, teilte mir Mister English mit, dass er duschen wolle. „O. K.", sagte ich, mit einem etwas flauen Gefühl im Magen. Mein Blick fiel auf den großen Feuerlöscher. Ich löste ihn unauffällig aus der Halterung. Nur als Verteidigungswaffe, im Notfall. Mister English zog sich aus und watschelte mit seinem Rollator durch die Wohnung. Aus meinem Augenwinkel sah ich seinen schlaffen Riesenpenis, der hin und her wackelte, als er in Richtung Dusche ging. Er duschte nur ganz kurz. Danach kam er aus der Dusche und trocknete seine faltige, pergamentähnliche Haut und seinen langen Penis ab. Mein Gott, was ging hier vor? War er ein Perverser oder ein verwirrter alter Mann? In welche scheiß Situation bin ich nur hineingeraten? Mister English kam nackt auf mich zu, ich dachte jetzt greift er mich gleich an. Mein Herz donnerte wild in meiner Brust. Der Feuerlöscher war zum Greifen nah. Mister English hielt eine Creme hoch und bat mich mit leiser Stimme, ihn einzucremen. Ich schrie ihn an, er solle sich sofort ankleiden. Er zuckte erschrocken zusammen und nickte traurig. Er zog seine Unterwäsche an und schaute im Wohnzimmer Fernsehen. Ich stellte mich vor ihn und verlangte mein Geld. Er stand auf und ich sah diesen grauenhaften Penis seitlich aus der Unterhose lugen. Die zwei Stunden waren noch nicht abgearbeitet, aber ich wollte sofort gehen und hoffte, dass ich schnell aus der Situation rauskäme. Er gab mir 100 Dollar und fragte mich ernsthaft, wann ich wiederkomme. Ich schnappte das Geld und wollte nur noch raus. Panisch realisierte ich, dass die Tür nicht aufging, ich drehte hektisch den Türgriff nach links und rechts. Die Tür war abgeschlossen, der Schlüssel lag gut sichtbar auf der Küchenbar. Ich schnappte ihn, er fiel runter. Ich konnte kaum mehr atmen, mein gestiegener Adrenalinspiegel lähmte mich. Ich glaube, ich hatte Todesangst, ein Gefühl, ein Zustand, den ich bisher noch nicht kannte. Ich guckte zu Mr. English hinüber, der unberührt von meinen Aktionen Fernsehen schaute. Endlich war die Tür offen, ich rannte raus, nahm nicht mehr den Aufzug, sondern das Treppenhaus. Unten am Auto angekommen, war ich erst unsagbar erleichtert, dann schrecklich wütend. Ich musste weinen. Ich rief Manfred an, er hatte aber keine Zeit, um angemessen auf mich einzugehen. Dieser alte Mann hatte mich missbraucht, er wollte keine Putzfrau, er wollte körperlichen Kontakt. Sexuell ging, so glaube ich, nichts mehr, er wollte schlicht berührt werden. Er war nichts anderes als ein alter Grabscher. Im Nachhinein kann ich nicht glauben, dass ich noch die Kraft hatte, mein Geld zu verlangen. Anzeigen konnte ich ihn nicht, er hatte mir rein körperlich nichts getan. Ich realisierte, wie gefährlich meine Arbeit sein konnte. Von nun an hinterließ ich immer Adresse und Telefonnummer des Kunden (würde mich nicht zwingend schützen, ich fühlte mich nur ein wenig sicherer).

Das war ein abenteuerlicher Anfang. Trotz allem, mein Putzservice lief hervorragend. Ich versuchte immer besonders sauber zu sein, um meine Einnahmen zu steigern und weiterempfohlen zu werden.
Ich lernte sehr viele Menschen kennen. Da war der reiche Peter, dessen Haus ich einmal die Woche reinigte. Er hatte ein phantastisches Haus, es lag direkt am Strand, mit eigenem Zugang zum Wasser. Es verfügte über 10 Zimmer, 7 Bäder und eine Tiefgarage mit fünf Autos. Peter lebte alleine in dem Haus, er war sehr menschenscheu und verbrachte die meiste Zeit in seinem Bett. Eines Tages erzählte er mir von seinem früheren Leben, als er noch glücklich gewesen war. Er hatte auf Hawaii gelebt, war verheiratet und hatte einen Sohn. Peter war Investmentbanker in New York gewesen und hatte Millionen verdient. Er konnte schon mit 40 Jahren in Rente gehen. Er besaß zudem 60 Mehrfamilienhäuser in Washington. Als seine Ehe zerbrach, nahm ihm seine Frau das Kind weg. Peter hatte unzählige Prozesse geführt, die ihn ein Vermögen kosteten, seinen Sohn aber hatte er nun seit vier Jahren nicht mehr gesehen. Er wurde depressiv und zog sich zurück, er hatte aufgegeben zu kämpfen. Ich war zutiefst erschüttert von seiner Lebensgeschichte. Ich riet ihm, sich nicht nur auf Anwälte zu verlassen, sondern einmal selbst das Zepter in die Hand zu nehmen, dem Richter zu erläutern, wie sehr er darunter leide, dass sein Leben ohne seinen Sohn traurig und sinnlos ist. Nach ein paar Wochen kam Peter mehr und mehr heraus aus seinem Schneckenhaus und wir hatten viele gute Gespräche (bei denen ich natürlich weiter putzte). Nach einem halben Jahr traute ich meinen Augen nicht: Peter hatte

seinen Sohn zu Besuch. Das war eine Riesenfreude. Leider wurde aus unserer Vertrautheit für Peter ein wenig mehr, denn er kaufte ein BMW-Cabrio und bat mich, darin Platz zu nehmen. Sein Blick verriet, dass er auf einmal zärtliche Gefühle für mich hegte. Ich schüttelte den Kopf und erklärte ihm, dass mein geliebter Mann mir gerade einen schicken Ford gekauft hatte. Ich brach den Kontakt zu Peter ab. Ich mochte ihn sehr, aber die Atmosphäre zwischen uns war für mich nicht mehr frei.

Dann war da Kevin, ein Soldat mit gehobenem Dienstgrad. Er rief mich an und fragte, ob ich auch kleine Jobs mache, denn er hätte ein sehr kleines Haus. Ich verabredete mich mit ihm. Die Adresse führte mich zu einem grünen, abgelegenen Gelände, auf dem ein riesiges Tierheim stand. Eine sogenannte *non killing shelter* (ein Tierheim, das die Tiere nicht vergast, wie es die meisten in Amerika tun). Die Straße wurde holperig und löchrig. Da stand dann ein sehr altes *Mobile-Home*. Es war äußerlich in einem erbärmlichen Zustand. Weit und breit war kein anderes Haus zu sehen, außer denen, die zu dem Tierheim gehörten. Ich parkte mein Auto und klopfte an der alten brüchigen Tür, die vergilbt und schmutzig war. Ein freundlicher Afroamerikaner öffnete mir. Er trug eine Uniform, war etwa 50 Jahre alt und hatte eine dunkle, ruhige Stimme. Der *Trailer* roch muffig und feucht. Im ersten Blick schien alles aufgeräumt und ordentlich, doch wenn man genauer hinschaute, sah man Berge von Staub und einen schmierigen Belag auf den Möbeln. Kevin fragte mich, ob ich jede Woche für drei Stunden kommen könnte. Ich willigte ein, obwohl mich der *Trailer* ziemlich anekelte.
Irgendetwas mit Kevin stimmte hier nicht. Army-Angestellte, vor allem in gehobener Stellung, leben in großen, schönen Häusern.
Kevin gab mir den Wohnungsschlüssel, denn er wäre nie

zu Hause, wenn ich seinen *Trailer* putzen würde. Schon zwei Tage später schloss ich die Trailertür auf. Ich schaute mir erst einmal die gesamten Wohnräume an. Der *Trailer* hatte drei Schlafräume, ein Wohnzimmer, zwei Bäder, eine große Küche und einen Waschmaschinenraum.

Unter der Kaffeemaschine lag wie verabredet mein Geld, 90.- Dollar.

Ich fing an zu spülen und die Küche von außen zu reinigen. Während meiner Arbeit rannten überall riesige Kakerlaken umher, auch über meine Hände und Füße. Ich schrie jedes Mal laut auf, wenn mir ein solches grauenhaftes Tier begegnete. Kakerlaken sind in Texas nicht so selten, sie leben meistens in Palmen und kommen bei Essensgerüchen jeglicher Art nachts ins Haus. Sie können sich platt machen und kommen durch alle Türritzen. Wenn tagsüber so viele Kakerlaken zu sehen sind, hat man ein Problem.

Ich nahm mich zusammen und putzte schnell das Haus durch. Ich glaube, dass die Bettwäsche von Kevin schon ein Jahr oder länger nicht mehr gewechselt wurde. Das sollte ich auch nicht machen, scheinbar schämte sich Kevin, was ich wohl unter der Bettwäsche vorfinden würde.

Ich sah im Haus überall Bilder von einer sehr schönen Frau, sie erinnerte mich an Whitney Houston. Die Bilder im Haus zeigten Kevin mit der Frau auf einem schönen Anwesen, auf dem auch Pferde lebten. Scheinbar hatte er früher einmal ein schöneres Leben gehabt. Was war nur mit ihm geschehen? Als ich die klebrigen Bilder abstaubte, fiel ein eingeklemmtes Bild heraus. Da sah man die schöne Frau mit Glatze und kranken Augen. Sie war wohl schwer erkrankt und gestorben. Ich hatte tiefes Mitgefühl mit Kevin.

Als ich ihn ein paar Wochen später traf, er wollte gerade zur Arbeit, beichtete ich ihm, dass ich alle Bilder von dieser schönen Frau angeschaut hatte. Er erzählte mir, dass er verheiratet gewesen war und eine Farm in Calallen (eine wunderschöne Gegend für Pferdefarmen) besessen hatte. Sie war an Nierenkrebs erkrankt und wurde lange Zeit in einer Klinik behandelt. Davon wurde sie schwächer und kränker als je zuvor. Die Chance auf eine Heilung wurde immer unwahrscheinlicher. Kevin hatte zwischenzeitlich von anderen Heilmethoden gehört, deren Kosten aber nicht von seiner Armyversicherung übernommen wurden. Er zahlte deshalb alles aus eigener Tasche. Seiner Frau ging es zeitweise besser und Kevin schöpfte wieder Hoffnung. Das Haus wurde verkauft, aber Kevin nahm weitere Kredite auf, denn die Heilmedizin fraß sein gesamtes Vermögen. Nach zwei langen Jahren der aufkeimenden Hoffnung dann der schwere Rückschlag: Kevins Frau stirbt an einer Lungenentzündung, in seinen Armen.

Mir liefen bei der Erzählung die Tränen über die Wangen. Kevin hatte noch immer hohe Schulden abzutragen. Das einzige, was ihm geblieben war, ist sein alter *Trailer*, der auf der einst schönen Farm vom Pferdeknecht bewohnt worden war. Kevin lachte mich freundlich an, er betonte, dass er alles wieder genauso machen würde. Er sei glücklich und frei, und irgendwann wären die Schulden abbezahlt. Er trage seine Frau im Herzen.

Wow, was für ein Lehrstück für mein Leben. Ich jammere manchmal über Kleinigkeiten, Kevin strahlte reinen Optimismus aus, trotz dieses schweren Schicksals. Ich putzte für Kevin während meiner gesamten Putzfrauenzeit, und zu Weihnachten schickte er mir einen hohen Scheck.

Dann war da das Katzenhaus. Ich bekam einen Anruf von einer sehr gebildeten, etwas streng und kühl wirkenden Frau. Ihr Name war Mary, sie fragte sofort, ob ich eine Katzenallergie hätte. Ich verneinte und erklärte, dass ich sehr tierlieb sei. Plötzlich wurde ihr Ton entspannter und freundlicher, sie erklärte, dass sie einige Katzen habe und diese bei der Hausreinigung auch nicht wegsperren könnte. Ich fragte mich, wer denn verlangt, dass man ein Haustier aussperrt? Nach drei Tagen verstand ich die Frage. Als ich das Haus von Mary und ihrem Mann Fred betrat, hatte ich den Eindruck, in einem Tierheim gelandet zu sein. Überall waren Katzen aller Farben und der verschiedensten Rassen, struppige, rote, graue, glatthaarige, es standen Katzenbäume, Futternäpfe und Katzenspielzeug herum. Das Haus hatte überall flauschigen Teppichboden, was mir in Anbetracht dieser Anzahl an Tieren sehr unhygienisch schien.

Jedoch roch es nicht unangenehm und alles war sauber und gepflegt. Mary erzählte mir ausgiebig von ihrem Hobby. Sie holte die Katzen alle von der Straße. Die meisten waren abgemagert und krank, wenn sie sie auflas. Mary gab ein Vermögen an Tierarztkosten dafür aus. Alle Katzen wurden zudem kastriert. Die Tiere waren Marys Kinderersatz. Sie hatte so viel Liebe zu geben.

Bei dem Vorgespräch zählte ich 18 Katzen, in Wirklichkeit waren es sogar 32 Stubentiger. Wieder einmal ein krasser Haustierbesitzer. Die Tiere machten auf mich einen sauberen und gesunden Eindruck, ebenso Mary, eine attraktive Mittfünfzigerin. Fred hingegen war ein magerer, mürrischer Kettenraucher, er musste zum Rauchen immer auf die Terrasse, um die Babys (Katzen) zu schonen.

Nun gut, ich begann eine Woche später meinen Dienst im Katzenhaus. Ich sollte den ganzen Teppich pudern und saugen (hilft Gerüche zu stoppen). Hin und wieder sah ich einige Pfützen von Katzenurin auf dem Teppich, im Bad und im Ehebett. In der Küche, weit im äußersten Eck der Spüle, saß eine dünne schneeweiße Katze. Sie knurrte laut, wenn ich mich der Spüle näherte. Mir lief ein kalter Schauer den Rücken herunter, hatte ich doch tatsächlich eine Schweineangst vor diesem Tier. Ich beeilte mich immer, schnell wieder von der Spüle weg-zukommen, denn das abwehrende Knurren wurde immer lauter. Als ich den letzten Eimer Wasser in die Spüle schüttete, kam die weiße Katze langsam und fauchend auf mich zu. Dabei knurrte sie so laut wie ein Rottweiler. Mein Herz raste vor Angst. Ich spürte, dass die Katze mich angreifen würde. Ich ging langsam ein paar Schritte zur Terrasse und rief laut nach Fred, der mal wieder eine Zigarette rauchte. Er stürzte herein und ich zeigte auf das fauchende Grauen. Fred lachte schallend. Er erklärte mir, dass Homer fast tot aus dem Mülleimer gerettet worden war und der schwächste Ka-ter sei, den er je gesehen hatte. Er schnappte ihn im Genick und setzte ihn in ein abgeschlossenes Zimmer. „So musst du das machen mit Homer, wenn er frech wird", erklärte mir Fred mit breitem Grinsen. Sah ja alles wirklich einfach aus, aber solch eine aggressive Katze hatte ich eben noch nie gesehen. Manfred gab mir den Tipp, dass ich die Katze mit meinem Wischmopp bedrohen solle, wenn sie mich angreifen wollte. Tolle Idee.

Eine Woche später war ich dann wieder im Katzenhaus. Ich schmuste erst einmal ausgiebig mit einigen mir ver-trauten Katzen. Fred war wieder mal auf der Terrasse paffen.

An der Spüle angekommen, saß mein Freund Homer im äußersten Eck. Wie nicht anders zu erwarten, knurrte er intensiv und machte einen runden Rücken. Ich versuchte ihn nicht zu beachten, füllte mein Wasser in den Eimer.

Dann ging es los mit dem Pulver und dem Saugen, dem Staubwischen, dem Pfützenwegwischen, Desinfizieren und wieder an die Spüle gehen, neues Wasser holen. Homer traute sich aus der hintersten Ecke raus, knurrte und fauchte bedrohlich wie immer. Dann plötzlich schoss er auf mich zu und kratzte mich blitzschnell an meinem Arm blutig. „Autsch!", das tat weh.

Ich drehte meinen Wischmopp in seine Richtung und wedelte vor seiner Nase, um ihn zu bedrohen. Homer sprang schreiend auf den Mopp und zerfetzte ihn in Sekundenschnelle. Ich rannte in rasender Angst in die Garage, Homer rannte hinter mir her, knurrend und fauchend. Ich schrie nach Fred, er rannte ins Haus und schnappte Homer, bevor der noch mehr Schaden anrichten konnte.

Meine Hand und mein Schienbein bluteten. Fred war erstarrt vor Schreck, denn in Amerika wird gerne einmal für viel Geld geklagt, wenn sich jemand bei der Arbeit verletzt. Ich zitterte am ganzen Leib. Mich hatte noch nie ein Tier derart angegriffen und verletzt. Wahrscheinlich war ich für Homer eine Bedrohung, nach all dem, was er in seinem traurigen Leben schon alles hatte mitmachen müssen.

Fred gab mir Desinfektionsmittel und ein Pflaster. Ich erklärte ihm, dass ich nicht mehr kommen werde, er nickte traurig.

Erleichtert, dass nicht noch mehr geschehen war, stieg ich in mein Auto, mein Schrubber war nicht mehr zu gebrauchen, Homer hatte ihn zerstört. Tiere, die fehlgeleitet sind, können zu einer großen Gefahr für den Menschen werden. Bis heute habe ich die zarte, weiße Bestienkatze Homer nicht vergessen.

Eigentlich hatte ich bereits eine beträchtliche Summe verdient und wollte mit der harten Putzarbeit aufhören. Aber ich konnte noch nicht aufhören, irgendetwas faszinierte mich an diesem Job.

Kapitel 15

Move in, move out (einziehen, ausziehen)

Manfred war mit seiner Renovierungsfirma auf Erfolgskurs. Er hatte mit Henry viel Freude und war beliebt bei seinen Kunden. Die Arbeit war körperlich sehr hart und bei dieser texanischen Hitze schier unerträglich und trotzdem erfüllte sie Manfred mit großer Freude. Seine Kunden empfahlen ihn stets weiter, so hatte er mit reiner Mundpropaganda einen Auftrag nach dem anderen.

Eines Tages rief mich ein freundlicher Mann an, der aus einem Mietshaus ausziehen wollte. Er klagte, dass er dringend die Mietkaution zurückhaben wollte, das Haus aber in einem schlimmen Zustand sei, und fragte, ob ich denn *move-outs* mache. Ich sagte sofort zu und verabredete mit ihm mich für den nächsten Tag. Das Mietobjekt stand in einer sehr bevorzugten Wohngegend in der Innenstadt, nahe dem *Ocean Drive*.
Das Haus machte von außen einen sehr ansprechenden Eindruck, im Garten lag ein modern angelegter Pool.
Als ich in das Haus eintrat, verstand ich die Ängste des Mannes, dass er nämlich seine Mietkaution nicht zurückbekommen würde.
Das Haus war zwei Jahre nie geputzt worden. Die Bäder stanken bestialisch nach Urin, die einst schicke neue Badewanne hatte einen rabenschwarzen Ring. Die Böden waren so verdreckt, dass man die Farbe der Fliesen nicht mehr erkennen konnte. Die Herdplatten in der Küche waren komplett eingebrannt und der Backofen hatte noch einen alten verkohlten Braten in der Röhre.

Ich dachte mir im Stillen, dass ich diese schwere Arbeit alleine nicht bewältigen könnte, der Dreck war zu viel und zu heftig. Ich sagte dem Mann, dass es etwa 1000.- Dollar kostet, das Haus zu reinigen. Ich dachte, dass diese Summe zu hoch wäre. Falsch gedacht, er stimmte sofort zu. Scheinbar war seine Kaution eine Jahresmiete gewesen, in den USA üblich bei Ausländern oder Menschen, die keine gute Kreditwürdigkeit haben.

Wir vereinbarten, dass ich eine Woche Zeit haben würde, das Haus zu reinigen. Der Mieter fuhr in dieser Zeit nach Mexico, um Urlaub zu machen.

Mann, war ich aufgeregt, 1000.- Dollar, meine Wangen glühten. Leider war das Haus über und über verkrustet.

Zu dieser Zeit waren gerade Sommerferien. Ich fragte meine Tochter Sarah, ob sie nicht Lust hätte, schönes Geld zu verdienen. Sarah hat einen ausgeprägten Ordnungssinn und kann gut anpacken. Sie stimmte sofort zu, denn Extrageld könnte sie wie immer gut gebrauchen. Jetzt hatte ich eine tolle Partnerin und einen Großauftrag.

Zwei Tage später fingen wir an. Wir trugen für diese Arbeit Schutzkleidung. Wir starteten mit schwerem Geschütz und viel Chemie. In Amerika gibt es sehr scharfe Putzmittel, wie z. B. Backofenreiniger. Den sprüht man in den völlig eingebrannten, schwer verdreckten Ofen, lässt alles zehn Minuten ziehen, dann kann man den Dreck wie Butter herauswischen. Atmet man das Zeug ein, hat man erst einmal einen Hustenreiz. Wir arbeiteten deshalb immer mit Mundschutz.

Wir putzten und schrubbten, bis alles glänzte. Nach drei Tagen waren wir schon fertig. Der Scheck lag bereits in der Küche, unter einem Teller. 1000.- Dollar in drei Tagen. Da kam mir eine Idee. Der Mieter hatte mich anfangs gefragt, ob ich *move-outs* mache, da begriff ich noch gar nicht, was das bedeutete: ein Haus oder eine

Wohnung herzurichten, wenn man aus- oder einzieht. Der Auftraggeber hat eine hohe Motivation, alles bestens geputzt zu übergeben, weil er entweder Mietkaution zurückerhält, oder aber er möchte ein sauberes Objekt vermieten, um eine stolze Miete zu erhalten.

Da lag das Geschäft und darauf wollte ich mich spezialisieren. Mit Sarah zwei Monate an meiner Seite würde uns das Spaß machen und mit etwas Glück ein paar gut zu gebrauchende Moneten einbringen.

Ich änderte den Text meiner Annonce in: *Perfect move-outs or move-ins* (perfekte Auszüge oder Einzüge in saubere Räume). Nach der Veröffentlichung der Annonce stand mein Telefon nicht mehr still. Es riefen aber nicht nur Mieter oder Vermieter an, sondern auch Menschen mit extrem verdreckten Häusern, die keiner mehr annehmen würde.

Billie und Ron sind ein Beispiel dafür. Ein betagtes und krankes Ehepaar.

Sie flehten mich an, ihr Haus zu reinigen, Billie weinte am Telefon. Ich sagte zu, dass ich ihr Haus einmal anschauen würde, um ihnen einen Preisvorschlag zu machen.

Ein paar Tage später kam ich zu der angegebenen Adresse. Das Haus machte einen etwas verwahrlosten Eindruck, es war in die Jahre gekommen und war lange nicht mehr gestrichen oder anderweitig gepflegt worden. Die Fenster waren mit Alufolie zugeklebt, ein Verfahren, das öfter an ärmlichen Wohnhütten zu sehen war, um die Sonne zu vermeiden. Die Wohngegend war jedoch gehoben. Überall standen schicke gepflegte 2-geschossige Wohnhäuser.

Ich drückte die verklebte Klingel. Ron öffnete mir strahlend die Tür und bat mich freundlich herein. Ein mir nun schon vertrauter schimmliger, scharfer Gestank kam mir entgegen. Das Haus war sehr dunkel, man konnte nur schwerlich Umrisse sehen.

In der Küche saß Billie in einem alten Rollstuhl. Sie hatte eine Sauerstoffzufuhr in ihrer Nase. Billie hatte ein furchtbar schmutziges Nachthemd an und weinte. Ich setzte mich zu ihr und versuchte sie zu beruhigen. Ron sagte, er werde die Hunde nicht abgeben, egal was komme, eher würde er sterben. Ich sah die beiden Hunde. Einen Border Collie und einen Boxer. Warum sagte Ron so etwas, ich verstand das nicht. Ron bat mich, mir ein Bild von dem Haus zu machen. Er führte mich in alle Räumlichkeiten. Dort war es schwer, irgendetwas zu erkennen, alles war dunkel, die Lampen hatten einen schwachen Schein. Alles was ich sah, war dreckig und stank bestialisch. Das Ehebett von Ron und Billie war voller Blut und Exkrementen. Die beiden lebten in einem solchen Elend, dass man am liebsten die Fürsorge hätte anrufen mögen. Aber wir leben hier in den USA, ich kenne die Rechte von alten Menschen in einer solchen Situation nicht. Beide hatten anscheinend genug Geld, um mich zu bezahlen, und sie wollten offensichtlich nicht in ein Heim. Ich musste das akzeptieren.

Ich dachte, mit Sarah könnte ich schaffen, dass die beiden sich wieder wohlfühlen.

Ich wollte gerade meinen Preis nennen, als Ron mir sagte, dass ich eine gute Schippe bräuchte. Eine Schippe? Was sollte das denn??? Er fragte mich, ob ich denn genau an der Tür geschaut habe? Er gab mir eine helle Taschenlampe und ich schaute mir an, was er meinte. Vor der Eingangstür (ich war durch den Seiteneingang hereingekommen) KONNTE MAN EINEN RIESIGEN Haufen sehen. Was war das? Ich ging näher und konnte nur noch Kot riechen, puren Kot. Meine Güte, das Haus hatte eine Kackstation für die Hunde. Mit einer Schaufel konnte man dieses Drecks niemals Herr werden, da mussten Maschinen ran. Jetzt wusste ich die Antwort auf Rons merkwürdiges Verhalten.

Im Schein der Taschenlampe sah man nun genauer den

104

desaströsen Zustand des Hauses, überall lief Ungeziefer herum, man kann das nicht in Worte fassen. Ich sagte den beiden, dass ich nicht in der Lage war, diesen eingetrockneten steinharten Schmutz zu beseitigen. Ron wurde sehr wütend, er beklagte, dass er, wenn er etwas kräftiger wäre, ohne Weiteres das „bisschen Dreck" beseitigen könnte. Ich wusste mir keinen anderen Rat, als mich schnellstens zu verabschieden. Billie hielt meine Hand fest, sie weinte wieder und flehte mich an, ihnen zu helfen. Mein Herz krampfte sich zusammen, aber ich konnte ihnen nicht helfen. Bis heute konnte ich die beiden in ihrer aussichtslosen Lage nicht vergessen. Ich denke, es gibt noch mehr Fälle wie diesen in Amerika.

Ein paar Tage später rief mich eine sehr junge Frau an. Sie wollte ausziehen und hatte Probleme, das Chaos zu bewältigen. Sie arbeitete bei der Army und sollte nach Utah versetzt werden. Ich fragte sie, ob sie genug Geld hätte, um mich zu bezahlen. Sie bejahte meine Frage. Sie fügte hinzu, dass sie mich in bar bezahlen möchte. Ich hatte da meine Zweifel, aber ein paar Tage später fuhren Sarah und ich zu der angegebenen Adresse, einem Wohnkomplex, der in einer etwas schlechteren Gegend lag.
Die junge Frau namens Judy wartete sitzend auf der Eingangstreppe auf uns. Sie wirkte sehr kindlich und zerbrechlich auf mich, ich schätzte sie auf 19 Jahre.
Als wir uns herzlich begrüßten, holte Judy ein fett gerolltes Geldbündel aus ihrer Tasche. Sie wollte mir beweisen, dass sie über genügend Geld verfügte. Das rührte mich. Sie erzählte mir, dass ihre Mutter sehr reich sei und ihr das Geld gegeben hatte. Ich dachte „How ever (wie auch immer)" und ging in die Wohnung, um mir ein Bild zu verschaffen.
Schon im Eingangsbereich roch es nach Hasenstall. Überall, wo eigentlich Teppich liegen sollte, sah man nur

Berge von Heu. Bei genauerem Hinsehen erkannten wir unzählige Hasen, große Hasen, Zwergkaninchen, Babyhasen und dann noch etwa zehn Katzen. Sie lebten frei in der Wohnung. Judy war wohl eine Züchterin dieser Tiere. Die Tiere lebten im Paradies, alles wurde artgerecht eigens für sie hergerichtet. Nur leider hatten Menschen in dieser Wohnung keinen Platz mehr.

In Judys Küche stapelte sich das Geschirr bis zur Decke. In ihrer Spüle lag verdreckte Katzenstreu. Natürlich war der Ausguss verstopft, das Wasser stand bis zum Beckenrand.

Chaos war gar kein Ausdruck für diese Wohnung.

Ihr großes Bett war wohl das Katzen- und Hasenklo. Sarah und ich waren wieder einmal fassungslos darüber, wie manche Menschen leben. Judy erklärte uns, dass sie verheiratet war und dass ihr Mann ein Ultimatum gestellt hatte. Entweder sie räumte auf oder er ließe sich scheiden. Das war also der Grund, warum mich Judy anrief, es war nicht allein ihre Versetzung nach Utah.

Judy belehrte mich, dass sie einen sehr guten Staubsauger hätte, der könnte alles ratzfatz aufsaugen. Ich rollte mit den Augen und nannte ihr meinen Preis von 800.- Dollar. Sie nickte stumm und fragte allen Ernstes, ob sie uns helfen solle. Ich schickte sie schnell zum Shoppen, denn wir mussten dringend mit unserer Arbeit beginnen. Wir zogen unsere Schutzanzüge an und begannen damit, erst einmal alle Tiere einzufangen und in ein Zimmer einzusperren. Die Tiere waren so goldig und wunderschön, wir schmusten ein wenig.

Dann ging es los. Wir fingen damit an, sämtliches Heu aus Wohnzimmer, Küche und Schlafzimmer aufzusammeln. Das letzte Zimmer, in dem die Tiere waren, sollte vorerst das Tierzimmer bleiben und erst dann gereinigt werden, wenn Judy ausgezogen war.

Eklig war, was unter dem Heu lag, purer Kot und Urin. Der Geruch entfaltete sich jetzt ohne das Heu richtig stark. Wir arbeiteten mit Hochdruck. Ich versuchte die

Verstopfung im Aufguss zu lösen, was mir dann auch schnell gelang. Ich kann nur dem Erfinder von Latexhandschuhen von Herzen danken. Ich spülte das verklebte stinkende Geschirr mit einer Bürste und viel Spüli (ich nahm immer Palmoliv und wenn ich es heute rieche, denke ich sofort an meine Putzzeit in den USA zurück). Nach zwei Stunden war das Geschirr ordentlich in den ausgewaschenen Schränken untergebracht. Mitten während unserer Arbeit kam ein gutaussehender junger Mann in die Wohnung geschneit. Er outete sich als Ehemann und pfiff laut, als er schon halbwegs saubere Zustände vorfand. Er schämte sich für seine Frau. Aber er war auch nicht bereit, selbst Hand anzulegen. Nach einer kurzen Weile verschwand er wieder.

Sarah lachte auf einmal laut auf. Sie reinigte gerade das Schlafzimmer der jungen Frau. Sie fand unter der Bettdecke zwischen Kot und Urin diverse Sexspielzeuge. Mir war das sehr peinlich, dass meine Sarah so etwas finden musste. Daran hatte ich nicht gedacht. Sarah fand das total spannend und hätte sich gefreut, noch mehr zu finden. Ich habe aber vorher noch schnell alles abgesucht, jetzt war die Luft rein.

Während unserer Arbeit hörten wir immer die Golden Oldies, einen Radiosender, bei dem jedes Lied wiedererkannt wird, natürlich nur von mir. Sarah liebte zu dieser Zeit eher Hip-Hop. Wir brauchten für die Wohnung zwei Tage, bis sie in vollem Glanze erstrahlte. Den Teppich hatte ich gründlich eingeschäumt, er war ziemlich sauber geworden. Der Ehemann und Judy strahlten um die Wette, als Abnahme war. Judy wollte mir 100.- Dollar mehr geben, aber ich lehnte ab. Ich flüsterte ihr ins Ohr, sie solle sich dafür gute Putzmittel kaufen. Wir lachten herzlich. Dann rauschten Sarah und ich davon.

Zwei Monate später rief mich Judy erneut an, ihr Umzug stand bevor und sie brauche mich nur noch einmal.

107

Als ich ankam, war es wie ein Déjà-vu. Alles war wieder so wie damals, exakt so dreckig und voller Heu und Kot und Pipi. Manche Dinge ändern sich nie! Doch eines war anders, der Ehemann von einst war ausgetauscht, durch einen anderen Jüngling.

Kurz vor dem Ende der Ferien kam noch ein interessanter Anruf von einem Kunden, der sein Haus grundgereinigt und repariert haben wollte. Eine Aufgabe für die gesamte Feige Family. Laurenz, unser Sohn, ging schon seit geraumer Zeit mit Manfred mit, er wollte auch Kohle verdienen und es gab viele kleine Jobs, wie z. B. Rasenmähen, Streicharbeiten etc. Das war für ihn spannender als in den langen Ferien zu Hause abzugammeln.

Die Kunden Mary und Rollie waren ein älteres Ehepaar, die ihr Mietobjekt jetzt veräußern wollten, um noch ein wenig mit einem riesigen Campingwagen durch die Staaten zu düsen, einen Traum, den ich persönlich bis heute für Manfred und mich hege. Amerika hat so viel zu bieten, an Natur und Sehenswürdigkeiten und es ist ein so großes Land. Vielleicht kommen wir ja doch irgendwann in unsere alte Heimat (Amerika) zurück.

Als ich mir mit Sarah das Haus ansah, konnte man sehen, dass es sehr verwohnt und ungepflegt wirkte. Es war über Jahrzehnte vermietet worden. Das Dach hatte einen Feuchtigkeitsschaden und die Küche musste vor Verkauf ausgetauscht werden. Alles Arbeiten, die Manfred anbietet.

Ich verabredete mit den beiden Eigentümern, dass ich meinen Mann dazurufen würde. Manfred war schon eine halbe Stunde später vor Ort.

Er vereinbarte, dass das gesamte Haus gestrichen werden sollte, die Teppiche und die Küche ausgetauscht werden müssten und er das Dach reparieren würde. Der allgemeine Wert des Hauses würde signifikant steigen, wenn das Haus in einen guten Zustand gebracht würde.

Mary und Rollie waren dankbar, dass Manfred alle Aufgaben übernehmen wollte, und stellten ihn sofort ein.
Sarah und ich sollten Raum für Raum reinigen, den Manfred und Henry fertig renoviert hatten. Laurenz sollte den kompletten Garten umstrukturieren, neue Pflanzen setzen, Hecken schneiden und den Teich reinigen.
Unsere Kinder liebten diese Arbeit und sie lernten auch eigene Verantwortung zu übernehmen, denn Geld wurde erst nach erfolgreicher Arbeit ausbezahlt. Kinder sollen, wie ich finde, schon früh lernen mit anzupacken. Unsere Kinder waren das seit frühster Kindheit gewohnt, eigene Aufgaben zu erledigen. Meine Eltern, Tanten und Schwiegereltern konnten nicht glauben, dass Laurenz schon mit 8 Jahren perfekt das Bad putzen konnte. Wir haben allerdings die Kinder nie Aufgaben erledigen lassen, zu denen wir keine Lust oder Zeit hatten, sondern die Arbeiten waren wohldosiert zwischen Schularbeiten und viel Freizeit verteilt.
Harte Zeiten, wie etwa Ausbildung oder erste eigene Wohnung usw., bewältigen junge Menschen viel leichter, wenn sie vorher schon Erfahrungen mit Verantwortung gemacht haben. Das hat sich bei unseren Kindern bestätigt.

Manfred renovierte das Haus, reparierte das Dach und baute eine schicke Küche ein. Die beiden Eigentümer hatten viel Freude daran, bei dem Geschehen ein wenig mitzuwirken. Sie kauften sofort im Bauhaus ein, was fehlte. Nach den Arbeiten und dem Putzen sah das Haus wie neu aus. Es wurde schon vier Wochen später für einen Bombenpreis verkauft. Wir hatten allerdings auch gut an der harten Arbeit verdient.
Die Eigentümer schickten uns Wochen später eine liebe Karte aus Las Vegas und dazu einen Bonusscheck von 300.- Dollar. Unsere Freude war groß, wir teilten das Geld untereinander auf (Laurenz und Sarah holten dazu schnell ihre Taschenrechner).

Diese an Erfahrungen reiche Zeit ging nun zu Ende. Mein Bestreben war, nun konkret mit dem Hausbau zu anzufangen, denn ich wollte nicht ewig eine Putzfrau sein. Meine Knochen schmerzten immer mehr und ich hatte an der linken Hand schon Hornhautschwielen. Ich fühlte mich schwach und ausgepowert.

Kapitel 16

Sabine

Meine Aufgabe war es nun, Grundstücke zu finden, die einerseits günstig waren, aber andererseits mit neu gebautem Haus schnell wieder verkauft werden konnten. Ich ließ mir dafür viel Zeit, ich wollte auf Nummer sicher gehen.

Jetzt hatte ich auch viel Muße, mit meinen Hunden lange Spaziergänge zu unternehmen. Abends besuchte unsere ganze Familie den Athletic Sportclub. Dort fanden sich super moderne Geräte zum Trainieren, eine große Laufbahn, ein großes Schwimmbad mit Olympia-abmessungen, zwei große Saunen und unsere beliebte *Hot Tub* (ein riesiger heißer Whirlpool).

Das Schönste waren jedoch die sozialen Kontakte, die wir hier knüpften. Der Club war für unsere Verhältnisse sehr teuer, aber wir arbeiteten für diesen Luxus auch hart genug. Die Leute gehörten fast alle zu der gehobenen Society, waren offen und begegneten uns sehr freundlich.

Die Kinder fanden beide schnell Freunde. Sarah lernte Jaqueline kennen, einen flotten Feger, ein wenig frühreif und sehr an Jungs interessiert. Da Sarah von Natur aus ein wenig zurückhaltend ist, fand sie Jaqueline spannend und inspirierend. Laurenz hatte sofort fünf Freundinnen und war aus dem Pool nicht mehr herauszubekommen.

Ich konnte mit vielen Frauen sprechen, mal wieder ausgiebig tratschen. Das war ein wahrer Genuss. Einmal saß im Poolbereich eine ziemlich negativ aussehende Frau neben mir, die einen ähnlichen Akzent wie wir hatte. Ich fragte sie auf Englisch, aus welchem Land sie komme. „Germany", war ihre Antwort. „Oh Mann, endlich mal wieder deutsch sprechen", sprudelte es aus mir heraus. Die Frau freute sich und stellte sich als Sabine vor. Jetzt konnte ich fühlen, dass Sabine sehr nett war. Der negative erste Eindruck war verschwunden. Sabine war in meinem Alter, sie hatte drei Kinder. Ihr jüngstes, ein Nachzügler, war erst sechs Jahre alt. Die kleine Britney war sehr selbstbewusst und ein goldiger Racker. Sabine und ich verbrachten zwei Stunden miteinander am Pool. Ich hatte ganz vergessen zu trainieren. Zu schön war es, mal wieder deutsch zu sprechen, ganz allgemein zu plaudern, herrlich. Sabines Mann hatte eine gehobene Stellung bei der Army und Sabine arbeitete als Sekretärin ebenfalls bei der Army. Die Familie wohnte im angesehenen *Kings Crossing*, einem der besten Viertel der Stadt. Sabine war schon viele Jahre in Amerika und vermisste Deutschland. Das konnte ich zu diesem Zeitpunkt gar nicht nachvollziehen. Mein Leben in Amerika gefiel mir super gut und daran wollte ich auch nichts ändern. Doch Sabine wurde richtig wehmütig bei dem Gedanken an Deutschland. Sie hatte sich in der Pfalz in einen Ami verliebt und war direkt schwanger geworden.

Ihr Freund wurde nach der Geburt ihres Sohnes Johnny, heute 24 Jahre alt, wieder nach Amerika, nach Seattle versetzt. Da musste sie sich entscheiden: Heimat verlassen oder den Vater ihres Sohnes verlassen. Sie hatte darüber lange nachgedacht. Sabine liebte ihre Familie, ihre beiden Schwestern, ihre liebe Mutter und ihre Clique. Sie hatte einen festen Job als Bankkauffrau und liebte ihre Arbeit bei der ortsansässigen Sparkasse. Jeder kannte und mochte Sabine. In Amerika kannte sie niemanden, noch nicht einmal die Familie ihres Freundes. Sie sprach kein Englisch und konnte sich nicht vorstellen, den ganzen Tag mit einem Kleinkind in einer Wohnung zu leben, dazu in einem fremden Land. Aber sie hatte sich dennoch für Amerika entschieden, denn sie wollte nicht, dass ihr Kind ohne Vater aufwuchs. Die erste Zeit in Seattle war für Sabine sehr hart. Die Familie bestand darauf, dass Sabine und Mike heirateten. Mike kam aus sehr einfachen Verhältnissen, die Familie hatte kein Geld für eine Collegeausbildung, deshalb bewarb er sich bei der Army.

Mike mietete eine schöne Wohnung und dann wurde geheiratet. Sabine war wegen Mikes Abwesenheit oft einsam und verbrachte das erste Jahr in Amerika meistens in ihrer Wohnung. Ihr einziger Trost war ihr Söhnchen Johnny. Sabine bekam im Laufe der Jahre drei Kinder, sie machte eine Ausbildung als Sekretärin. Sie war nur Aushilfskraft und wurde nie anständig bezahlt. Aufgrund ihrer schlechten Arbeitsstelle und der eigenen finanziellen Situation war und ist Sabine immer von ihrem Mann abhängig. In der Ehe stand es oft nicht zum Besten, denn Sabines Mann war launisch und wenig respektvoll.

Sabine wurde meine engste Vertraute und beste Freundin. Unsere Familien hingegen trafen sich wenig, weil ich ihren Mann nicht ausstehen konnte.

Aber wir beide trafen uns regelmäßig im Fitnessclub oder zum gemütlichen Kaffee bei *Starbucks*. Wir trösteten uns gegenseitig, wenn die Widrigkeiten des Lebens manchmal zugeschlagen hatten.

Komplette Zerstörung eines Mobile Home Parks in Punta Gorda, einem Nachbarort, nach Hurrikan Charly.

Ein Getränkemarkt in der Stadt.

114

Das Wasser kommt nach dem Hurrikan einfach aus dem Boden, nur hohe Fahrzeuge können diese Straße noch passieren.

Wir verlassen unser schönes Haus in Florida.

Auf geht's, nach Texas.

Unser neues Zuhause in Texas, ein Haus auf Stelzen.

Mein erstes Baugrundstück.

Cesar, mein Betonbauer.

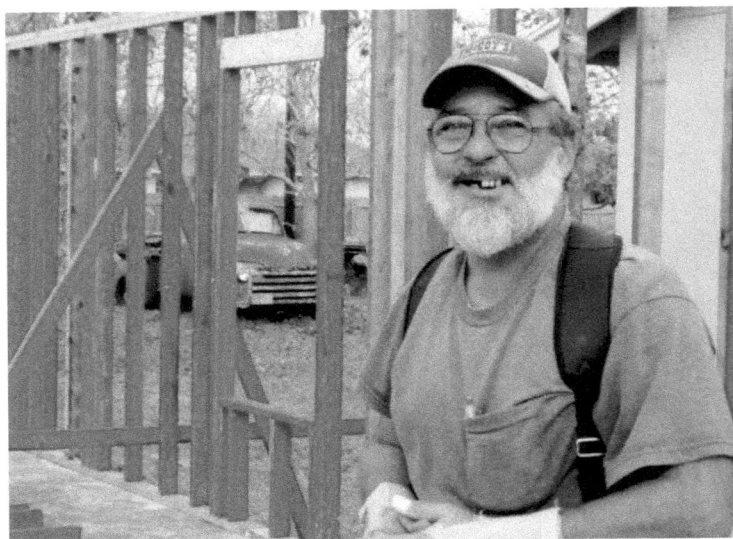

Al, der Zimmermann, mein bester Berater und guter Freund, was hätte ich ohne ihn getan?

Mein Haus nimmt Formen an.

Manfred glättet die Einfahrt.

Da steht es: mein erstes gebautes Haus.

Sarah schmust mit unseren Hunden.

Jake gibt seinen Ball nicht her.

121

Kapitel 17

Ein Drogendealer wird Pastor

Es war kurz vor Ostern und wir wollten gerne einmal eine Kirche aufsuchen und einen amerikanischen Gottesdienst erleben. In unserer Gegend gab es mehrere Kirchen. Uns sprach ein gepflegtes großes Gebäude an und wir notierten die ausgeschriebenen Gottesdienstzeiten. An Ostersonntag sollte ein großes Fest insbesondere für die Kinder stattfinden. Eier (aus Plastik) wurden versteckt.

Als der große Tag kam, schmissen wir uns schwer in Schale und fuhren los. Der Kirchenparkplatz war bereits zum Platzen gefüllt. Nette Parkplatzhelfer leiteten uns an eine freie Stelle. Es waren hunderte Menschen auf dem Kirchenvorplatz, trotz einer Temperatur von 27 Grad im Schatten. Die Stimmung war aufgeheizt und voller Freude, die Kinder sollten vor dem Gottesdienst Eier suchen. Die Aufregung war auch bei Sarah und Laurenz groß. Sie suchten gleich mit. Laurenz hatte sich sofort eine große Tüte organisiert und hortete schon eine Menge Eier. In den Plastikeiern waren kleine Spielsachen oder Naschis zu finden. Alles war sehr liebevoll organisiert.

Danach begann der Gottesdienst. Die Kinder erhielten einen Kinder- und Jugendgottesdienst von einem anderen Pfarrer in anderen Räumlichkeiten. Die Kirche war anders gestaltet als eine deutsche Kirche. Wir kennen unsere Kirchen meistens als kalte, hohe Räumlichkeiten, mit einer riesigen Orgel und bunten heiligen Glasornamenten an den Fenstern.

Hier war es ein warm gestalteter Raum, mit Blumen geschmückt, mit einer großen Bühne, einem kleinen

Stehpult und vielen Lautsprechern über den ganzen Saal verteilt. In der Front war eine riesige Leinwand zu sehen, für Bibeltexte oder Liedertexte. Dann kamen auch schon die Sänger und die Band zu ihren Instrumenten. E-Gitarre, Trompete, Schlagzeug, Querflöte und Kontrabass. Das hatte ich in einer Kirche noch nicht gesehen. Das Licht wurde stark gedämmt, die Atmosphäre wurde sehr angenehm, dann ging es los. Auf der Leinwand konnten wir wunderbar den Liedertext ablesen, der gesungen wurde. Die Band spielte sehr laut und stimmungsvoll, die Sänger konnten wie Stars singen, alles klang so harmonisch und rhythmisch. Wir waren zutiefst ergriffen. Alle Lieder handelten von Jesus, es öffnete uns das Herz, es berührte und tröstete uns. So etwas Schönes hatten wir in einer Kirche noch nie erlebt. Während wir sangen, kam ein sehr kräftiger Mann dazu, er machte auf mich einen sehr charismatischen Eindruck. Er setzte sich in die vorderste Reihe und sang laut mit. Kurze Zeit später ging der Mann auf die Bühne und sang ein Lied, wie ein Weltstar. Es war so schön, dass wir beide, Manfred und ich, Gänsehaut bekamen.

Nach einer halben Stunde begann dann der Gottesdienst. Der kräftige Mann war der Pastor. Sein Name war Dave Miller und er predigte sehr deutlich mit lauter Stimme. Diese Art von Predigt war mir völlig fremd. Die Predigt wurde auf das heutige Leben übertragen: Hätte Gott ein Fotoalbum, er hätte von allen Menschen, die an ihn glauben, ein Bild darin und würde voller Stolz seine „Kinder" zeigen. Dinge wie Egoismus und menschliche Kälte wurden aufgegriffen, oder Mut, sich etwas zu trauen, wenn man nur Gott um Hilfe bittet.

Alles war darauf gerichtet, viel Saat zu säen, immer seinen Glauben aufrechtzuhalten, um dann reich ernten zu können. Der Pastor sprach davon, dass wir alle wesentlich mehr Potenzial haben, als wir uns zutrauen. Wir sollten viel mehr positiv glaubend an die Dinge herangehen. Dabei las der Pastor rege aus der Bibel vor und erzählte, dass Gott Menschen für bestimmte Dinge gewählt hatte, die sie nicht machen wollten, wie Jona, der in die Stadt Ninive reisen und den Bewohnern sagen sollte, dass Gott ihre Stadt zerstören würde. Jona rannte vor Gott davon, wurde dann von einem Wal verschlungen, der ihn direkt vor der Stadt Ninive ausspuckte. Er lernte dann die Güte und Liebe Gottes zu den Menschen kennen, da der den Menschen verzieh.

Die Predigt war so spannend und interessant, dass die zwei Stunden wie im Fluge umgingen. Ich war zutiefst beeindruckt und inspiriert. Noch nie hatte ich Kirche als so spannend empfunden.

Wir gingen von da an mit Freude jeden Sonntag in die Kirche, auch die Kinder waren sehr angetan von ihrem Jugendpastor Marcus.

An einem Sonntag erzählte Pastor Miller von seiner Kindheit und Jugend. Er war in Chicago in den Slums aufgewachsen. Seinen Vater kannte er als saufendes Ungeheuer, der zu Gewalt und Kriminalität neigte. Er saß aber fast Zeit seines Lebens im Knast. Die Mutter Millers war eine starke und aufrechte Frau, die versuchte, ihre beiden Söhne zu anständigen Männern zu erziehen. Durch die bittere Armut der Familie kamen Miller und sein Bruder vom guten Weg ab und versuchten ihren Lebensstandard durch Drogendealen zu verbessern. Anfangs fühlten sich beide jungen Männer toll, konnten sich teure Autos leisten. Ihre Mutter brach den Kontakt mit ihren Söhnen sofort ab, sie wollte mit dem sündigen Verhalten nichts zu tun haben.

Als in der Nachbarschaft ein bekannter Freund an einem goldenen Schuss starb, wurde ein Hebel in Millers Kopf umgelegt. Er machte sich bittere Vorwürfe, da er den Stoff geliefert hatte.

Er suchte Antworten in der Kirche, immer und immer wieder. Er suchte wieder den Kontakt zu seiner Mutter, die er über alles liebte. Auch sein Bruder wollte weg von der Dealerei.

Miller wollte sein Leben ändern und hielt Zwiesprache mit Gott. Ein paar Wochen später war klar, dass er Gottes Wort predigen wollte. Er musste dazu ins *College*, um zu studieren. Um sich sein Studium leisten zu können, jobbte Miller in einer Bar. Er hielt sich jedoch von Drogen und Alkohol fern, wurde grundehrlich und las in jeder freien Minute in der Bibel. Er lernte in jener Zeit seine zukünftige Frau kennen, die ebenfalls auf demselben *College* Lehramt studierte.

Beide waren verliebt und bald war das erste Kind unterwegs, es wurde geheiratet. Die finanzielle Situation war schwierig. Als Mandy geboren wurde, stellten die Ärzte einen Herzfehler fest. Das Kind musste schleunigst operiert werden, um zu überleben. Miller jobbte zu dieser Zeit wie besessen, machte Doppelschicht, um die hohen Krankenhauskosten zu bewältigen. In jenen Tagen in der Bar kam ein älterer Mann herein und setzte sich an die Theke. Er bestellte einen doppelten Whiskey und bezahlte Miller mit einer Rolle Geld. Miller öffnete das gerollte Geld und zählte 5000.- Dollar. Er ging mit fragendem Gesicht zu dem Gast. Dieser sagte trocken, er könne den Rest behalten. Miller wollte den Mann nicht ausnutzen, so dringend er das Geld auch gebrauchen könnte, er hatte ein wenig die Befürchtung, auf einen Selbstmörder gestoßen zu sein. Der Mann bestellte einen zweiten Whiskey und bezahlte erneut mit einer dicken Geldrolle und flüsterte Miller zu: „Behalte den Rest." Miller schüttelte den Kopf und ging in die Küche.

Der Mann legte die Geldrolle auf den Tisch und verließ die Bar, vorher flüsterte er dem Barbesitzer etwas zu. Als Miller zurückkam, händigte Joe, der Besitzer, ihm die Geldrolle aus. „Für dich, er sagte, du könntest es gebrauchen." Miller nahm das Geld und zählte noch einmal 5000.- Dollar.

Was war das, wer war dieser Mann? Miller hatte ihn noch nie gesehen. Wusste er von Millers Problemen mit seinem Kind? Niemand hatte je eine Antwort darauf.

Miller konnte nur an eines denken: Gott hatte ihm geholfen, seine Gebete erhört. Er konnte nun leicht die Krankenhausrechnung begleichen. Von diesem Tag an nahm Miller den fremden Mann jeden Tag in seine Gebete auf und hoffte von Herzen, dass es ihm gut gehen möge.

Eines hatte Miller gelernt, nämlich dass man tatsächlich ganz gut zurechtkommen kann, ohne krumme Dinger zu drehen. Er absolvierte sein Studium mit Bravour und übernahm sofort eine kleine Gemeinde in Ohio. Dort wurde er sehr erfolgreich und freute sich einer wachsenden Gemeinde. Nach vier Jahren übernahm er eine große in die Jahre gekommene Kirche in Corpus Christi, Texas. Er sanierte das Gebäude, baute ein weiteres an und vergrößerte den Parkplatz. Ein mutiges und riskantes Unterfangen, da ihn in Texas noch niemand kannte. Angst hatte Miller keine, zu groß war sein unerschütterlicher Glaube an Gottes Hilfe. Er sollte Recht behalten, seine Kirche wurde eine der erfolgreichsten in der Stadt.
Miller machte nie ein Geheimnis aus seinem früheren Leben, im Gegenteil, er wollte Menschen, die tief in der Tinte saßen, ermutigen, neu anzufangen. Seine Predigten machten mir jeden Sonntag viel Mut und gaben mir Kraft, mit Rückschlägen leichter umzugehen. Die vielen schönen Lieder befreiten unsere Seele von dunklen Wolken. Diese Sonntage waren die schönsten meines Lebens. Die schönste Lehre von Miller war die, dass er uns erzählte, dass egal, in welche schwierigen Verhältnisse wir hineingeboren werden, selbst in kriminellste, so wie er selber, wir den stärksten und mächtigsten Väter haben, nämlich unseren himmlischen Vater.
Von diesem Vater stammen wir ab, wir selber müssen das Beste daraus machen. In mir wuchs jetzt immer mehr die Kraft, etwas Großes anzugehen, obwohl ich

manchmal ein echter Schisser sein kann. Wenn man viel sät, sich etwas traut, mit all seiner Kraft an etwas arbeitet, investiert, wird mit Gottes Hilfe etwas Großes daraus.

Ich kann mit großer Gewissheit sagen, dass mir all die Gottesdienste halfen, meinen Mut anzukurbeln. Der ständige Konsens war im Prinzip in allen Predigten zu finden, nämlich Zweifel und ständige Ängste abzulegen und Geplantes anzugehen. In meinem Herzen wusste ich schon immer, dass Gott bei mir ist. Die Gottesdienste haben es mir nur stärker veranschaulicht. Danke, Pastor Miller, ich werde dich nie vergessen. Du hast mich Gottes Wort wieder neu gelehrt: „Ich möchte es angehen, ich bin bereit."

Kapitel 18

...und du baust schon mal das Haus

Es war mal wieder soweit, Manfred musste nach Deutschland. Die Mieten unserer Häuser kamen immer später oder gar nicht mehr auf unser Konto. Da konnte etwas nicht stimmen. Unser Immobilienverwalter Herr N., der jeden Monat von uns ein prima Gehalt abkassierte, war nur noch schwer zu erreichen. Wenn man ihn mal erwischte, stotterte er herum, kam nicht so recht mit der Sprache raus, erzählte von schweren Zeiten und schlechten Mietern. Wir wussten, dass es nicht gerade einfach war mit den Mietern, aber wenn bei sechs Immobilien nur noch eine Miete bezahlt wird, dann stimmt was nicht.

Herr N. wollte nicht, dass Manfred persönlich vorbei kommt, er verharmloste alles, erzählte, dass er alles im Griff habe. Bei Manfred schrillten die Alarmglocken. Wir entschieden, dass er schnellstmöglich nach Deutschland reisen musste, um für Klärung zu sorgen. Wir waren zu dieser Zeit gerade in der Phase, mit einem Architekten Pläne für unseren geplanten Hausbau anzufertigen. Wir hatten zwei Grundstücke zu einem günstigen Preis erworben. Wir entschieden uns, attraktive, überschau-bare 4-Zimmer-Häuser mit Holzterrasse und einer modernen Innenausstattung zu bauen. Die Ansicht des Hauses hatten wir schon intern gezeichnet, der Architekt musste nur zustimmen und überprüfen, ob man in dieser Gegend solche Häuser bauen durfte.

Tja, nun kam Deutschland dazwischen.

„Du fängst einfach an mit dem Bau", waren Manfreds coole Worte. Ich hätte ihm am liebsten richtig eine verpasst. Ich konnte doch unmöglich alles alleine organisieren. Leider hatten wir bereits eine Firma bestellt, die das Grundstück von Büschen und Wurzeln befreien, den Boden auflockern und begradigen sollte. Es war sehr schwierig zu dieser Zeit, überhaupt Termine zur Grundstücksreinigung zu bekommen. Ich fühlte auf einmal einen irrsinnigen Druck auf mir lasten, hatte Gedanken, das alles niemals bewältigen zu können. All diese Firmen mit diesen riesigen Männern sollte ich anleiten, da lachen ja die Hühner. Ich hätte am liebsten ganz laut geschrien: „Neeeeeiiiiiiiinnn! Ich möchte das nicht, ich trau mir das absolut nicht zu." Als ich ein kleines Mädchen war, habe ich in gefährlichen Situationen immer die Augen zugemacht, mein Vater hatte mich immer beschützt, ich konnte mich auf ihn verlassen. Das war schön!!! Das wollte ich jetzt am liebsten auch tun. Panik machte sich in mir breit, weil ich wusste, dass Manfred Recht hatte. Die Zeit war reif, ich musste starten.

Einen Aufschub durfte es nicht geben. Der Grundstücks-vermesser sollte auch in zwei Wochen zum Ausmessen kommen. Meine Aufgabe bestand nun darin, günstige Firmen zu finden, die mir das Haus bauen würden. Die Firmen mussten so preiswert sein, dass wir einen tollen Gewinn verzeichnen könnten.

Manfred war mal wieder nicht ansprechbar, da ihn die Sache mit unserem Verwalter zusetzte. Er buchte schnell einen Flug nach Frankfurt, der auch noch unverhältnismäßig teuer war. In nur fünf Tagen sollte es losgehen. Manfred konnte wieder bei meiner Tante Inge wohnen, eine riesige Erleichterung.

Als ich Manfred zum Flughafen brachte, reisten gleich meine Sicherheit und mein Selbstbewusstsein mit ihm mit. Ich fühlte mich traurig und leer. Manfred hingegen traute mir das alles locker zu. Er hatte nicht den geringsten Zweifel daran, dass ich überfordert sein könnte. Ich fuhr einsam und verlassen zu unserem Haus zurück.

Zuhause gingen meine Recherchen los. Ich hatte alles in der Schule gelernt, es konnte nicht viel schief gehen, wenn ich mir nur Mühe gäbe. Da die Kinder jeden Tag bis 16:30 Uhr in der Schule waren, hatte ich ausreichend Zeit, mich um unseren Bau zu kümmern.

Zuerst brauchte ich einen Elektriker, einen Sanitärmann und ein Betonbauunternehmen. Als Erstes fuhr ich alle Neubaugebiete ab. Dort schrieb ich mir sämtliche Firmennamen von Elektrikern, Installateuren usw. auf. In einem Buch ordnete ich die Nummern und rief alle Firmen an. Da es sich um einen Neubau handelte, brauchten die Firmen nur die Quadratmeterzahl, um mir einen Festpreis machen zu können. Die Preise (es war nicht anders zu erwarten) waren unglaublich unterschiedlich. Leider lag selbst der billigste Preis weit über meinem Budget. Das hieß für mich, dass ich mich mit großer Mühe nun selbst auf die Suche nach geeigneten Firmen machen musste. Wäre ja auch zu schön gewesen, wenn es für mich mal einfach gelaufen wäre.
Nun ging die Sucherei los. Die Elektriker waren ziemlich arrogant, da sie alle gut gebucht wurden. Ich rief auch in den entlegensten Landstrichen an, um einen guten Preis zu erhalten. Es war schwierig und klappte nicht nach meinen Vorstellungen. Ich rief nun alle spanisch klingende Namen an (in Erinnerung an Zahn- und Tierarzt), nur diese Leute sprachen leider gar kein Englisch. Auf einmal klingelte mein Handy. Auf der anderen Seite meldete sich ein Mister George. Er sprach mit starkem Akzent und fragte, warum ich seinen Sohn angerufen hatte. Ich jubelte vor Freude, denn das war wohl ein Elektriker. Ich erklärte ihm mein Vorhaben und er war begeistert und hatte Zeit mir zu helfen. Ich nannte ihm meinen Preis und er stimmte augenblicklich zu. Jucheh, das war super!
Am nächsten Tag hatte ich einen Termin mit dem Grundstücksvermesser. Ich hatte einen akzeptablen

Preis vereinbart, den er jetzt auf einmal erhöhen wollte. Ich blieb, als er seine Forderung stellte, sofort stehen und sagte, dass er gehen könne. Er lachte verlegen und fing an, das Grundstück auszumessen. Er wollte wohl lieber den Spatz in der Hosentasche als gar nichts. Die Vermessung ging schnell und am nächsten Tag sollte das Grundstück begradigt werden.

Mit großen Baggern und Maschinen wurden Büsche, kleine Bäume, Wurzeln und Steine entfernt, danach wurde alles glatt gezogen. Jetzt konnte der Bau beginnen. Das gereinigte Grundstück sah wunderschön und sehr groß aus.

Ich verabredete mich am nächsten Tag mit Mister George (so nannte ich meinen Elektriker) auf der Baustelle. Er kam pünktlich mit seiner Frau zu unserem Grundstück. Ich war erschrocken und entsetzt über sein Erscheinungsbild. Vor mir stand ein vor Schweiß triefender, beißend stinkender, schmutziger Mann. Er reichte mir seine fette nasse Hand, deren Fingernägel seit Wochen kein Wasser gesehen haben konnten. Sein T-Shirt hatte unzählige Löcher und sein Bauch hing schwer über der von Flecken übersäten Hose.

Mister George erwähnte sofort, dass er für den Elektromast 500.- Dollar brauche. Ich wusste das natürlich, denn es war so abgesprochen. Aber angesichts dieses Mannes kamen mir erhebliche Zweifel. Würde er für das Geld wirklich den Mast besorgen oder würde ich diesen schmierigen Typen dann nie wieder sehen. Der Sturm der Entscheidung wirbelte in meinem Hirn. Wir waren hier in Amerika, alles war reguliert und streng unter Beobachtung. Wer hier betrügt, landet schnell im Bau. Außerdem hatte ich keinen Ersatz.

Ich verlangte nach seinem Ausweis (Führerschein) und schrieb Namen und Adresse und die Ausweisnummer ab. Dann notierte ich sein Autokennzeichen. Danach holte ich mein Scheckbuch heraus, trug die geforderte

Summe ein und überreichte ihm den Scheck. Das war ein übles Gefühl, aber ich musste meinen Bau beginnen. Mister George lachte breit, entsetzt stellte ich fest, dass er fast keine Zähne mehr hatte. Seine Frau griff gierig nach dem Scheck und beide fuhren in ihrem schäbigen Uraltauto davon. Die Abgase nebelten mich ein, ich stand in einer riesigen schwarzen Rauchwolke.

Betrübt fuhr ich nach Hause. Ich fühlte mich wie eine Versagerin, hatte wahrscheinlich gerade mein Geld einem Drogenabhängigen gegeben. Wahrscheinlich saß Mister George gerade mit seiner Schmuddelfrau mit verdrehten Augen auf einer dreckigen Matratze und schlief seinen Drogenrausch aus. Ich rief am Abend Manfred in Deutschland an, um ihm von der Misere zu berichten. Manfred war entsetzt und schrie ins Telefon: „Wie gehst du denn mit unserem Geld um?" Ich hatte keine Antwort, scheinbar warf ich bei meinen Entscheidungen tatsächlich unser hart verdientes Geld aus dem Fenster.

Am nächsten Tag hatte ich eine Verabredung mit dem Sanitärfachmann Phillip, einem Berufsanfänger, der seine Firma erst zwei Wochen zuvor eröffnet hatte. Ich hoffte auf einen anständig aussehenden Handwerker, dem ich vertrauen könnte. Wir trafen uns an der Baustelle. Phillip kam mit seinem Partner Brian. Er wirkte unglaublich jung, dynamisch und sehr freundlich auf mich. Er betrachtete mit Brian, einem ebenfalls freundlichen jungen Mann, das Grundstück. Er schaute sich die Pläne an, die ich ihm kopiert hatte. Ernst besprachen sich die beiden über die Verlegung der Rohre. Phillip machte mir direkt einen Schnäppchenpreis, weit unter denen, von denen ich je gehört hatte. Ich hatte den Verdacht, dass ich vielleicht die erste Kundin seiner Firma wäre. „Egal", dachte ich, denn ich vertraute den beiden. Ich stellte Phillip ebenfalls einen Scheck aus, da er die Rohre besorgen musste.

Super, jetzt hatte ich schon zwei Firmen. Aber noch

brauchte ich dringend eine Betonfirma, wenn ich meinen Hausbau beginnen wollte.

Zuhause startete ich wieder meine Suche nach Firmen. Nach weiteren 30 fehlgeschlagenen Anrufen erreichte ich eine freundliche Ehefrau, die als Sekretärin für ihren Mann arbeitete (im Wohnzimmer mal das Telefon abnehmen). Sie lobte ihren Mann als besten Fundamenthersteller der ganzen Stadt. Ihre Sprache hatte einen deutlichen, nur allzu bekannten Akzent. Sie war Mexikanerin und wirkte kein bisschen überheblich auf mich, deshalb machte ich sofort einen Termin mit Cesar, ihrem Mann.

Am nächsten Tag traf ich mich mit Cesar und traute meinen Augen nicht. Auf meinem Grundstück stand mein von Mister George zugesagter Elektromast. Er hatte ihn wie verabredet schon befestigt und angeschlossen. Er war kein Drogenabhängiger, sondern mein Elektriker, Jucheh, danke, Mister George!

Cesar war ein sehr alter Mann. Seine Falten im Gesicht wirkten eher wie tiefe Gräben in dunkelbrauner, gegerbter Haut. Die langjährige harte Arbeit im Freien, in diesem heißen Land, hatte ihren Tribut gefordert. Seine gesamte Muskelmasse war wohl in der texanischen Sonne dahingeschmolzen. Seine Figur war durch und durch sehnig. Cesar trug einen alten Cowboyhut, sein Kopf wirkte darunter so klein wie eine Erdnuss. Er begrüßte mich sehr freundlich und lachte breit. Der eine oder andere Zahn fehlte auch hier.

Aber von Cesar ging eine wohlige menschliche Wärme aus, ich mochte ihn sofort. Seine Frau und sein dicker Sohn waren ebenfalls dabei, sie saßen in einem uralten Cadillac. Cesar erklärte mir, dass sein Sohn studiere und einmal etwas Besseres werde. Wie sich später herausstellte, war Pedro das einzige Kind von Cesar und seiner Frau Ludmilla. Sie behandelten ihn wie ein rohes Ei, es grenzte schon an einer Affenliebe. Pedro wirkte auf mich zwar sehr freundlich, aber auch sehr unselbstständig und extrem unsicher.

Wir besprachen alle zusammen den geschäftlichen Part. Mit Cesar zu verhandeln, war nicht ganz so einfach, er wollte ein wenig mehr Geld, als ich bereit war zu bezahlen. Am Ende wurden wir uns einig, jeder kam ein wenig auf den anderen zu. Da Cesar schon lange im Baugewerbe arbeitete, fragte ich ihn, ob er einen guten Zimmermann kenne.

„Al", war seine prompte Antwort, „er ist aber bestimmt ausgebucht, weil ihn jeder haben möchte." Cesar gab mir den Namen der Firma, die ich heute gar nicht mehr in Erinnerung habe, denn ich kenne diese Firma nur als „Al".

Ich rief noch am selben Tag an, konnte aber für drei Tage niemanden erreichen. Frustriert versuchte ich es immer wieder, denn ich wollte diesen tollen Hecht bei mir im Team haben.

Dann endlich, am vierten Tag, erreichte ich Al. Er hatte eine sanfte angenehme Stimme. Ich wurde ziemlich hektisch und erzählte Al, dass sein Freund Cesar ihn mir empfohlen habe, und ich redete ohne Punkt und Komma auf den armen Mann ein. Sehr ruhig machte Al einen Termin mit mir, zwei Tage später wollten wir uns mit Plänen an der Baustelle treffen.

Al kam mit seinem alten Pick-up-Truck zu unserem Termin. Er trug einen Verband um seinen rechten Arm. Wir begrüßten uns herzlich. Ich fragte Al, ob er sich beim Arbeiten verletzt hätte. Er erzählte mir, dass er unter dem Karpaltunnel-Syndrom leide und selbst nicht mehr arbeiten könne. Ich fragte ihn besorgt, wie er denn eine Firma leiten könne, wenn er selbst nicht zugegen sei.

„Oh doch, ich bin immer auf der Baustelle, von morgens bis abends, und betreue meine Jungs", war seine schnelle Antwort. Al hatte eine wunderbare Ausstrahlung, er strahlte Freundlichkeit, Wissen und Sicherheit aus, ohne die geringste Spur von Arroganz.

Dieser Mann würde großartige Arbeit leisten, das spürte

ich.

Wir besprachen uns geschäftlich und kamen sofort zu einem Konsens. Al bot mir an, zukünftig mit mir in einem Bauhaus Material zu kaufen, bei dem er fantastische Rabattpreise erhalte. Außerdem wollte er mich dabei beraten, welches Material wir brauchten. Die Preise waren auch hier wieder ziemlich unterschiedlich. Ich hatte den Eindruck, dass Al mich beschützen wollte, denn er warf sich für mich übermäßig in die Bresche. Was war dieser Mann für ein Glücksfall für mich, menschlich und erst recht arbeitstechnisch. Ich fühlte mich sehr wohl in seiner Gegenwart.

Al warnte mich vor Materialdiebstahl, denn wir mussten unser Material auf unserer Baustelle in einer etwas entlegenen Gegend deponieren. Ich klingelte beim Nachbarhaus, stellte mich kurz als Bauherrin vor und brachte ihm ein kleines Geschenk mit. Er freute sich übermäßig und versprach mir, immer ein Auge auf die Baustelle zu werfen. Ich hinterließ ihm meine Handynummer und fühlte mich jetzt etwas beruhigter.

Puuhh, nun konnte es losgehen.

Als Erste kamen Phillip und Brian. Sie verlegten die großen Abwasserrohre. Ich schaute dabei zu, wie professionell die beiden arbeiteten. Ich war äußerst zufrieden und konnte mich endlich ein wenig entspannen. Nach zwei Tagen kam Cesar mit seinem Betonlaster und dem gesamten Team. Als Erstes wurden Betonmatten aus Eisen fein säuberlich auf dem Grundstück verteilt und miteinander verbunden. Der Beton wurde danach über eine Rutsche auf das Erdreich entladen, dann sofort auf dem Grundstück verteilt. Die Arbeit verlief schnell und routiniert.

Jetzt hatten wir eine Bodenplatte. Diese musste nun eine Woche trocknen. Meine Aufgabe bestand nun darin, einzukaufen. Mit Al kaufte ich die gesamte Holzkonstruktion für innen und das *hardie board* (Zementverbundplatten, stammen aus Australien und sehen sehr

135

attraktiv aus) für außen, dazu Fenster und Türen. Durch Al's Rabatt sparten wir bei unseren Einkäufen sehr viel Geld, auch half er mir, besonders günstige Schnäppchen zu finden.

Al war mein bester Berater und war nie müde, meine tausend Fragen immer ruhig und sachlich zu beantworten.

Er hat meine Unwissenheit am Bau nie ausgenutzt, sondern mir immer geholfen und mich beraten. Al hatte sechs Kinder und im Alter von 52 Jahren schon vier Enkelkinder. Sein Leben widmete er stets seiner Familie, sein Herz gehörte den Kindern. Al war ein bescheidener Mann, er legte keinen besonderen Wert auf sein Äußeres, auch war er eher ein schlechter Geschäftsmann. Ihm war es wichtig, immer Arbeit zu haben und seinen Stand zu halten.

Auf der anderen Seite war er nicht in der Lage, sich eine Krankenversicherung zu leisten, um sich endlich einmal operieren zu lassen. Er hatte ständig chronische Schmerzen und musste starke Schmerzmittel einnehmen, um seinen Alltag zu überstehen. Noch heute werde ich wütend, wenn ich an das blasse Gesicht von Al denke, als er mal wieder einen schlimmen Tag hatte, geprägt von Schmerzen. Er jammerte nie, man konnte es aber schlicht nicht übersehen.

Das schreckliche Krankensystem in Amerika konnte Menschen in ausweglose Situationen bringen. Ich bin überzeugt, dass Menschen wegen genau dieses beschissenen Systems tabletten- oder drogenabhängig werden. Sie haben einfach keine andere Möglichkeit, als die Tablettenrationen immer höher zu dosieren, damit der Schmerz bekämpft werden kann. Man kann nicht glauben, dass in einem angeblich reichen Land wie Amerika ein Großteil der Menschen keine Krankenversicherung hat.

Die Pharmazie und die Medizin sind in meinen Augen ein riesiger Markt. Dort werden Milliarden gescheffelt und kein Politiker der Welt wird dieses Business jemals stoppen können. Die Politiker und Wirtschaftsbosse sitzen gemeinsam an einem reich gedeckten Tisch. Das Schicksal des Einzelnen zählt zu keiner Sekunde. Das ist meine Meinung. Aber dazu später mehr.

Jeden Tag telefonierte ich mit Manfred, um ihn auf dem Laufenden zu halten. Er hatte schlimme Dinge über unseren Verwalter herausbekommen. Herr N. hatte einfach neue Mieter in unser wunderschönes neuwertiges Doppelhaus einquartiert, ohne uns Unterlagen über die Leute zu schicken. Diese Mieter waren faule, schmutzige Leute, die schon mehrfach aus anderen Wohnungen geflogen waren. Sie waren schlicht die ortsansässigen Mietnomaden. Dann stellte sich auch noch heraus, dass Herr N. einige Mieten privat kassiert hatte (er hatte uns ja mitgeteilt, dass fast alle Mieter nicht zahlen konnten). Manfred drohte ihm mit der Polizei, aber Herr N. versicherte ihm, alles zurückzuzahlen, er flehte Manfred stundenlang an. Schließlich willigte Manfred ein, ihm eine letzte Chance zu geben.

Diese Nachrichten waren wirklich grauenhaft. Wie sollte Manfred das alles wieder in den Griff kriegen? Wie hoch war der finanzielle Schaden für uns bereits angestiegen? Manfred hatte einen Termin mit der Bank, um sich einen genauen Überblick zu verschaffen.

Eines war mir augenblicklich klar. Man kann keine Geschäfte führen, wenn man nicht selbst zugegen ist. Wenn man alles aus der Hand gibt, kann man nicht erwarten, dass alles genauso läuft, wie man es sich vorstellt. Man hat nicht mit Robotern zu tun, die alles ausführen, was man ihnen aufträgt, sondern mit Menschen. Vielleicht hatte Herr N. bei den Mieten gedacht: „Mann, was für eine Menge Geld, mir könnte das jetzt weiterhelfen" oder so ähnlich. Er hatte die Konsequenzen seines Tuns einfach ausgeblendet. Ich musste Manfred so gut es ging wieder aufbauen, musste mich aber auch weiter um den Bau kümmern. Mit schlechten Gedanken konnte ich mich jetzt nicht aufhalten.

Jeden Tag fuhr ich 40 Minuten lang den traumhaften Weg über Brücken und immer am blaugrünen Wasser entlang zu meiner Baustelle. Dieser wunderschöne Blick machte mich sehr demütig und dankbar, so schön hier in Texas leben zu dürfen.

Der Holzrahmenbau stand bereits, Mister George kam, um die Elektrik wieder ein Stück voranzubringen. Er wollte jedes Mal Geld haben. Das ging mir tierisch auf den Geist, auch behauptete er, dass das Haus viel größer wäre als angedacht. Das stimmte natürlich nicht. Die Pläne wurden strikt eingehalten. Er hatte wohl erst einmal den Job haben und mich dann ein wenig austricksen wollen.

Am Abend rief mich Mister George an, um mir mitzuteilen, dass er am nächsten Tag dringend Geld brauche, um weiterzumachen. So langsam wurde er gierig und unverschämt. Meistens gab ich nach und schrieb ihm einen Scheck aus. Jetzt hatte ich den Eindruck, dass von Mister George noch viel Arbeit zu verrichten war und er trotzdem schon den Großteil des Geldes empfangen hatte. Ich fragte Manfred um Rat. Er empfahl mir, ihm nochmals unseren schriftlich vereinbarten Vertrag zu zeigen und ihm kein Geld mehr zu geben.

Am nächsten Tag nahm ich den Vertrag mit und fuhr mit klopfenden Herzen zu meiner Baustelle. Mister George wartete schon auf mich, er wollte scheinbar nicht weiter arbeiten. Seine grimmig aussehende Frau saß im Auto.

Ich begrüßte erst einmal Al und Phillip bei ihrer Arbeit. Al fragte mich besorgt, ob alles in Ordnung sei, ich hütete mich aber davor, meine Schwierigkeiten mit den anderen zu besprechen.

Ich ging mit ernster Miene zu Mister George, seine Frau versuchte, die Autotür leise zu öffnen, um besser hören zu können, es quietschte aber entsetzlich. Ich hielt dem

Elektriker den von ihm unterschriebenen Vertrag unter die Nase. Er fing wieder mit der alten Leier an, der Bau sei umfangreicher, das Material mehr.....usw. Ich hörte mir ruhig (na ja, mein Herz pochte bis zum Hals) alles an. Dann sagte ich, dass ich ihm kein Geld mehr geben würde, bevor er nicht alles fertig gestellt habe. Außerdem sagte ich ihm mit etwas erhobener Stimme, dass er mich nie mehr am Abend stören dürfe, um mir seine Geldsorgen vorzutragen.

Ich schwang mich in mein Auto und fuhr davon. Ich war mir sicher, dass ich Mister George nie wieder sehen würde. Alle anderen Handwerker hatten diesen Disput mitbekommen, jetzt wussten sie, dass man mit einer German Lady nicht rumzickt. Ich fuhr in einen Baumarkt, um die Duschen und Toiletten und die Badezimmer-möbel anzuschauen. Ich wollte Küche und Badezimmer sehr modern italienisch einrichten.

Die Möbel lenkten mich auch ein wenig von meinen Problemen ab. Nach ca. zwei Stunden fuhr ich wieder zu meinem Bau zurück. Welche Überraschung, Mister George stand schwitzend und arbeitend im Haus, seine Frau war abgedüst. Ich beachtete ihn nicht sonderlich und besprach mit Al meine Küchenidee und Badgestal-tung. Al hatte ganz andere Schwerpunkte und Ansichten von Innenausstattung als ich.

Als Tochter eines Innenarchitekten war ich schon früh mit verschiedensten Einrichtungsideen konfrontiert und inspiriert. Meine Kindheit verbrachte ich in Ausstellungsräumen mit schicken, glänzenden neuen Möbeln mit immer wieder anderen, teils skurrilen Formen und Farben. Ich liebte es, Neues auszuprobieren und verschiedene Stilrichtungen zu kombinieren. Ich fand es spannend zu provozieren, das spiegelte sich auch in meinem Kleidungsstil wider. Es fiel mir und fällt mir noch heute schwer, Konservatives zu akzeptieren, oder gar praktisch zu denken. Ich bin ein spontaner Mensch, bei Klamotten ebenso wie bei Möbeln oder Frisuren. Altbacken, nein danke!

Al fand meinen Möbelstil schrecklich (ich hatte einen Katalog mit zur Baustelle gebracht). „There is no space in here (Da ist kein Platz im Schrank)", war Al's karge Antwort auf meine italienischen Badezimmerschränke. Na ja, Platz war wirklich nicht viel in den Schrankregalen, aber die Form und die Farbe verliehen diesem Möbelstück außerordentliche Klasse. Egal, ich wollte meinem Stil Ausdruck verleihen. Und praktisch war der nun mal nicht. Die Möbel sollten dem Haus später diesen speziellen Charakter verleihen, klassisch modern, mit italienischem Flair. Natürlich kamen die Möbel nicht wirklich aus Italien, auch waren sie in der Qualität nicht außerordentlich wertvoll, sie sahen einfach unschlagbar schick aus. Allerdings waren alle Möbel aus massivem Holz, so wie es in Amerika oft üblich ist. Das machte sie schon alleine deswegen attraktiv, denn Pressspan, so wie wir es von billigen Möbelhäusern in Deutschland kennen, wird hier nur selten angeboten.

Manfred wollte in einer Woche zurückkommen, ich musste mich jetzt um den Innenausbau kümmern.

Kapitel 19

Andre und andere Problemchen...

Ich setzte ein Inserat in unsere Zeitung, dass ich einen Allroundhandwerker suchte, der den Innenausbau übernehmen könnte. Inzwischen hatte ich auch einen tollen Dachdecker beschäftigt, der aber leider kein Wort Englisch sprach. Er arbeitete jedoch super routiniert und den Vertrag konnte er auch unterschreiben. Auch hier bekam ich einen sensationellen Preis.

Der *air conditioning man* (Klimaanlagenbauer), den Al mir empfahl, war ein wundervoller Glücksgriff. Apollo war über 70 und hatte ein lahmes Bein. Er hatte eine große Familie und musste Geld verdienen, um alle ernähren zu können. Sein Sohn war vom rechten Weg abgekommen und saß seit drei Jahren wegen Drogenhandels im Gefängnis. Apollo erzählte mir alles ganz offen, ohne jegliche Scheu. Ich mochte sein warmes ehrliches Wesen. Er kroch während seiner Arbeit trotz seines Beines im Dachbereich herum (die meisten Klimaanlagen kommen ins Dach). Jammern war ein Fremdwort für die Amis, sie zogen einfach alles durch, solange sie noch atmen konnten. Was für tapfere Menschen sie doch sind. Ich fühlte immer wieder eine tiefe Zuneigung und Bewunderung für die Menschen, die mich umgaben, die mir begegneten, mit denen ich arbeitete. Ganz sicher aber waren sie die größte Inspiration in meinem Leben.

Das Haus nahm so langsam Formen an, man konnte Größe und Aufteilung der Zimmer schon gut erkennen.

Das Wichtigste waren jedoch der Innenausbau und die Innenausstattung. Schicke Böden, Bad und Küche verkaufen ein Haus. Ebenso wichtig sind der Außenanstrich und die Gestaltung der Terrasse.

Das stand jetzt an.

Manfred würde heute Abend ankommen, ich wienerte unser Haus und schmückte alles mit einem großen Willkommensplakat. Ich war unheimlich aufgeregt und stolz. Was würde mein Gatte wohl sagen, wenn er meinen Hausbau begutachtet? Ein erleichtertes Gefühl überkam mich bei dem Gedanken, dass unser Papale (Manfred) nun wieder alles richten würde, besonders den Innenausbau.

Das Flugzeug landete und nach fünfzehn Minuten kam Manfred freudestrahlend auf mich zu. Wir umarmten uns herzlich, die Kinder hatten kleine Willkommensfähnchen in der Hand, sie waren so froh, ihren Papi wiederzu-sehen. Unsere Tränen kullerten vor Freude. Manfred ist so wie ich ein Familienmensch, er liebt es, bei Frau und Kindern zu sein.
Viele Männer finden Freude an Stammtischen oder Bowling usw., nicht so mein Mann. Als er früher einmal in einem Altherren-Fußballklub mitspielte, fand sich die gesamte Mannschaft nach dem Training bei einem gepflegten Bierchen wieder, nur einer nicht: Manfred fuhr gleich nach Hause zu Mama und Kindern. Er sagte immer, dass er sich bei uns am wohlsten fühlt. Ich habe ihn jedoch zu diesem Verhalten nie gedrängt, im Gegen-teil, ich hätte mich für ihn gefreut, wenn er mit anderen Männern beim gemeinsamen Bierchen mal Spaß gehabt hätte. Aber mein Mann ist der geborene Eremit.

Am nächsten Tag fuhren wir schon früh morgens zur Baustelle. Wir hatten einen Termin mit Andre, einem Handwerker. Er sollte den gesamten Innenausbau übernehmen. Manfred sollte in den Hausbau eigentlich nicht involviert werden, da er ja seinen eigenen Kunden mit vielen offenen Terminen verpflichtet war.

Als wir ankamen, schossen meinem Mann direkt die Tränen in die Augen. Er war extrem stolz auf mich und den Hausbau. Er konnte nicht glauben, dass da so ein schönes Häuschen stand. Erzählungen von meiner Seite kannte er ja, aber dann alles selber zu sehen war schon großartig.

Ein junger Mann stand angelehnt an seinen neuen schicken Pick-up-Truck, der in hellroter Farbe in der Sonne glänzte. Er stellte sich freundlich als Andre vor. Wir gingen gemeinsam durch das Haus und besprachen mit ihm, was noch zu tun sei. Die Wände mussten komplett mit *texture* (einer dicken Masse vergleichbar mit Rauputz) verputzt werden, auf allen Böden musste Laminat verlegt werden, Bäder und Küche sollten eingebaut werden, das gesamte Haus musste gestrichen werden, von innen und außen, ein *porch* (Terrasse) sollte errichtet werden.

Andre sah sich unseren vorbereiteten Vertrag mit den einzelnen Gewerken nur kurz an. Er stimmte augenblicklich zu. Sein Gehalt war angesichts der Menge, die er zu tun hatte, nicht besonders attraktiv, aber er hatte keinerlei Einwände und diskutierte nicht herum. Wir besprachen, dass er gleich am nächsten Tag beginnen sollte. Danach düste er mit seinem schicken Auto wieder davon.

Manfred überlegte, ob er die Einfahrt nicht selber bauen könnte, um Geld zu sparen. Er bräuchte nur einen Helfer, der sich ein wenig mit Betonarbeit auskannte.

Al kannte einen etwas durchtriebenen Betonbauer, der eher mit Drogengeschichten, Alkohol und vier unehelichen Kindern glänzte. Aber er wäre ein ordentlicher Arbeiter, wenn er denn zum Dienst erschiene. Fidel war sein Name. Al nannte uns eine Baustelle, bei der Fidel gerade arbeitete.

Wir fuhren augenblicklich hin. Die Baustelle verfügte

über unzählige Arbeiter, nur Fidel war nicht da. Der Bauherr winkte ab. „This son of a bitch didn't show up (dieser verdammte Hund kam nicht)", raunte er mit heiserer Stimme. Das fing ja gut an, wie sollten wir diesen Hecht an Land ziehen, ohne Handynummer und Adresse?

Wir gingen zum Mittag ins Buffet-Restaurant *Pizza Hut*, die hatten immer einen günstigen und leckeren Mittagstisch. Wie schön war es doch, wieder mit meinem Mann Mittag zu Essen. Wir genossen unsere Zweisamkeit, konnten miteinander diskutieren und alle Freuden und Probleme teilen.

Zurück an der Baustelle lehnte ein kriminell aussehender Mann an unserem Haus. Seine Haare waren wild gelockt, in einem orange-blonden Ton, seine Kleidung hing teilweise in Fetzen von seinem dürren ausgemergelten Körper, billige Tattoos waren an Armen und Beinen zu sehen, sein von der Sonne verbranntes ledriges Gesicht war übersät mit Sommersprossen, in seinem Mundwinkel hing eine dünne selbstgedrehte Zigarette. „Hi", grüßte er uns freundlich, „ich habe gehört, ihr sucht nach mir." Wir waren erstaunt, wie schnell Menschen zu finden sind, wenn es um einen lukrativen Job geht. Fidel konnte Geld derzeit dringend gebrauchen. Trotz seines etwas dunklen Erscheinungsbildes mochte ich diesen Typen.

Wir erklärten ihm unser Vorhaben vom Bau der Einfahrt. Fidel war begeistert, er gab uns seine Handynummer und wir verabredeten, ihn nach ein paar Wochen anzurufen.

Am nächsten Tag kam Andre alleine zur Baustelle. Er sollte eigentlich zwei Helfer mitbringen, da die Arbeit alleine nur mühselig und langsam zu schaffen gewesen wäre. Als wir Andre darauf ansprachen, lachte er nur und sagte uns, wir sollten uns nicht sorgen. Er arbeitete extrem langsam, trank ständig seinen *Starbucks* Kaffee und stand zudem viel herum. Ich hatte ein schreckliches

Gefühl, wenn ich Andre beobachtete. Wir würden mit diesem Mann in zehn Jahren nicht fertig. Manfred beschloss mitzuarbeiten, das bedeutete aber auch, dass er seine Firmenaufträge auf Eis legen musste.

Mit Manfred wurde dann Andre plötzlich zum Leben erweckt. Als Team arbeiteten sie exzellent zusammen. Meine Aufgabe war es, Küche und Bad zu gestalten, die Möbel zu kaufen. Ich wählte für die Küche einfache Holzschränke, kaufte aber trendy farbenfrohe Griffe. Am Ende sah sie todschick aus. Ich freute mich schon auf die Badezimmerausstattung. Manfred hatte auf einmal die Idee, einen großen klobigen Badezimmerschrank zu kaufen und aufzubauen. Als ich zur Baustelle kam, traute ich meinen Augen nicht. Was stand da in meinem schönen Bad, in dem wunderschöne Fliesen mit traumhafter Steinbordüre angebracht worden waren, als Vorbereitung für die italienischen Möbel? Ein grauenhaft plumper Riesenschrank, ohne jeglichen Guck. Ich war ziemlich wütend auf Manfred. Wir hatten klare Absprachen getroffen, wer für welche Aufgabe verantwortlich ist. Geschmacklich war Manfred immer auf der Oma-Seite (der Biederen), doch er liebte meinen Geschmack und war froh, dass immer ich diesen Part in unserem Leben übernommen hatte.

Aber wenn Manfred glaubte, ein Superschnäppchen zu machen, kaufte er alles Hässliche der Welt auf und freute sich auch noch diebisch dabei, viel Geld gespart zu haben.

Nach nur zehn Minuten war der Schrank auf dem Pick-up-Truck. Manfred brachte ihn zurück, zähneknirschend, aber er vertraute mir. Ein Haus wird nur schnell verkauft, wenn es modern und zeitgemäß ausgestattet ist. Meine Badmöbel waren um ein Vielfaches teurer, aber super duper schick.

Das Haus wurde jeden Tag schöner, dann aber kam der Regen. Im Winter regnet es schon mal heftig in Texas. Manchmal über Tage. Sämtliche Straßen sind dann für

145

ein paar Tage überflutet. So einen heftigen Regen hatten wir nun zu überstehen. Die Baustelle war ein einziger Matschplatz. Das Wasser stieg bedrohlich hoch. Wir fürchteten, es könne in das Haus gelangen. Wir besorgten Sandsäcke und türmten sie um das Haus und den Eingangsbereich. Wir hielten für fünf Tage die Luft an, dann war der Spuk vorbei. Die Sonne kam zurück. Aus dem Matschloch war ein riesiger See geworden. Manfred kaufte eine große Pumpe, um das Wasser vor dem Haus abzuleiten. Das klappte dann auch hervorragend. Leider hatten die Moskitos nun viel Wasser, um ihre Nachkommen zu sichern. Wir hatten zu dieser Zeit förmlich die Beulenpest, da die Mistviecher überall waren und uns aussaugten.

Die Baustelle wurde bald fertig. Es war nun Zeit, Fidel anzurufen, um den Eingang fertigzustellen. Gesagt, getan. Der Betonlaster wurde bestellt, der Stahl lag bereits lose vor dem Haus. Am Tag, als der Beton kommen sollte, rief Fidel an, dass er Fieber habe und nicht imstande sei zu arbeiten. Eine Katastrophe, wie sollte Manfred alles alleine bewältigen? Für diese Arbeit wurde Andre nicht bestellt, er kannte sich mit Betonarbeiten nicht aus.

Der Betonlaster war bereits unterwegs, also mussten wir alles alleine in den Griff bekommen.

Manfred hatte noch einige Baggerarbeiten zu erledigen, bevor der Beton ankam. Leider war das ganze Grundstück noch voller Schlamm, Manfred sank bedrohlich ein, der Bagger drohte umzustürzen. Ich schrie auf.

Auf einmal geschah ein Wunder: Fidel kam auf die Baustelle. Er hatte sich eine Spritze gegen seine Bauchkrämpfe geben lassen und seine Freundin hatte ihn danach zu uns gefahren.

Mir fiel ein christlicher Spruch ein: „Wenn du meinst, es geht nicht mehr, kommt von irgendwo ein Lichtlein her." Ja, da war unser Lichtlein. Fidel stieg sofort auf den

Bagger und zog ihn routiniert aus dem Schlamm. Dann knüpfte er geschickt das Metallgestänge zusammen und just in diesem Moment kam der Betonlaster.

Der flüssige Beton wurde auf das Metallgeflecht geschüttet und Manfred und Fidel verteilten alles gekonnt in der richtigen Höhe und machten alles glatt und sauber. Wir hätten das alles niemals alleine bewältigen können. Fidel bekam noch ein schönes Trinkgeld zu seinem Lohn und war genauso happy wie wir.

Das Haus war fertig.

Es sah sensationell aus. In Pastellgelb und einer wunderschönen Terrasse aus Holzbohlen stand das Haus in der Sonne. Die Sprossenfenster waren umrahmt mit schneeweißer Lackfarbe. Die Haustüre, ebenfalls weiß, ließ durch ihr attraktives Glasteil viel Licht ins Innere des Hauses.

Wir waren überglücklich. Ich rief alle Handwerksfirmen an, die an dem Haus mitgewirkt hatten. Wir wollten ein schönes Grillfest für die Männer machen.

Ich hatte vor dem Hausbau eine irre Angst gehabt. Vor allem vor den Männern. Ich dachte, sie würden mich nicht ernst nehmen, könnten mich ausnutzen oder mich über den Tisch ziehen.

Das Gegenteil war der Fall gewesen. Die meisten Männer hatten mir geholfen und mich mit voller Kraft unterstützt.

Als der Tag des Grillfestes da war, hielt ich eine kleine Dankesrede, ich erzählte von meinen Ängsten und bedankte mich bei allen für ihre sehr fürsorgliche Hilfe, die guten Ratschläge und ihre Geduld.

Dann geschah etwas Unglaubliches. Die meisten Männer mussten bei meiner Rede weinen, sie waren unendlich gerührt. Ich denke, Lob und Anerkennung im Beruf waren für sie nicht an der Tagesordnung. Ich weinte mit, denn ich war so stolz auf dieses Team. Mit ihnen sollte ich noch viele Häuser bauen. Wir verkauften das Haus nur eine Woche später zu einem sehr guten Preis.

Kapitel 20

Bandscheibenvorfall

Wir hatten jetzt eine tolle Zeit, unser Haus war schnell verkauft, wir brauchten schnellstens wieder Grundstücke, um neu durchzustarten.

Jetzt hatten wir viel Zeit für unseren Sportclub. Ich fühlte mich stark und fit, war körperlich in Topform und hatte Spaß am Leben. Die Kinder hatten schöne Freundschaften aufgebaut und wir trafen uns alle im Sportclub. Ich liebte es, dort im Olympiabecken meine Bahnen zu ziehen, dann im *Hot Tub* (Whirlpool) zu relaxen. Dort saßen einige Bauherren, die mir gute Geschäftstipps gaben. Mit meinen Hunden, es waren mittlerweile drei, ging ich regelmäßig spazieren. Berry, einen Lab-Mix, fanden wir völlig abgemagert am wilden Strand, einem Abschnitt, wo Müll und Unrat herumlagen. Er suchte dort Essensreste. Wir brauchten ca. zwei Stunden, um ihn einzufangen. Er war extrem menschenscheu und biss nach uns. Da er so unterernährt war, lag er zum Schluss erschöpft am Boden und gab auf. Wir nahmen ihn liebevoll mit nach Hause. Jake knurrte ein wenig, auch Berry bellte, als die beiden aufeinandertrafen, aber sie waren augenblicklich Buddys auf unserem Grundstück. In dieser ersten Nacht schlief Berry förmlich in Jakes Armen. Jake war ja eh der Boss, gleich nach Quenty. Berry entpuppte sich als ein liebenswerter Geselle, der leicht zufriedenzustellen war.

Mit den Hunden spazieren zu gehen, war eines meiner Lieblingshobbys und erfüllte mich mit großer Freude. Besonders schön war es für mich, zu sehen, wie die Hunde nach kurzer Zeit unserer intensiven Pflege aufblühten.

Mein Lieblingsgassiweg war ein Pfad direkt am Wasser. Die Hunde konnten sich frei bewegen und man hatte keine Angst vor Begegnungen mit anderen Hundebesitzern. In Texas habe ich nicht einen Menschen jemals beim Gassigehen angetroffen. Hunde wurden für ihr Geschäft in den Garten gelassen oder gar auf den Balkon.

In dieser Hitze ging überhaupt niemals jemand spazieren, außer den *homeless people* (Wohnungslose), die in den Büschen wohnten.

Ich fand den Morgen und den Abend besonders schön in Texas, die Luft war leicht abgekühlt, es roch so unverwechselbar gut nach den schönen Pflanzen und dem Meer. Wenn ich Gassi ging, konnte ich dabei so schön träumen, oft setzte ich mich auf einen der großen Steine am Ufer und schaute auf das Wasser. Die Hunde spielten dann miteinander oder schnüffelten nach Überresten, die ein Angler liegengelassen hatte. Das Wasser erfüllte mich mit einem großen Frieden. Einzelne Mexikaner, die dort regelmäßig angelten, kannte ich schon, sie hatten immer schon viele Fische in ihren Eimern und zeigten sie mir stolz.

Der Fischreichtum war in Florida und Texas immer augenscheinlich. Manfred ging mit seinem Partner Henry und unserem Nachbarn Curley auch gerne zum Fischen. Das Schönste für die Hunde war zum Schluss immer die Schwimmrunde. Alle meine süßen Stinkenasen liebten es, wenn ich ein Stöckchen ins Wasser warf und sie kraftvoll weit hinausschwammen, um es zu holen.

Jake konnte sogar tauchen, um seinen Ball wieder an Land zu bringen. Die Kinder kamen am Abend oft mit, denn sie schwammen gerne auch noch eine kleine Runde. Zuhause wurden dann die Hunde lange abgeduscht, um sie von dem Salzwasser zu befreien, danach gab es einen großen Napf Fresserle. Die Hunde waren so gierig, dass ich beim Fressen dabeiblieb. Ich hatte Angst, dass Jake auch Berrys Futter frisst.

149

An einem Samstag ging ich mal wieder ausgiebig Gassi und war gerade auf dem Nachhauseweg, als plötzlich ein Kaninchen aus den Büschen sprang. Jake, dieser 90 Pfund schwere Koloss, sprang angeleint sofort hinterher. Ich hielt die Leine stramm fest, aber mein Rücken machte bei diesem schweren Zug eine merkwürdige Verdrehung. Ein schrecklicher Schmerz durchzuckte mich am Lendenwirbel. Es fühlte sich an, als ob mir jemand ein Messer in den Rücken gejagt hatte.
Ich hielt die Leinen von allen Hunden gut fest und ging mit diesen Höllenschmerzen nach Hause. Zuhause konnte ich meine normalen Aktivitäten wieder aufnehmen. Es zog zwar tüchtig in meinem Rücken, aber ich hatte diesen Vorfall dann schnell vergessen. Später fuhr ich zu unserer Einkaufsmall, um Schulmaterialien und Kleidung zu kaufen. Ich fühlte während des Laufens auf einmal einen starken Schmerz an der Außenseite meines Beines. Mein Schienbein fühlte sich taub an. Mir lief vor Erschöpfung der kalte Schweiß über mein Gesicht und ich war froh, als ich endlich wieder im Auto saß. Als ich Gas gab, fühlte ich wieder diesen schlimmen Schmerz in meinem rechten Bein, der sich bis über mein Gesäß zog.

Als ich zu Hause war, legte ich mich sofort auf die Couch und schlief augenblicklich ein. Manfred wunderte sich, warum ich so erschöpft war, er kannte mich so nicht.
Als ich wieder erwachte, waren die Schmerzen unerträglich, ich konnte mein Bein nicht mehr anwinkeln. Jede Wendung meines Körpers schmerzte, als ob mir jemand ein Messer in den Oberschenkel und den Rücken hineinstechen würde. Ich schrie laut auf und versuchte eine möglichst schmerzfreie Stellung zu finden. Manfred und die Kinder versuchten mir aufzuhelfen. Ich schaffte es zur Toilette und schleppte mich in mein Schlafzimmer, um mich in mein Bett zu legen. Mitten in der Nacht wachte ich unter unendlichen Schmerzen auf. Ich suchte

nach einer geeigneten Lage, die mir die Schmerzen erträglich machten. Manfred holte auf mein Bitten hin einige Kissen und legte sie unter meine Beine. In dieser Position konnte ich es aushalten. Aber an Schlafen war nicht mehr zu denken. Ich hatte riesige Angst, eine schreckliche Krankheit zu haben. Ich dachte an Knochenkrebs, denn bei solchen von mir nie gekannten Schmerzen konnte die Ursache dafür nur aus einer tödlichen Krankheit resultieren. Während der ganzen Nacht stöhnte ich unter diesen grausamen Schmerzen. Jede Bewegung wurde zur Qual.

Nach dieser nicht enden wollenden Nacht beschloss Manfred, mich zum Arzt zu fahren.

Klingt so einfach (für nicht bewegungsbehinderte Menschen): Unter meinen schrillen Schmerzensschreien hat Manfred mich dann nach zwei Stunden in unser Auto geschleppt. Ich lag auf der Rückbank, halb auf dem Fußteil, halb auf der Bank, ganz schräg im Auto. Laurenz schaute entsetzt zu mir herüber, er wartete gerade auf den Schulbus. Er kniete sich zu mir ans Auto und streichelte mein Gesicht, seine schönen braunen Augen zeigten tiefe Besorgnis um seine Mutter. Sarah, die ein wenig später zur Schule musste, rannte noch schnell ins Haus, um mir ein Kissen zu holen, damit mein Kopf weich lag. Die Kinder verstanden nicht, was das alles zu bedeuten hatte. Wir versprachen den Kindern, sie sofort per Handy zu informieren, wenn ich in Behandlung sein würde. Wegen des langen Schultages hatten wir bis 15 Uhr Zeit, einen Arzt für mich zu finden.

Die Fahrt war eine Tortur. Jedes Schlagloch war ein Messerstich, tief in meine Eingeweide. Ich schrie fast während der gesamten Fahrt.

Ich muss dazu sagen, dass ich für gewöhnlich ein unempfindlicher Mensch bin, der nur selten jammert. Nach meinem Kaiserschnitt konnte ich noch am selben Tag zwei Stockwerke höher gehen, um mein Kind in der Kinderklinik anzuschauen. Alle Schläuche (Wunddrainage, Katheter) hatte ich vorsichtig abgestöpselt und sie nach meinem Besuch wieder angebracht. In der Familie war diese Geschichte immer wieder mal ein spannendes Thema gewesen.

Aber jetzt und hier gab es keine Helden, sondern eine panische, hoch hysterische, von großen Schmerzen geplagte Frau.

Als wir bei der sogenannten *Walk-in clinic*, einer Arztpraxis, ankamen, parkte Manfred vor der Front und rannte voller Sorge um seine verletzte Frau direkt in den Eingang. Nach einer gefühlten Ewigkeit kam er leichenblass zurück. „Die nehmen dich nicht, es ist ihnen zu gefährlich", schrie mein Mann entsetzt.

Ich konnte nicht glauben, was ich da hörte. Sie würden mich noch nicht einmal anschauen und dann entscheiden, was zu tun sei?

Manfred verlor keine Sekunde und fuhr wütend mit quietschenden Reifen von dem Grundstück. Ich biss bei diesem holprigen Manöver meine Lippen mit Tränen in den Augen zusammen, aber ich fand den Abgang für diese Spacken gerechtfertigt.

Im Hospital angekommen, kam sofort ein Pfleger mit einer fahrbaren Liege. Er war ein Afroamerikaner von sehr kräftiger Statur und er half meinem schmerzenden Körper mit sehr gekonnten Handgriffen. Im Nu lag ich auf der Liege. Der Pfleger tätschelte freundlich meine Hand und sprach beruhigend auf mich ein. Er hatte eine warme und freundliche Ausstrahlung.

Wir kamen in einen großen Raum, in dem mehrere Patienten auf einen Arzt warteten, sozusagen ein Wartezimmer für liegende Patienten. Auf einmal kam eine Krankenschwester mit einem riesigen Wagen, einer Art hohen Einkaufswagen mit einer Kasse obendrauf. Ich sollte gleich meine Kreditkarte durchziehen und gefühlte 100 Formulare unterschreiben. Typisch Amerika, das Business beginnt, bevor der Arzt kommt. Der kann dann gleich sehen, wie potent (zahlungsfähig) ein Patient ist.

Klingt ziemlich zynisch, kam mir aber so vor. Eine Frau neben mir schrie die ganze Zeit vor Schmerzen, ich konnte sie nicht sehen, da ein Vorhang vorgezogen war. Als die Schwester mit dem „Geldwagen" zu ihr kam, hörte ich nur, dass sie stöhnend sagte, sie habe keine Krankenversicherung und kein Geld. Mürrisch schob die Schwester den Wagen wieder hinaus.

Kurze Zeit später kam ein junger, gut aussehender Arzt zu mir und stellte sich freundlich als Doktor McKenzie vor.

Er untersuchte meinen schmerzgeplagten Körper, riss mein Bein senkrecht nach oben, ich biss mir vor Schmerzen auf meine Lippen, dann klopfte er mit einem Reflexhammer auf meinem Fuß herum. Er drehte meinen Körper behutsam zur Seite, was mich aufschreien ließ, und untersuchte meinen gesamten Rücken.

Als er mit der Untersuchung fertig war, erklärte mir der Schönling, dass ich aller Wahrscheinlichkeit nach einen Bandscheibenvorfall hatte.

Er holte die Schwester, die mit einer langen Spritze wiederkam und verabreichte mir über mehr als 9 Einstiche in mein Bein und mein Gesäß. Danach sagte er mir, dass er nicht empfehle zu operieren, da alles alleine ausheilen würde, in ein paar Wochen sei ich wieder fit. Ich sollte nun zwei Stunden ruhen und könnte dann wieder nach Hause gehen. Er gab mir noch Rezepte für Opiate und Muskelrelaxantien mit. Der Pfleger holte vorgewärmte Bettwäsche und deckte mich damit zu. Ich fühlte mich einfach herrlich, die Spritzen begannen zu wirken, was war da wohl drin? Bestimmt Morphium. Ich fühlte mich entspannt und überglücklich, auch in dem Wissen, nichts Lebensbedrohliches zu haben.

Auf einmal ging mein Handy, Manfred hob ab und dran war unser Laurenz. Er weinte, er rief aus dem Rektorzimmer seiner Schule an und wollte wissen, wann seine Mutti wieder nach Hause kam. Ich übernahm das Gespräch und teilte ihm mit, dass ich noch am selben Tag wieder entlassen würde.

Da war seine Freude doch sehr groß und er konnte sich wieder auf den Unterricht konzentrieren.

Die Frau, die vor Schmerzen geschrien hatte, war immer noch nicht an der Reihe, sie blieb unbehandelt, bis ich nach Hause durfte. Ich fragte die Schwester, ob denn niemand die Frau beachte, sie habe doch so schlimme Schmerzen. Die Schwester antwortete mir, dass ein anderer Arzt für sie zuständig sei, der sei noch im OP. So ist das in Amerika, keine Versicherung, keine ordentliche Behandlung. Für die nicht Versicherten ist meist tatsächlich ein bestimmter Arzt zuständig. Wenn ich überlegte, wie wunderbar menschlich unser System in Deutschland dagegen doch ist. Bei uns wird jeder gleich behandelt, auf jeden Fall in einer Notaufnahme.

Die Fahrt nach Hause verlief etwas einfacher ab als die Hinfahrt. Manfred holte gleich im *Walmart* meine Medizin ab. Dann ging es nach Hause. Mein Mann baute mir ein schönes Bettenlager im Wohnzimmer auf. Von dort aus konnte ich nach draußen zu meinen Hunden schauen und konnte Fernsehen gucken.

Am Abend ließ meine Spritze nach und die Schmerzen kamen zurück. Ich nahm gleich meine verordnete Medizin und wupps war ich auch schon wieder eingeschlafen. Mein täglicher Rhythmus bestand darin, morgens kurz aufzustehen, Katzenwäsche zu betreiben, eine Kleinigkeit zu essen und mich wieder hinzulegen. Meine Kinder versorgten mich mit tollen Videofilmen und brachten mir von diversen Fast-Food-Ketten zuckersüße Getränke mit. Hunger hatte ich selten, aber ein Brombeereistee von *Taco Bell* war für mich zu diesem Zeitpunkt das höchste der Gefühle. Da Manfred wieder arbeiten musste und vor allem nicht kochen kann, durften die Kinder immer aussuchen, was sie zum Abendessen wollten.

Ich war fast drei Wochen ausgebremst, bekam vieles nur am Rande mit. Die vielen Medikamente hatten auch erhebliche Nebenwirkungen, z. B. konnten die Muskelrelaxantien die Atemfrequenz verlangsamen, was einem ganz schön Angst machen konnte. Die vielen Opiate nahmen mir zwar den Schmerz, hinderten aber auch z. B. den Darm an seiner Arbeit. Dies hatte zur Folge, dass ich acht Tage nicht mehr zur Toilette konnte. Da ich sehr wenig Nahrung zu mir nahm, machte ich mir keine allzu großen Sorgen. Aber einen Einlauf musste ich später dann doch machen.

Danach beschloss ich, die ganzen Medikamente einfach abzusetzen. Ein gefährlicher, unüberlegter Schritt, wie ich heute weiß. Man muss, wenn man die Medikamente absetzt, sich mit den Opiaten eigentlich aus dem Körper schleichen, also schrittweise immer weniger Tabletten nehmen. Ich nahm aber keine einzige Tablette mehr. Eine Freundin, Diana, die in der Nachbarschaft wohnte, besorgte mir hochdosiertes Ibuprofen 1200. Sie hatte die Tabletten bei ihrem Sehnenriss erhalten und hatte noch ca. 30 übrig. Ich nahm mir vor, die Tabletten nur im äußersten Notfall zu nehmen.

Der kam leider schon am selben Abend, als die Schmerzen wieder stärker wurden. Außerdem hatte ich wahnsinnige Schweißausbrüche, eine Reaktion auf den plötzlichen Tablettenentzug. Das Ibuprofen wirkte hervorragend, ich konnte damit prima schlafen. Am Tag fühlte ich mich zusehends wacher und ich war wieder in der Lage, kleine Aufgaben zu übernehmen.

Ich nahm so gut es ging wieder am öffentlichen Leben teil. Ich ging in die Kirche, saß aber in einem Behindertenrolli, dort konnte ich für eine Stunde einigermaßen sitzen. In Amerika ist alles behindertenfreundlich eingerichtet. Auch konnte ich Manfred beim Einkaufen in einem fahrbaren Untersatz begleiten. Nach ca. weiteren drei Wochen konnte ich sogar wieder Auto fahren.

Der Bandscheibenvorfall war fast vergessen, als die

Krankenhausrechnung ins Haus geschneit kam.
Ich konnte nicht glauben, was ich da las.
Trotz Versicherung, die immerhin 700.- Dollar im Monat kostete, verlangte das Krankenhaus nach Abzug der Versicherung noch 1900.- Dollar.
Wucher, Frechheit, was hätte das denn gekostet, wenn ich operiert worden wäre? Puh, das war ein Schrecken!
Ich durfte wirklich darüber nicht länger nachdenken.
Dieses Krankensystem würde niemals besser werden, zu groß und lukrativ wird dabei verdient, auf Kosten der mutigen und starken Menschen da draußen. Mir wurde richtiggehend schlecht bei dem Gedanken, dass ein scheinbar reiches Land seine Menschen, die es ausmachen, zu ihrem schwächsten Zeitpunkt einfach fallen lässt und ausbeutet. Gruselig. Aber diese Gesetze machen andere, darauf haben wir alle keinen Einfluss.
Noch heute überkommt mich blanke Wut auf so viel unsoziales Verhalten in einem scheinbar reichen Land.
Diese Episode hinterließ einen kleinen Riss in meinem Herzen, ich hatte das schon so oft gelesen oder von Freunden gehört, wie schrecklich Amerika sein kann, wenn man krank wird. Es am eigenen Leib zu erfahren, war noch schlimmer als jede Erzählung, es machte uns sehr verwundbar. Unsere wunderbare Familie war gefährdet. Unsere Sicherheit war erschüttert. Es durfte uns hier nichts Schlimmes geschehen.

Kapitel 21

Tante Inge kommt zu Besuch

Manfred musste immer wieder mal nach Deutschland reisen, um unsere Häuser zu überprüfen oder größere Reparaturen zu erledigen. Er durfte dann immer bei meiner Tante Inge wohnen und das konnte auch mal ganze sechs Wochen dauern.

Tante Inge bereitete Manfred dann immer eine angenehme Zeit, kochte für ihn sehr leckere Gerichte, umsorgte ihn von früh bis spät. Sie war bereits Rentnerin, nach einem harten und schweren Leben.

Tante Inge ist die ältere Schwester meiner Mutter, von insgesamt vier Kindern. Sie wuchsen alle vaterlos auf, da mein Opa (den ich noch nie gesehen hatte) in der Familie wenig Präsenz hatte. In der Nachkriegszeit waren Armut und Vaterlosigkeit ein schweres Schicksal. Meine Oma war eine außerordentliche starke Frau. Hilfsbereit, warmherzig und bis an ihr Lebensende fleißig. Sie verstand es, ihre Kinder zu anständigen, wunderbaren Menschen zu erziehen.

Als sie schwer an Tuberkulose erkrankte und viele Wochen ausfiel, mussten die älteren Kinder in die Fabrik zum Arbeiten, sonst wäre die Familie getrennt worden und die jüngeren Kinder, wie z. B. meine Mutter, hätten ins Heim gemusst.

So konnte Tante Inge ihren Wunsch, Krankenschwester zu werden, begraben. Sie arbeitete Zeit ihres Lebens in Akkordarbeit in der Fabrik. Später wurde sie Vorarbeiterin, wenigstens ein kleiner Aufstieg.

Als sie vor Jahren an Parkinson erkrankte, wurde sie etwas früher verrentet. Ein Segen für Tante Inge, denn ihre schwere Arbeit machte ihr mit den Jahren immer mehr zu schaffen.

Als ich ein fünfjähriges Mädchen war, zogen meine Eltern mit uns von Schwäbisch Gmünd in die Großstadt, nach Frankfurt am Main. Papa hatte hier einen super Job als Innenarchitekt bekommen. Meine Oma und Tante Inge (Tante Inge wohnte immer bei Oma) zogen gleich mit, da unser neues Haus neben all den Ausstellungsräumen (für Möbel) eine große Einliegerwohnung mit drei Zimmern hatte. Man kann sich nicht vorstellen, wie groß und freundlich hell die Wohnungen dieses schönen Hauses waren. Der Keller war so riesig, dass ich als Kind immer Angst hatte, Getränke hochzuholen. Den schönsten Spielplatz bot meinem Bruder und mir der riesige Dachboden. Dort standen schwere Holzkisten mit Tüllkleidern und Stöckelschuhen. Es roch stark nach Mottenkugeln und überall waren riesige Spinnennetze. Hier spielten wir immer Verstecken, manchmal schrien wir vor Spannung und Angst. Ich liebte das prickelnde Angstgefühl schon als Kind. Früher ärgerten wir Tante Inge gerne einmal, da sie sich immer so schnell aufregte und ihre Stimme dann so schön schrill wurde.

Als mein Bruder und ich erwachsen wurden, starb unsere geliebte Oma. Tante Inge, die nie verheiratet war oder einen Freund hatte, musste zum ersten Mal ganz alleine leben. Nach einer schweren Anfangszeit fand Tante Inge sich im Leben sehr gut alleine zurecht.

Jetzt schätzen wir unsere liebe Tante als eine lebenserfahrene Gesprächspartnerin, die für alle stets ein offenes Ohr und ein großes Herz hat. Manfred und ich überlegten, wie es wohl wäre, Tante Inge zu uns nach Texas einzuladen, um ihr ein Stück ihrer Liebe zurückzugeben.

Wir wollten sie verwöhnen, ihr unser Land vorstellen, sie für unseren Blickwinkel begeistern. Gesagt getan. Wir sprachen mit Tante Inge über unser Vorhaben. Erst war sie sehr erschrocken, solch ein weiter Flug und ihre

Krankheit, wie sollte sie sich ohne Englischkenntnisse überhaupt zurechtfinden? Alle diese Bedenken schwirrten in ihrem Kopf. Wir konnten die Einwände gut verstehen.

So planten wir, dass Manfred bei seinem nächsten Aufenthalt in Deutschland unsere Tante einfach nach Amerika mitnimmt, wenn er wieder zurückfliegt. So hätte Tante Inge nur einen Flug alleine zu meistern.

Tolle Idee, Tante Inge war begeistert und stimmte freudig zu.

Sie sollte uns in der schönen Adventszeit besuchen. Zu dieser Zeit ist es noch gute 24 Grad warm, und nachts kühlt es schon angenehm auf 17 Grad ab. So würde Tante Inge nicht in der Zeit der Affenhitze bei uns sein, denn das hätte sie nur schlecht vertragen.

Wir freuten uns sehr auf diesen Event.

Tante Inge hatte kurz vor ihrer Reise entdeckt, dass ihr Reisepass schon vor zwei Jahren abgelaufen war. Aber in Frankfurt auf dem Amt stellten die Beamten Inge einen Schnellpass aus. Kostete ein wenig mehr. Das war wirklich Rettung in letzter Minute, denn ohne den Pass hätte Inge nicht nach Amerika gekonnt. Puuhh, nun konnte die Reise endlich losgehen.

Tante Inge war extrem aufgeregt, schon Tage vor dem Flug. Das hatte zur Folge, dass sie während des Fluges sehr müde war. Weder Essen noch Toilettengänge konnten sie wecken, sie schlief während des gesamten Fluges fast durch.

Ich hatte während der Wochen, in denen Manfred in Deutschland verweilte, das Haus festlich geschmückt. In Amerika gibt es zur Weihnachtszeit so viele Dinge zu kaufen. Viele Menschen haben den Eindruck, dass die Dekorationen in den USA nur kitschig sind, das ist aber definitiv nicht so. Man hatte hier so viel Auswahl, sein Haus zu schmücken. Man konnte das natürlich auch mit überdimensionalen aufblasbaren Gummi- und Plastikmaterial gestalten, aber es gab da auch die tollen

159

kleinen Häuser aus Holz, aus deren Fenster heimelig Licht herausschien. Man konnte sie auf einer Anrichte platzieren. Natürlich wurde und wird in Amerika immer viel geschmückt, aber meistens sehr beschaulich und geschmackvoll. Ich liebte es immer, durch die Straßen zu fahren und die Häuser zu bewundern.

Wir hatten unser Haus dieses Jahr mit vielen Außenlichtern versehen. Auch die Palmen leuchteten in der Nacht.

Im Haus stand schon der Weihnachtsbaum. Als ich vor Jahren den ersten Weihnachtsbaum in Florida bewunderte, wie geschmackvoll und reich er geschmückt war, sagte uns der Hausherr lachend, dass der Weihnachtsbaum so geschmückt gekauft wird. Da war ich schon ziemlich schockiert. Aber andererseits konnte man in solch einem warmen Land wohl kaum eine Blautanne aufstellen.

Ich hatte auch einen fertigen Baum, der aber phantastisch echt aussah. Diese Bäume kosten leider auch ein kleines Vermögen. Wenn man sie pflegt und die Äste in Baumwolltücher wickelt, halten sie eine Ewigkeit. Uns machte der Baum viel Freude. Wir hatten einen offenen Kamin, der auch mit Kunsttannenzweigen und kleinen Lichtlein geschmückt war.

Das Wohn-Esszimmer sah schon sehr festlich aus. Ich hatte besonders edle Teller gekauft, die das weihnachtliche Flair noch unterstützten. Am schönsten waren die Duftkerzen, die nach frisch gebackenen Cookies rochen oder nach Fichtennadel. Ich erinnere mich noch heute an diesen schönen Geruch. Ich konnte nie wieder so intensiv riechende Kerzen finden. Man kann die Gefühle und die Atmosphäre, die ich in jenen Tagen hatte, nicht woanders hinpflanzen. Sie gehörten und gehören nach Amerika. Manchmal schließe ich die Augen und sehe *Gingerbread* und *Eggnog* vor mir. Eine Art Lebkuchen und Eierpunsch, den es nur exklusiv zu Weihnachten gab. Ein herrlicher Genuss.

Manfred wurde während des Landeanfluges immer aufgeregter, er rüttelte Inge am Arm, um ihr die weihnachtliche, reich geschmückte Stadt vorzustellen. Leider konnte Inge ihre Augen nur zu einem Schlitz öffnen, um sie danach gleich wieder zu schließen. Manfred wurde regelrecht wütend, wollte er doch alles zeigen. Nichts zu machen: Tante Inges Augen blieben bis zum Stillstand des Flugzeuges geschlossen. Danach war sie extrem geschwächt und nur noch müde und ein bisschen schlecht gelaunt.

Im Haus gab es ein großes Hallo, viele Umarmungen und Freudentränen. Ich war überglücklich, meine geliebte Tante hier in Amerika begrüßen zu können.

Wir aßen wunderbar zu Abend und dann ging Tante Inge sofort ins Bett. Wir hatten ihr unseren neuen Wohnanhänger auf dem Grundstück aufgestellt. Sie hatte allen Luxus, den man sich vorstellen konnte. Ich hatte ihre Küche mit Snacks, Kaffee und kleinen Leckereien eingerichtet, ihr Bad mit hübschen Handtüchern und Duschcremes ausgestattet und wir hatten ihr einen großen Flat-TV vor dem bequemen Sessel aufgestellt. Tante Inge liebt es, Fernsehen zu schauen. Leider verstand sie kein Wort. Aber sie schaute die Tierberichte an, da sah sie genügend Bilder. Sie fühlte sich in unserem *Trailer* sofort sehr wohl, denn sie hatte auch eine gewisse Privatsphäre, die ihr sehr wichtig war.

Nach der ersten Nacht fuhren wir mit Inge zum Strand. Sie war noch immer sehr müde, der Jetlag hatte sie voll im Griff. Inge fand den endlos langen, sauberen Strand grandios, sie zog die Schuhe aus und krempelte die Hose hoch und lief an der Wasserlinie entlang. Die Kinder waren auch dabei, da es ja Samstag war, und tollten vergnügt herum. Nach dem Strandspaziergang gingen wir mit Inge in das feinste und beste Restaurant der Stadt, dem *Golden Corral*. Dort wird einem mit riesigen sehr ansprechenden Büffets einfach alles geboten, was man sich nur wünschen kann.

Die Steaks sind saftig, genau wie der frische Lachs, und die Salatbar und Obsttheke sind riesig in ihrer Auswahl.

Die Tortentheke und das Eis sind ein Traum für Augen und Gaumen. Tante Inge wusste gar nicht, was sie als Erstes nehmen sollte, es sah einfach alles so appetitlich und lecker aus.

Wir genossen das gemeinsame Beisammensein und es wurde viel gelacht.

Nach dem Restaurantbesuch wollten wir ein wenig zum Shoppen gehen. In Amerika wird die Mehrwertsteuer erst an der Kasse ausgerechnet, das heißt, dass auf den ausgeschriebenen Preis immer noch eine Summe dazukommt. Etwas über 8 Prozent.

Natürlich wusste Tante Inge das nicht. Sie stand gerade an der Kasse und wollte eine Lesebrille bezahlen. Die Lesebrille sollte nur einen Dollar kosten. Inge hatte vorsorglich den Dollar in der Hand. Die Kassiererin sagte: „Ein DOLLAR, neun Cent." Inge fragte auf Deutsch recht laut nach: „Was wollen Sie, des kostet ein Dollar, nett mehr." – „Manfred, komm mal schnell, des gibt's doch nett." Manfred ging mit schnellen Schritten auf die Kasse zu, um Inge aus dem Dilemma zu helfen. „Aaaach, das ist aber schäbbich mit dem Geld", schnaubte Inge noch raus. Wir verließen schnell das Geschäft. Inges Laune war auf dem Tiefpunkt. Wir hatten unterschätzt, wie stressig das alles für sie wurde.

Am nächsten Tag schien die Sonne an einem herrlich wolkenlosen, typisch texanischen Tag, mitten im Dezember. Inge wollte sich ein wenig vor ihren *Trailer* setzen und in ihrem Buch lesen. Wir ermahnten sie, sich dick einzucremen, da die Sonne noch immer sehr intensiv war und Inge einen hellen Teint hat. Sie nickte, aber cremte sich nicht ein.

Nach einer Stunde legte sie sich in ihrem *Trailer* aufs Ohr. Als sie wieder herauskam, glich ihr Kopf einer Tomate. Sie hatte sich schwer verbrannt. Ich versuchte ihr mit Umschlägen zu helfen und die Schmerzen zu lindern. Inge war sehr frustriert über die Fremdheit hier in Amerika. Ich konnte das sehr gut nachempfinden. Ich brauchte auch immer eine gewisse Zeit, um mich auf neue Eindrücke in meinem Leben einzulassen.

Da es in der vorangegangenen Woche an zwei Tagen heftig geregnet hatte, kam jetzt auch noch eine regelrechte Moskitoplage über uns. Tante Inge ging gerne mit uns und mit den Hunden spazieren. Sie wurde trotz Moskitospray förmlich ausgesaugt. Die Stiche mutierten zu riesigen roten Ausschlägen, es sah fast so aus wie eine Alpenlandschaft in Rot. Inge konnte nicht aufhören zu kratzen.

„Das Land hier ist nichts für mich", klagte Inge wütend.

Durch das feuchte warme Klima lagen Inges Haare ungepflegt und ziemlich platt am Kopf an. Sie entschied sich, recht bald zum Friseur zu gehen. Friseure sind hier in Corpus große Spa-Einrichtungen und fordern entsprechende Preise. Ich zahlte für Strähnchen oder Haarfärben mindestens 200.- Dollar, bekam dann zusätzlich eine Handmassage, ein Glas Sekt usw.

Für Tante Inge waren diese Preise inakzeptabel.

Im Trade Center, einem großen mexikanischen Floh-markt, ähnlich wie eine Markthalle, gab es auch einen Friseursalon. Dieser war wenig ansprechend und wurde gerne von Männern genutzt, das ging schnell und war billig. Von Luxus war hier keine Spur.

Inge wollte es dort ausprobieren. Die Frisörstühle waren alt und unflexibel und um die Haare zu waschen, musste man sich vorbeugen. Tante Inge fühlte sich dort sichtlich unwohl, umständlich saß sie nach vorne gebeugt vor dem rostigen Wasserhahn. Ich versuchte zu helfen und unterstützte sie am Rücken.

Als sie wieder den Kopf hob, lief ihr das ganze Wasser ins Genick und den Rücken hinunter. Ein schreckliches Unterfangen. Der Frisör föhnte Inges Haare locker auf. Es sah sehr gut aus. Allerdings nicht aus Inges Sicht. Normalerweise geht sie einmal pro Woche in Deutschland zum Frisör zum Waschen und Legen. Danach sahen die Haare ganz anders aus als jetzt. Wir fanden die Veränderung frisch und attraktiv, Inge aber war sehr enttäuscht von dem Ergebnis.

„Schäbbich, so einen Frisör habe ich noch nie gesehen", war immer wieder ihr Einwand. Immerhin stimmte der Preis, aber im Vergleich zu Deutschland war das natürlich kein Standard. Aber wie heißt es so schön: andere Länder, andere Sitten. Es tat mir natürlich leid, dass Inge so unzufrieden war, aber ich konnte ihr irgendwie nicht helfen.

Wir hatten auf einmal das Gefühl, dass wir Tante Inge nichts recht machen konnten, sie mäkelte an allem herum. Das war für uns trotz großem Verständnis für ihre Situation nur schwer zu ertragen. Wir hatten gedacht, oder besser gesagt, uns gewünscht, dass Inge das Land mit unseren Augen sehen würde. Das war natürlich naiv gedacht. Es war ein Traum, gesehen durch eine rosarote Brille. Wir sind und waren immer Geschäftsleute, die ihren Businesstraum hier in Amerika verwirklichen konnten.

Tante Inge hatte eine ganz andere Lebensanschauung.

Währen der Vorweihnachtszeit nahmen wir an einem groß angelegten Antidrogenprogramm, dem sogenannten *FAST program* teil.

Ich hatte mich dort angemeldet, da ich freiwillig bei den Familienfürsorge-Programmen gegen Drogen etwas lernen wollte, einerseits, um auf meine Kinder aufzupassen, aber auch, um gegebenenfalls in dieser Richtung vielleicht einmal Arbeit zu finden. Das Programm klärte über jede Form von Drogen auf, z. B. die Beschaffenheit, das Aussehen oder den Geruch. Zur Veranschaulichung wurden Filme gezeigt.

Das Programm war gut besucht, viele Familien mussten nach richterlicher Anordnung partizipieren, einige Eltern oder Großeltern waren schlicht verzweifelt mit ihren Kindern oder Enkeln, die der Drogensucht verfallen schienen.

Während des Programmes wurde niemand angeklagt oder beschuldigt. Die Betreuer gingen sehr freundlich und würdevoll mit allen Menschen um. Die Familien wurden jedes Mal mit einem schönen Song begrüßt. Dann gab es einen interessanten Vortrag über Drogen und einzelne Fallbeispiele. Jede Familie war angehalten, etwas zu essen für unser Buffet mitzubringen. Alle Familien, auch solche aus extrem armen Verhältnissen, brachten ihre Speisen liebevoll dekoriert mit. Danach wurde immer ein großer Geschenkekorb an eine der Familien verlost.

Das Programm war sehr liebevoll gestaltet.

Mich inspirierte der amerikanische pädagogische Stil schon seit langem, aber dieses Programm sprengte alle Ketten. Mit positiver Energie wurde versucht, den Kindern und Erwachsenen Mut für einen neuen Weg zu geben. Ich konnte mich einfach nicht satthören und sattsehen an dieser Arbeit, denn Sozialarbeit ist mein eigentlicher Beruf und meine Leidenschaft. Die Liebe, die bei dieser Arbeit zu spüren war, ergriff mich zutiefst.

In der Zeit, als Tante Inge da war, hatten wir wieder eine *FAST-program*-Sitzung. Inge wollte sich das gerne mal anschauen und kam gut gelaunt mit. Sie fühlte sich während der gesamten Zeit (drei Stunden) sehr wohl und konnte sich zum ersten Mal richtig entspannen. Nach diesem Abend hatte sich Inge endlich eingelebt. Leider waren die zwei Wochen schon fast um, wir mussten Inges Rückreise planen.

Sie hatte große Angst vor dem Umsteigen auf dem Flughafen in Dallas. Wir trainierten ein paar englische Redewendungen und ich schrieb ihr ein paar Plakate, denen zu entnehmen war, wo Inge hinmusste.

Dann hatte ich eine viel bessere Idee. Wir mussten so tun, als ob Tante Inge an den Rollstuhl gefesselt wäre, denn da hätte sie sofort einen Betreuer beim Umsteigen, also jemanden, der sie durch das Gate begleitete. Bingo, das war genial. Nur Inge hatte keine Lust, eine Behinderte zu spielen, sie sah das Ganze als Betrug an. Nun ja, ein wenig war es das schon, aber wenn man bedenkt, dass Inge unter der parkinsonschen Krankheit litt, konnte man den kleinen Betrug schon guten Gewissens begehen.

Inge dachte kurz nach, dann war sie erleichtert und einverstanden. Sie hatte keine andere Wahl, denn als wir versucht hatten, mit ihr Englisch zu lernen, hatte das in unverständlichen Worten geendet.

Dann kam der Tag der Abreise. Als wir am Terminal waren, verlangten wir nach einem Rollstuhl. Sofort kam ein junger Flughafenangestellter und schob unsere Tante über die Gänge. Am Kontrollgate wurde Inge seitlich vorbeigeschoben, wir konnten gerade noch mitteilen, dass sie in Dallas wieder abgeholt werden musste, aber das war alles schon notiert.

In den USA geht man mit Behinderten exzellent um, in allen öffentlichen Gebäuden haben Behinderte Platz und es gibt spezielle Toiletten für sie.

Wir winkten Inge zum Abschied noch einmal zu. Sie wirkte in ihrem Rollstuhl beschämt und eingeschüchtert. Mir rollten die Tränen über mein Gesicht, meine arme Inge. Später erzählte sie uns, dass die Reise ohne die geringsten Zwischenfälle verlaufen war. Ein ganzes Team hatte sie in Dallas am Flughafen abgeholt und zu ihrer Anschlussmaschine nach Frankfurt gefahren. Die Menschen seien so freundlich und lieb zu ihr gewesen.

Das war für Inge eine schöne Erfahrung. Ihre Erinnerungen an die Reise sind jetzt ausschließlich von positiven Gedanken bestimmt.

Kapitel 22

Urlaub in Fiesta Texas

Nach einem guten halben Jahr der produktiven Arbeit im Hausbau beschlossen wir Urlaub zu machen. Es war gerade Hochsommer und wir überlegten mit unseren Kindern, wo es hingehen könnte. Überall war es nun brechend heiß. Ich wäre sehr gerne einmal nach Las Vegas gereist. Die Kinder waren begeistert, auch Manfred fand die Idee klasse. Wir schauten im Internet nach, welche schönen Campingplätze es gab. Die Plätze waren wunderschön mit attraktiven riesigen Poolanlagen ausgestattet. Leider lag die Temperatur über 40 Grad, trockene Wüstenhitze. Die Reise würde zwei Tage dauern und wäre für unsere Kinder eine sehr hohe Belastung geworden.

Manfred hatte die Idee, nach San Antonio zu reisen, da gab es einen riesigen Vergnügungspark, den *„Six Flags Fiesta Texas Park*. San Antonio ist eine kulturbeladene Stadt, mehr im Norden in Texas, deren Vielfalt von spanischen, mexikanischen und deutschen Einflüssen geprägt worden ist. Die Stadt war zunächst Teil der spanischen Besitzungen und gehörte dann zu Mexico. 1835 wurde die Stadt von amerikanischen Truppen im Aufstand gegen das mexikanische Regime erobert. Das Fort Alamo ist das Wahrzeichen der blutigen Schlacht.

Eine der schönsten Sehenswürdigkeiten ist der sogenannte *Riverwalk* (Flussweg). Der San Antonio River, der etwa fünf Kilometer durch das Stadtzentrum fließt, wird geprägt durch trendige Cafés, Boutiquen, feine Läden, tolle Steakhäuser, Luxushotels und vieles mehr. Der Weg am Fluss ist sehr eng und birgt eine ganz besondere Atmosphäre. In San Antonio leben viele

Menschen mit deutschen Wurzeln. In der Nähe der Stadt liegt die Kleinstadt New Braunfels, die von deutschen Auswanderern geprägt und aufgebaut worden ist. Dort gibt es viele Sehenswürdigkeiten und vor allem deutsche Restaurants, Sauerkraut und Rippchen, Schweinebraten, Rotkraut und Semmelknödel. In den Läden dort waren die Preise unverschämt hoch, jedoch waren sie sehr gut besucht (uns hat es in dieser Stadt nicht gefallen).

Wir könnten unseren *Trailer* auf einem komfortablen Campingplatz ganz in der Nähe auf einen riesigen Platz stellen (nicht wie in Deutschland Wagen an Wagen). „Ja, toll!", riefen die Kinder im Duett. Wir entschieden uns für diese tolle Idee, nach San Antonio zu reisen. Wir packten unseren *Trailer* und Manfred buchte für uns einen tollen Stellplatz und die Eintrittskarten für den Vergnügungspark.

Richtig toll war für uns, dass der Park auch eine riesige Wasserparkseite bot, neben all den anderen Attraktionen. Unsere Hunde hatten wir bei Esmeralda untergebracht. Sie konnten sich auf ihrem großen Grundstück mit all den anderen Tieren frei bewegen und fühlten sich dort zum Glück sehr wohl. Nun ging die Fahrt, die ca. vier Stunden dauerte, los. Wir wollten den Zeitraum des Urlaubes noch nicht festlegen. Wenn es uns gefiele, wollten wir gegebenenfalls zwei Wochen bleiben, wenn nicht, wären wir vielleicht noch woanders hin gefahren.

Die Fahrt verlief sehr aufgekratzt und fröhlich, wir sangen wilde Lieder und entspannten uns. War das herrlich, die gesamte Feige-Sippe in Urlaubsstimmung!

Als wir ankamen, kam ich aus dem Staunen nicht mehr raus. San Antonio war eine riesige Stadt, im Vergleich zu unserem Corpus. Überall waren riesige Einkaufsmalls, einladende Restaurants und viele Sehenswürdigkeiten. Die Häuser in der Stadt waren zum Teil schon sehr alt, aber sehr gut instand gehalten. Es gab erstaunlich tolle Viertel, meistens in einer geschlossenen Wohnanlage.

Das kannten wir in Corpus auch, aber der Luxus war hier viel größer. Leider auch die schlechten Gebiete, in denen Menschen wohnten, die aus nicht so privilegierten Verhältnissen stammen, meistens Menschen mexikanischen Ursprungs. San Antonio gehörte ja einmal zu Mexiko.

Der Campingplatz lag in einem Grüngürtel, ganz in der Nähe des Freizeitparks. Die Plätze waren freundlich angelegt. Wir hatten einen großen Holztisch mit Bänken. Die Privatsphäre und die Sauberkeit waren einmalig. Wir inspizierten die Bäder. Alles glänzte vor Sauberkeit. Wir hatten nicht den Eindruck, auf einem Campingplatz zu sein.

Der einladende Pool war für alle groß genug und brachte den Kindern viel Spaß. Es war früher Abend und wir wollten noch gemütlich essen gehen. Die Kinder entschieden sich für ein tolles Buffet-Restaurant. Dort fand dann auch jeder von uns das leckerste Essen. Manfred kaufte schließlich noch eine Flasche Rotwein, die wir gemütlich, als die Kinder im Bett waren, gemeinsam tranken. Ja, jetzt begann unser schöner Urlaub. Als wir in unserem komfortablen Bett lagen, hörten wir noch das Feuerwerk, das von dem *Fiesta Texas Park* als der tägliche schöne Abschluss zu uns herüberschallte.

Am nächsten Morgen waren die Kinder schon früh wach. Wir planten, zum Frühstück ins Pfannenkuchenhaus zu gehen. Die Kinder jubelten. Wir schlugen uns die Bäuche voll, stärkten uns mit reichlich Kaffee, dann konnte der Event Vergnügungspark losgehen.

Wenn ich ehrlich bin, hasse ich Vergnügungsparks. Ich kann kaum eine Fahrt in irgendeinem Karussell ohne Brechreiz überstehen, Auch habe ich Todesangst vor hoher Geschwindigkeit, deswegen sind gefährliche Fahrten auf dem *Radler* (eine Achterbahn aus Holz) und Co. ausgeschlossen für mich. Um keine Spaßbremse zu sein, bot ich an, alle Taschen zu tragen (bei Fahrten) und tolle Fotos zu machen. Einzig in der Geisterbahn fuhr ich mit Freude mit.

Als ich noch ein Kind war, liebte ich Vergnügungsparks. Diese Liebe hielt, bis ich ca. 22 Jahre alt war. Dann machte mir das alles keinen Spaß mehr. Ich wollte, dass meine Kinder ihren Spaß und die tolle Aufregung dabei voll ausleben konnten. Ich hatte aber tatsächlich viel mehr Freude dabei, meine Familie zu beobachten.

Manfred fuhr in allen Fahrgeschäften mit, sein Gesicht verriet mir seine Schmerzen. Die engen Fahrkabinen sorgten für Quetschungen. Aber tapfer hielt er den ganzen Tag durch. Die Kinder dankten es ihm, sie kuschelten sich während der Fahrt eng an ihn.

Zwischendurch legten wir immer mal kleine Pausen ein, tranken ein kühles Getränk, denn die Temperaturen stiegen auf 32 Grad.

Am Nachmittag gingen wir zum Wasserpark und genossen die Abkühlung. Die Kinder amüsierten sich an den vielen spannenden sich schlängelnden Riesenrutschen. Wir ruhten uns ein wenig auf bequemen Liegen aus. Das Schönste kam am Abend. Dort wurde an einem grünen Hang, verstärkt über einen Lautsprecher, von der Geschichte der Stadt San Antonio und von der Geschichte Amerikas berichtet. Die Menschen lagen entspannt auf der Wiese. Die Worte rührten uns zutiefst, und bei mir flossen mal wieder die Tränen. Überall standen riesige Laternen und wir genossen den wunderschönen Sonnenuntergang. Wenig später folgte eines der schönsten Feuerwerke, die ich je gesehen hatte. Der Tag hätte schöner nicht enden können.

Wir gingen noch schnell einen saftigen Burger essen, dann fuhren wir zu unserem schönen Wohnwagen. Draußen tranken wir noch ein Glas Wein, denn die Kinder gaben keinen Mucks mehr von sich, sie waren vor Erschöpfung halb ohnmächtig ins Bett gefallen. Meinem Mann fielen dann auch die Augen zu und wir schliefen in der Nacht wie die Toten.

Am nächsten Morgen schliefen wir herrlich aus, ich hatte Lust, in dem Pool ein paar Runden zu schwimmen. Dort traf ich auf eine andere Frau namens Bridget. Wir klönten ein wenig und schwammen zusammen, dann kam auch schon Manfred um die Ecke und verkündete, dass alle zum Frühstücken kommen möchten.

Ich war stinksauer, denn mir machte das Schwimmen und das Gespräch mit Bridget viel Spaß. Manfred zog schnell ab. Ich trocknete mich ab und ging zu meiner Familie. Manfred strahlte versöhnlich, denn er wusste, dass er ständig meine Präsenz einfordert und ich nicht immer Lust darauf habe und ihm das auch deutlich zeige. Na ja, so ist er halt, das kann ich nun nicht mehr ändern.

Wir gingen lecker frühstücken und dann in den Park. Manfred hatte von den vielen Fahrten starke Schmerzen und beschloss, heute nicht mehr alles mitzufahren. Den Kindern war das recht, denn nun kannten sie alle coolen Karussells schon und hatten keine Angst mehr davor.

Am späten Nachmittag gingen wir in die Stadt zum legendären *Riverwalk*. Ein dünnes Flüsschen führt 5 km durch die Innenstadt. Es war schon ein besonderes Erlebnis in diesem einzigartigen kulturellen Gefüge. Überall gab es Besonderheiten zu sehen. Da war ein Christbaumkugelshop, mitten im Sommer geöffnet und proppenvoll. Man konnte vor lauter Menschen bald keine der toll gestalteten Kugeln bewundern. Dieser Shop hatte drei Stockwerke und man konnte dort auch Kunst-weihnachtsbäume für die kleine Summe von 1500.- Dollar erwerben. Die Bäume sahen phantastisch aus. Für wirklich jeden Geschmack war hier etwas dabei. Ich verlor mich dort völlig, denn Weihnachten ist für mich das größte Fest im Jahr und ich liebe es, für aufwendige Dekorationen zu shoppen. Natürlich kaufte ich ein paar Sachen ein.

171

Dann war da eine moderne Kunstgalerie, der Künstler arbeitete hier mit kräftigen Farben und aussagekräftigen Figuren, meist üppigen Frauen, die mit ihren Kindern in einfachsten Verhältnissen leben. Auch dort habe ich die Zeit vergessen. Ich sog all die edlen Geschäfte und Sehenswürdigkeiten in mir auf.

Den Kindern wurde es nach einiger Zeit recht langweilig und wir gingen in einer trendigen Hawaiibar wunderbar essen. Wir bestellten riesige Longdrinks, die mit etlichen Früchten verziert waren, für die Kinder natürlich alkoholfrei. Wir aßen ein herrliches Reisgericht mit Hühnchen und Ananas und einen üppigen Salatteller. Das war einmal ein Tag für Mutti!!!

Der Urlaub verlief wunderschön, jeden Tag waren wir ein paar Stunden in dem Vergnügungspark, dann unternahmen wir noch andere Dinge, z. B. besuchten wir einen legendären Flohmarkt, auf dem man drei Stunden herrlich bummeln konnte. Die Kinder und wir hatten eine sehr entspannte und schöne harmonische Zeit miteinander.

Kapitel 23

Quenty

Uns fiel schon seit geraumer Zeit auf, dass unsere Hündin Quenty etwas abbaute. Sie konnte nur noch kurze Strecken zurücklegen und wirkte oft müde und erschöpft. Bei unseren Hunden war sie immer die Chefin, die über alle wachte und auch mal streng bellte, wenn die anderen Hunde zu wild tobten.

Quenty war nun 15 Jahre alt, für einen weißen Schäferhund ein recht hohes Alter. Wir wussten, dass eines Tages der Zeitpunkt kommen würde, an dem wir Abschied nehmen müssten.

Für mich ein Gedanke, der nicht in Frage kam. Ich liebte meinen wunderbaren Hund über alles. Wir hatten uns in der Zeit unserer jungen Liebe einen irischen Setter gekauft, unseren Henry. Eines Tages traf ich auf einem Feld in unserer Nachbarschaft eine junge Frau mit einer wunderschönen weißen Schäferhündin. Henry spielte voller Freude mit ihr und wir kamen mit der Frau ins Gespräch.

Sie stellte sich als Jutta vor und erzählte uns, dass sie diese Hunde züchtete. Quenty, ihr neuer Hund, sollte eine besonders schöne Zuchthündin für sie werden. Quenty war außergewöhnlich groß für eine Hündin und hatte ein schönes Gesicht. Sie sah wie ein weißer Wolf aus. Leider hatte sie in den Augen eines Züchters einen „schlimmen" Makel. Ihr fehlte ein Backenzahn. Jetzt war der 5000.- Mark teure Hund nichts mehr wert. Die Regeln für Züchter sind extrem streng. Jutta fragte mich geradeheraus, ob ich nicht Lust hätte, ihr diesen Hund abzukaufen. Ich konnte nicht glauben, dass sie ihren Hund abgeben wollte. Für mich war er perfekt, wunderschön und sehr lieb. Jutta dachte an ihre Investition, an das Geld, das sie für Quenty bezahlt hatte. Quenty war mit diesem Fehler zu keiner professionellen Zucht mehr zugelassen. Ich überlegte nicht lange und sagte sofort zu. Wir wollten Henry sowieso einen Spielgefährten kaufen, da unser Grundstück groß genug war. Ich finde es schön, wenn Hunde zu zweit sind und herumtollen können. Was ich nicht bedachte, war der Preis. Jutta wollte mindestens noch 3000.- Mark für den Hund haben. Da hatte ich eine Idee. Ich fragte Jutta, ob es möglich sei, den Hund bei uns eine Woche zur Probe wohnen zu lassen, dann könnten wir sehen, ob die Hunde auf Dauer miteinander harmonierten. Das war glatt und voll gelogen. Die Hunde verstanden sich prächtig, daran würde sich auch in einer Woche nichts ändern. Die 3000.- Mark meinem Mann beizubringen, das war Schwerstarbeit.

Manfred ist wie schon erwähnt von seinem Grundcharakter her sehr geizig, er hasst es, viel Geld auszugeben, wenn er es auch billiger haben könnte. Da half nur ein Trick. Ich kenne meinen Mann, wenn er sich erst an den Hund gewöhnt hätte, gäbe er ihn nie mehr her. Gesagt, getan, wir nahmen Quenty gleich mit nach Hause, die Hunde spielten den ganzen Tag miteinander. Einen besseren Partner hätte sich Henry nicht wünschen können. Das passte phantastisch. Als Manfred am späten Abend nach Hause kam und Henry rief, kamen auf einmal zwei Hunde angerannt. Er war sehr freudig überrascht und fragte mich, wer denn diese Schönheit sei. Ich antwortete ihm, dass ich Quenty gerne als Lebensgefährtin für Henry kaufen möchte und wir mal abwarten sollten, wie es mit den beiden so klappt. Manfred nickte kurz, fand die Idee sehr gut. Ich nannte natürlich nicht den Preis, denn dann wäre der Abend nicht so harmonisch verlaufen.

Am nächsten Morgen wollte Manfred mit den Hunden

Gassi gehen. Es bereitete ihm große Freude, sich mit den Hunden zu beschäftigen. Am Abend fragte er mich dann direkt, was der schöne, junge Hund denn kosten sollte. Er ahnte wohl schon, dass Quenty kein Schnäppchen war. Ich holte aus, erzählte von Jutta, die eine Weltsiegerzucht habe und dass Quenty eigentlich noch viel mehr wert sei, aber wir eigentlich Glück hätten, den Hund für nur 3000.- Mark kaufen zu können. „BOAH, waaaas, so viel?! Wir wollten einen Spielgefährten aus dem Tierheim holen, das ist ja Wucher!", schleuderte mir mein Mann entgegen. „Schöne Dinge sind nie billig", das war alles, was mir einfiel. Manfred ließ mich wissen, dass er niemals so viel Geld für einen Hund ausgeben werde, der zudem einen Zuchtfehler habe. Die Tage vergingen wie im Fluge, Henry hatte sich auf seine Quenty prima eingestellt. Manfred ging nun nicht nur am Morgen Gassi, sondern auch noch abends. Machte ihm wohl viel Spaß.

Dann kam der Tag, an dem Jutta den Hund entweder mitnehmen würde oder aber wir ihn kaufen müssten. Manfred fand Jutta auf Anhieb extrem unsympathisch. Er hatte kein Verständnis dafür, dass jemand wegen eines solchen Grundes sein Tier abgibt. Das war nicht gerade die beste Ausgangsposition, dieser Frau 3000.- Mark in den Rachen zu schmeißen. Aber wie gesagt, Manfred hatte sich sehr an Quenty gewöhnt und konnte sich nicht vorstellen, den Hund dieser Besitzerin zurückzugeben. Er handelte den Preis noch runter und zu meiner großen Freude hatten wir dann einen neuen Hund. Wir liebten unsere Quenty von Herzen. Sie war ein Hund, der im Gegensatz zu unserem Henry sehr leicht zu erziehen war, sie wollte uns einfach immer gefallen. Quenty hatte einen ausgeprägten Beschützerinstinkt und ein exzellentes Gehör. Wir fühlten uns mit ihr immer sicher und gut beschützt.

Ich erinnere mich an eine Geschichte, als ich mit den Kindern im Wald spazieren ging. Es war Winter, unser

Setter Henry und unsere Quenty spielten vergnügt mit Stöcken im Schnee. Sarah wollte Verstecken spielen, die Kinder versteckten sich (natürlich sah ich sie immer im Wald) hinter Bäumen. Auf einmal kam ein Jogger des Weges gerannt, er sprach kurz mit Sarah, grüßte sie, als Quenty auf den Mann zusprang und ihn zu Boden riss. Der Mann schrie entsetzlich, er dachte wohl, ein Wolf habe ihn angefallen. Ich rief Quenty augenblicklich zurück, sie hatte dem Mann sonst nichts angetan, aber er hätte auch vor Schreck an einem Herzinfarkt sterben können.

Ich rannte zu dem Jogger, reichte meine Hand und wollte mich entschuldigen. Er schüttelte sich, winkte ab und joggte weiter. Puuh, das hätte auch anders ausgehen können.

Quenty hatte so etwas noch nie getan, sie mag zwar keine Fremden, aber sie lässt sie üblicherweise in Ruhe. Sarah war stolz, abends erzählte sie ihrem Vater, dass Quenty sie vor einem „Mörder" beschützt habe.

Wir fühlten uns mit unseren Hunden immer sicher und sehr wohl. Die Kinder lernten schon früh Verantwortung für die Tiere mit zu übernehmen. Sie gingen immer mit zu unseren Gassi-Runden, durften sie an der Leine führen und ab und zu das Fresserle zubereiten. Die Hunde liebten die Kinder innig.

Quenty baute täglich mehr und mehr ab, man konnte in dieser kurzen Zeit diesem rasanten Verfall beiwohnen. Fast täglich fuhr ich mit ihr zum Tierarzt, kaufte Vitamine und Schonkost. Der Tierarzt teilte mir mit, dass ich das Tier nur quäle, wenn ich es weiter am Leben erhielte. Esmeralda war gerade in Mexiko, so fuhr ich zu ihrem Vertreter, der sehr kompetent, aber nicht so freundlich und liebevoll wie Esmeralda war.

Jetzt lag Quenty völlig apathisch in einer Ecke. Sie

176

hechelte verstärkt. Ich versuchte ihr mit meinen Händen Wasser zuzuführen, sie lehnte ab. Ihr Bauch schwoll bedrohlich an, Wasser hatte sich eingelagert. Sie fiepte leise vor sich hin.

Mein ganzer Körper schmerzte, meine Seele war zerrissen. Manfred arbeitete gerade an einem größeren Objekt in San Antonio und lebte in unserem Wohnwagen, er konnte mich nicht unterstützen.

Die Kinder waren in der Schule und ich wusste, dass heute der Tag war, an dem ich Quenty erlösen musste. Ich fragte den Tierarzt, ob er nicht zu uns nach Hause kommen könnte, um Quenty mit ihrem dicken Bauch und ihren Schmerzen den Transport zu ersparen. Leider war das nicht möglich.

Ich hielt Quenty in meinen Armen, bis die Kinder von der Schule kamen. Ich war völlig fertig von meinem Seelenschmerz um unseren geliebten Hund. Ich hatte furchtbare Angst davor, wie meine Kinder das verkraften würden. Ich erklärte den beiden, dass wir jetzt zum Tierarzt müssten, um unseren Hund zu erlösen. Ich konnte kaum sprechen, so schlimm musste ich weinen.

Sarah und Laurenz blieben ganz ruhig, streichelten mich und Quenty. Behutsam wickelten wir Quenty in die weichste Decke ein, die wir hatten, dann hoben wir sie mit der Decke langsam und schonend auf unseren Pick-up-Truck.

Ich fuhr wie in Trance zu dem Tierarzt. Als wir Quenty vom Wagen hoben, fuhr gerade ein junger Mann auf seinem Rad vorbei. Er warf sein Rad zur Seite und half uns Quenty zu tragen. Just in diesem Moment musste sich Quenty erleichtern und schiss den Mann von oben bis unten voll. Der junge Mann reagierte gelassen und wusch sich in der Tierarztpraxis etwas sauber. Ich bedankte mich herzlich bei ihm, dann fuhr er schnell weiter.

Die Kinder waren mit ihrem Hund, der sie während ihrer

gesamten Kindheit immer geliebt und beschützt hatte, im Behandlungszimmer.

Ich konnte dort nicht sein. Ich war für die Pflege, für das Füttern und Gassi gehen gerne da, aber ich konnte meinen Hund nicht auf seinem letzten Weg begleiten. Ich hatte das Gefühl, mich übergeben zu müssen, jetzt würde meine Quenty sterben, meine geliebte Quenty. Ich hatte sie so sehr geliebt, so sehr.

Ich hörte einen schrecklichen Aufschrei im Behandlungszimmer. Die Kinder hatten Quenty umarmt gehalten, bis sie tot war. Dann brach es aus Laurenz aus, er schrie seinen Schmerz heraus. Die Kinder fielen weinend in meine Arme. Wir weinten alle eine gefühlte Ewigkeit.

Zitternd bezahlte ich wie ein Roboter, fremdgesteuert, die Rechnung, die letzte Rechnung für einen so wunderbaren Hund.

Wie in Trance gingen wir zu unserem Auto und fuhren nach Hause. Dort stand der pinke Napf im Gras, der von Quenty, das war so ein trauriges Bild. Unsere anderen Hunde schauten uns traurig an, sie fühlten, dass etwas Schlimmes passiert sein musste.

Ich bedankte mich bei meinen Kindern, für ihre Stärke und Loyalität. Ich wollte ihnen etwas Gutes tun und bot an, mit mir zur Mall zu fahren, aber sie wollten lieber mit mir einen schönen Videofilm sehen. Also lieh ich schnell einen aus, wir kuschelten uns eng aneinander und trösteten uns.

Es hat sehr lange gedauert, bis wir akzeptieren konnten, dass Quenty nicht mehr länger bei uns war. Sie war ein einzigartiges Tier gewesen. Noch heute denke ich oft an meinen wunderschönen Hund. Ich wünsche mir, dass sie im Hundehimmel die wilden Hunde zur Ordnung bellt.

Kapitel 24

Wir brauchen eine Sekretärin

Unser Hausbau- und Renovierungsgeschäft lief großartig. Leider blieb die Büroarbeit immer liegen, da ich von Buchhaltung keine Ahnung hatte und Manfred permanent unterwegs war. Das war sehr frustrierend und konnte so nicht weiter gehen. Mein Mann wurde mir gegenüber sehr aggressiv, verlangte, dass ich diese Arbeit übernehmen sollte.
Ich hasste Büroarbeit, seit ich denken kann, da ich ein riesiger Chaosmensch bin. Papierkram liegt bei mir meist verteilt auf dem Tisch, obwohl ich meine ganz eigene Ordnung habe und meine Sachen sehr schnell finde. Manfred liebt Ordnung (aber nur in Papierangelegenheiten) und wurde zunehmend stressgeplagter.

Wir erlebten eine grässliche Ehekrise. Es gab Tage, an denen ich am liebsten weggerannt wäre. Ich hasste meinen Mann regelrecht, denn er war mir gegenüber beleidigend und gemein.
In Wirklichkeit hatte mein Mann immer ein wenig Angst vor den amerikanischen Gesetzen, er fühlte sich dabei oft überfordert und wahnsinnig unter Druck gesetzt. Hier in Deutschland kann man selbst mit Behörden reden, wenn man z. B. die Steuererklärung etwas später einreicht. In Amerika wusste man nie, wie die Behörden auf Verspätungen reagieren würden.

Unsere Krise wurde nun so schlimm, dass ich Manfred bat, etwas dagegen zu unternehmen.

Wir unterhielten uns friedlich, was schon lange kaum mehr gegangen war, und beschlossen, eine Sekretärin zu suchen. Wir setzten ein Inserat in die Zeitung und hofften, einige Tage in der Woche eine nette Frau beschäftigen zu können.

Ein paar Tage später meldete sich ein Mann auf die Annonce. Sein Name war David, ein Mexikaner, der in Corpus aufgewachsen war. Wir waren ein wenig überrascht, dass sich ein Mann gemeldet hatte, aber wir luden ihn zu einem Bewerbungsgespräch ein.

David entpuppte sich als liebenswürdiger Geselle, der viele Jahre bei einem Steuerberater gearbeitet hatte. Er arbeitet selbstständig auf Rechnung. Er verlangte zwar nicht gerade wenig, aber wir vereinbarten, dass er bei uns im Haus arbeiten würde. So konnte ich kontrollieren, dass er die angegebenen Stunden auch wirklich arbeitete.
David war ein ausgesprochener Glücksfall für uns. Er erfand tolle Strategien für unsere Buchhaltung. Er arbeitete mit System und vielen Farben, die uns schnell erkennen ließen, um welche Abrechnung es ging.

Unsere Ehekrise war vorbei, aber ich erkannte, dass Manfred auf einmal keine guten Nerven mehr hatte. Ihn plagten viele Ängste und Unsicherheiten, aber das wusste ich damals noch nicht. Männer können sehr oft nicht frei über ihre Ängste sprechen, dann staut sich alles und explodiert dann irgendwann.
Ich konnte mich jedenfalls wieder auf meine geschäftlichen Verpflichtungen konzentrieren und war nicht mehr permanent sauer auf meinen Mann.

David war die gesamte verbleibende Zeit über bei uns beschäftigt. Schon nach kurzer Zeit durfte er unsere Arbeit bei sich zu Hause verrichten und ich musste ihn nicht mehr kontrollieren. Unser Steuerberater Mister Raza war hoch erfreut, solche tollen und übersichtlichen Abrechnungen zu erhalten.

Kapitel 25

Sarah schafft es auf die College High school

Die Kinder entwickelten sich großartig. Pubertäts-
probleme bei Sarah blieben gänzlich aus (kamen dann
viel später doch) und Laurenz konnte sich vor Verehre-
rinnen kaum retten. Sarah entpuppte sich als *honor-
student* (sehr guter Schüler), was bedeutete, dass sie
vielleicht ein Stipendium für das *College* bekommen
könnte. Seit neuestem gab es in Corpus eine *College
Preparatory High School*.
Nur sehr gute Schüler wurden ausgewählt, die diese
Schule besuchen durften. Man spart dann zwei Jahre
College, da diese Schule den gesamten Stoff schon in
der *High School* übernimmt. Man spart vor allem viel
Geld, wenn man bedenkt, was das *College* in zwei
Jahren kostet.
Der Schulrektor rief mich an und bat uns Eltern zu einem
Gespräch. Sarah hatte uns im Vorfeld schon aufgeklärt,
dass man sie für diese Schule vorgeschlagen hatte.
Mein Herz schlug natürlich wieder bis zum Hals, ich war
auf dem Hinweg schon wieder so gerührt. Gerührt
darüber, was unsere zarte Sarah bewältigt hatte, die
Sprache lernen, Rechtschreibung, andere Rechenarten
und -wege, fremde Größenbezeichnungen in Mathe-
matik, eine zusätzliche Fremdsprache (Spanisch), ausschließlich mit dem Computer arbeiten usw.
Jetzt wurde unser Kind ausgewählt, eine solche Schule
besuchen zu dürfen. Es war ein besonderes Privileg.
Nein, ich hatte schon wieder einen fetten Kloß im Hals,
ich wollte nicht heulen, unter keinen Umständen, ich
wollte alles mit Stolz genießen, mit erhobenem Kopf
einfach nur vor Stolz platzen.

Leider war ich nicht so ein Mensch, bin es bis heute nicht.

Als wir im Rektorat eintrafen, hatte ich das Gefühl, explodieren zu müssen. Wir setzten uns auf bequeme Ledersessel. Der Rektor kam ein wenig später, begrüßte uns herzlich, machte ein paar coole Witze. Toll, das hat mich gerettet (für ein paar Minuten).

Dann wurde er todernst, berichtete uns von Sarahs außergewöhnlichen Leistungen und Talenten, hatte einige Arbeiten von Sarah dabei und klärte uns auf, welche Vorteile Sarah nun hätte, wenn sie im kommenden Sommer die Schule wechseln würde. Sarah würde ein Stipendium erhalten und könnte sich einen Beruf in Naturwissenschaften und Medizin aussuchen, denn in diesen Bereichen hatte sie überdurchschnittliche Ergebnisse erzielt.

Der Rektor händigte uns einige Biologiearbeiten von Sarah aus, ebenso Chemieuntersuchungen. Ich konnte leider durch den brennenden Tränenschleier nichts lesen, tat aber so, als ob ich alles verstanden hätte. Manfreds Kinn bebte, auch er war emotional sehr bewegt.

Der Rektor war ein sehr feinfühliger Mann. Er brachte uns einen Kaffee und lenkte das Thema ein wenig auf seine Schulrenovierung über.

Wir stimmten dieser Schule natürlich von Herzen zu.

Eine Woche später erhielten wir eine Einladung zum Besuch des neu errichteten Gebäudes der *College Preparatory High school.* Wir besichtigten die etwas kleinere Schule und kamen aus dem Staunen nicht mehr heraus. Das moderne Gebäude verfügte über die neueste Technik an Computern, hatte ausgezeichnete Chemie- und Physikräume, mit Versuchsequipment und einem großen Gemeinschaftslabor. Ich kam mir ein wenig wie auf einem Universitätsgelände vor.

Der neue Schulrektor war uns auf Anhieb sympathisch, Sarah hatte ihn auch schon kennen gelernt und mochte ihn ebenfalls. Wir konnten unser Glück kaum fassen, unsere Sarah hatte eine derartige Leistung vollbracht! Wir waren die stolzesten Eltern auf Erden.

Laurenz hatte seine Anfangsschwierigkeiten mit der englischen Rechtschreibung inzwischen sehr gut bewältigen können. Auch er hatte jetzt sehr gute Noten und arbeitete fleißig mit.
Mir gefiel an den Schulen immer, dass die Schüler sehr motiviert wurden. Schwächen wurden mit sofortiger Nachhilfe und Training bekämpft. Stärken wurden durch Zusatzaufgaben gefördert, die jeder freiwillig bearbeiten konnte. Die Kinder liebten diese Aufgaben, denn Fleiß wurde hoch honoriert.
Am meisten beeindruckte mich die Liebe, die die Lehrer den Schülern zeigten. In der Grundschule wurde Laurenz mit einer Umarmung begrüßt, jeder nannte die Schüler Schätzchen usw., unsere Kinder liebten diesen Umgang. Kinder brauchen meines Erachtens in jedem Alter Liebe und Zuspruch, manchmal vergessen wir das einfach und behandeln Kinder und Jugendliche wie kleine Erwachsene.

Ein paar Wochen später besuchte unsere Sarah diese Schule. Sie wurde sehr gefordert, was ihr aber große Freude bereitete. Sie hatte keinerlei Schwierigkeiten, den hohen Anforderungen dieser Schule zu folgen. Sie fand schnell soziale Kontakte und lernte gerne noch privat mit den anderen Schülern. Hausaufgaben waren nun doppelt so viele zu bewältigen, aber Sarah schien an allem sehr interessiert zu sein.

Kapitel 26

Wir müssen unsere Visa verlängern

Es näherte sich nun das sechste Jahr in Amerika und wir mussten unsere Visa verlängern.

Zu der Zeit war gerade Wahlkampf in Amerika, Barack Obama hatte große Chancen, der erste schwarze Präsident in den Staaten zu werden. Wir verfolgten die sich immer wiederholenden Wahlkampfreden. Wir waren in Amerika politisch nie engagiert, denn es wurde nicht gerne gesehen, wenn man etwas Politisches in Frage stellte. Politik wurde bei uns in Texas nie öffentlich diskutiert. Das war ein Zustand, den wir notgedrungen akzeptierten, denn wir wollten hier als Ausländer nicht mit unserer offenen Lebenseinstellung anecken.

Ich hatte das Gefühl, dass man nur als extrem reicher Mann oder Frau in Amerika in die Politik kommt und dort auch Karriere macht. Wahlkämpfe bedeuten millionenschwere Kosten, die erst einmal bewältigt werden müssen. Natürlich kann man auch unterstützt werden, von solchen, die großes eigenes Interesse an dem Ausgang der Wahl haben.

Ich hörte bei den Versprechungen der Präsidentschaftsanwärter kaum hin, denn ich wusste, dass sich an der schwierigen Wirtschaftssituation nichts ändern würde. Die schlechte soziale Unterstützung durch den Staat würde eher noch schlimmer werden und von einer Krankenversicherung für angeblich jedermann ist Amerika so weit weg wie eh und je.

Dieser Wahlkampf war wegen der Hautfarbe so besonders, wenn man bedenkt, dass die Apartheit noch gar nicht so lange vorbei ist. Ein schwarzer Präsident ließ so viele Menschen hoffen, dass eine Gleichbehandlung der verschiedenen Hautfarben möglich ist. Das alleine hatte mich schon sehr bewegt. Jetzt kämpften die Politiker als Demokraten und Republikaner gegeneinander und versuchten sogar irgendwelche versteckten Geheimnisse des Gegners aus der Vergangenheit herauszufinden, um eine richtige Schlammschlacht zu feiern. Diese Art Wahlkampf war für unsere Verhältnisse schon sehr krass.

Wir hörten jetzt aber verstärkt immer wieder von der schweren Bankenkrise und der daraus resultierenden Wirtschaftskrise, den vielen Arbeitslosen und den schrecklichen Zeltstädten. In den Zeltstädten wohnten Menschen, die z. B. durch Arbeitslosigkeit ihr Haus verloren hatten. Ein Haus besitzen viele Amerikaner, auch solche, die sich das vielleicht nicht leisten können. Kredit bekam jeder, aber die Rückzahlungen waren oft variabel, anfangs ganz niedrig und dann plötzlich, besonders während der Krisen, stark ansteigend bis ultrahoch. Die Menschen hatten dann nicht die geringste Chance der Rückzahlung der geforderten Summe. Wenn man bei Zahlungen in Amerika in Verzug gerät, dann verliert man rasend schnell sein Haus. Zwei Raten, die nicht bezahlt werden konnten, reichen schon aus. Dann hängt auf einmal ein Zettel vor der Tür, dass die Bank den Besitz des Hauses übernommen hat. Zudem wird das Türschloss ausgetauscht. Danach kommt das Haus in die Zwangsvollstreckung.
Wir haben diese grausame Prozedur einmal selbst erlebt, und zwar bei einer alleinstehenden Mutter, die auf einmal kein Geld mehr von ihrem Exmann erhielt und daher die Kreditzahlungen nicht mehr pünktlich bedienen konnte. Sie konnte auch keinen Aufschub mehr erwirken und verlor ihr Haus. Vorher wollte sie das Haus noch schnell verkaufen (an uns).
Viele Viertel wurden davon besonders getroffen, gerade da, wo große Produktionsstätten schließen mussten und

viele Menschen plötzlich arbeitslos wurden, z. B. in Detroit, im Staate Michigan, verloren abertausende Menschen in der Autoindustrie ihre Jobs, da die Fabriken schließen mussten. Heute gleicht Detroit an vielen Stellen einer Geisterstadt. Sämtliche Häuser wirken heruntergekommen, sind verlassen, ganze Teile der Stadt stehen leer.

Wir sahen beängstigende Bilder im Fernsehen, hier in Texas konnten wir nicht so viel von der Wirtschaftskrise spüren. Klar, die Geschäfte liefen nicht immer superschnell, aber verkaufen konnten wir nach wie vor ausgezeichnet. Man muss dazu sagen, dass Texas ein sehr reicher Staat ist, alleine durch Öl- und Gasproduktionen. Man sagt sogar, dass die Reichen in Texas die Reichsten in Amerika seien, die Steuern sind niedrig, jedoch ist auch die Wohlfahrt äußerst dürftig.
Wer hier in Schwierigkeiten kommt, gesundheitlich, psychisch etc., hat keine Chance auf große Hilfe. Das staatliche Engagement ist gering, das zwischenmenschliche Klima und die Spendenbereitschaft sind jedoch ausgesprochen hoch. Wir haben erlebt, dass Menschen ehrenamtlich für Obdachlose kochen, sie jeden Tag mit Essen und Kleidung versorgen, ihnen zu Weihnachten Truthahn servieren, alles aus eigener Tasche.
Wir waren von der Spendenbereitschaft tief beeindruckt und haben uns auch engagiert, d. h., wir gingen einkaufen und gaben die Nahrungsmittel an die Auslieferungsstellen ab. Es war für alle Obdachlosen immer genug zu essen vorhanden. Auch Tische und Stühle wurden gespendet, an denen die Obdachlosen bequem sitzen konnten. Ich sah meistens süchtige Menschen, Alkoholiker, Drogensüchtige, Menschen, die sehr gebrochen auf mich wirkten.
Hier in Deutschland sieht man junge gesunde Männer, die Hartz IV empfangen und zum Mittagessen zur Tafel gehen. Ein für mich ungesundes und unverständliches

187

System, das wir in Deutschland pflegen. Arbeit gibt es bei uns wirklich genug. Aber das ist nur meine eigene Meinung.

In Amerika habe ich nie auch nur einen jungen Mann oder eine junge Frau gesehen, die Unterstützung von den Spendern angenommen hätten, solange sie nur arbeiten konnten.

Bei einem aktuellen Interview mit Barack Obama trauten wir unseren Ohren kaum. Er erklärte, er wolle die vielen Visa für Emigranten abschaffen, um den gesamten Arbeitsmarkt zu verändern, besonders in der Gastronomie seien viele Emigranten beschäftigt, die ein Visum erhielten. Er wollte, dass die eigenen Leute wieder mehr in Arbeit kommen.

Uns stockte der Atem, würde das auch uns betreffen? Wir hatten ja auch ein E-Visum. Würde man uns aus dem Land schmeißen???

Ausgerechnet jetzt mussten wir unsere Visa-Verlängerung beantragen, aber irgendwie war ich mir sicher, dass bei unserem großen Erfolg gar nichts schief gehen konnte. Wir brachten dem Staat viele Steuer-gelder ein, hatten nie das Gesetz gebrochen und unsere Kinder waren gute Schüler.

Wir waren ein Teil dieses Landes, wir waren seine Bürger, wir ehrten und liebten das Land, behandelten alle Menschen mit großem Respekt. Wir gaben vielen Firmen Arbeit und bezahlten immer pünktlich jegliche Rechnung. Wir hatten noch nicht einmal einen Strafzettel zu beklagen. Unsere Weste konnte weißer nicht sein.

Wir bereiteten die schriftliche Bitte um Verlängerung sorgfältig vor. Wir konnten unsere Geschäfte und unsere Einnahmen gut über unseren Steuerberater protokollie-

188

ren. Manfred fotografierte sogar unser gesamtes Hab und Gut, unsere Maschinen und Arbeitsgeräte, die gebauten Häuser und die Grundstücke, die wir noch nicht bebaut hatten.

Das war schon ein dicker Ordner, den wir auf die Post brachten. Die Postangestellte Mary schaute entsetzt auf das braune Briefpaket, das ich ihr reichte. Sie fragte mich, ob wir unsere Visa nun verlängern wollten, da sie die Adresse der Autorisierten gut kannte.

„Ja", war meine Antwort. Mary schaute mich traurig an, ich kannte sie nun schon eine lange Zeit, aber meistens war sie immer bester Laune.

„Oh Betty, sie haben viele Leute abgelehnt, eine Freundin aus Hannover hatte in El Paso, Texas, ein gutgehendes Restaurant mit zehn Angestellten, nun müssen sie zurück nach Deutschland." Ich kannte die Geschichten von Mary, die sie immer erzählte, wenn ich zur Post kam, sie hatte lange Zeit in El Paso gelebt und dort auch als Postangestellte gearbeitet.

Sie pflegte eine Freundschaft mit einer deutschen Familie, da ihre Kinder auf dieselbe *High school* gingen. Sie sagte immer, dass ich sie wegen meines Akzents an die deutsche Freundin erinnere.

Nun war Mary den Tränen nahe, als sie mir diese traurige Geschichte erzählte. „Wenn sie dich jetzt auch ablehnen, könnte ich das nicht aushalten", waren ihre Worte.

„Nein", sagte ich, „wir können hier nicht weg, hier ist unser Zuhause. Wohin sollten wir gehen? Wir haben nirgendwo ein Haus in petto, für schlechte Zeiten."

„Oh Betty, wenn du nur hier bleiben darfst, ich habe dich so lieb."

Ja, so sprachen viele Amerikaner mit uns, sie scheuten sich nie Gefühle zu zeigen:

Auf meinem Weg nach Hause hatte ich ein scheußliches

189

Gefühl in meiner Magengrube, etwa so, als ob eine schwarze große Wolke unseren Sonnenschein trübte. „Es konnte nicht sein, dass uns jetzt bei diesem enormen Erfolg ein solches Schicksal ereilt", so dachte ich damals.

Zuhause angekommen konnte Manfred mir gleich die Stimmung am Gesicht ablesen. „Was ist denn los?", wollte er wissen. Ich erzählte ihm die Story von der Familie in El Paso.

Manfred hatte sofort meine Angst in seinem Körper verinnerlicht, er ärgerte sich fürchterlich über meine Geschichte. So etwas wollte er einfach nicht hören. Probleme mit meinem Mann zu besprechen, gestaltet sich oft als schwierig, denn er hat nie gelernt, wie man als Mann mit Ängsten umgeht. Sein Vater ist und war immer ein sehr harter Mann und konnte seinem Sohn solche Gefühle und den Umgang damit nie vermitteln.

Ich traf mich mit meiner Freundin Sabine bei *Starbucks Coffee*. Ich erzählte ihr von meinen Befürchtungen und dem Interview mit Obama. Sabine konnte das kaum glauben, außerdem war sie voller Freude über einen möglichen schwarzen Präsidenten. Ich konnte sie nur zu gut verstehen, ihre halbe Familie war schließlich schwarz und freute sich über den Wahlkampf.
Sabine erklärte mir, wenn in Amerika jemand so gut verdiene wie wir, schicke man diese Familie nicht wieder weg, sondern bürgere sie ein, mit einer *Green Card*. Das beruhigte mich ein wenig und bestätigte mir noch einmal, dass wir einfach viel zu erfolgreich waren, um abgelehnt zu werden.

Doch die schwarze Wolke über uns wurde immer dichter, ich konnte es deutlich spüren. Ich kann nicht erklären, warum ich dieses negative Gefühl empfand, es

190

beherrschte einfach meinen Alltag. Manfred war auch extrem gereizt, scheinbar dachte er auch über den *worst case* (den schlimmsten Fall) nach.

Was sollten wir machen, wenn die Visa nicht verlängert würden? Wir müssten zurück nach Deutschland. Dieser schreckliche Gedanke war beherrschend und grauenhaft für mich. Deutschland war klein und eng, die Menschen aggressiv und streitbar, wir hatten kein Haus, müssten bei meinen Eltern unterkommen, mein Vater und Manfred unter einem Dach, nicht vorstellbar.

Wenn ich heute über meine damaligen negativen Gefühle nachdenke, die ich Deutschland betreffend hatte, kann ich nur puren Pessimismus erkennen. Meine Gedanken waren damals nicht mehr rational. Ich hatte eigentlich immer gerne in Deutschland gelebt, dort sensationelle Geschäfte gemacht und großartige Freundschaften gepflegt.

Das alles zählte aber zu diesem Zeitpunkt absolut nicht. Für mich würde eine Welt zusammenbrechen, wenn ich meine Träume in Amerika nicht verwirklichen könnte. Wir hatten geplant, nach Houston zu ziehen, wenn Sarah aufs *College* kommen würde. Dort wollten wir unseren Hausbau erweitern. Wir waren schon einige Male in Houston gewesen und waren begeistert von dieser Stadt, die durch ihre Größe bessere und schnellere Geschäfte versprach. Wir hatten außerdem vor, einige ältere Häuser zu kaufen, diese herzurichten und dann gut zu vermieten. Der Mietmarkt war in Houston exzellent.

Dort lebte und predigte zudem mein absoluter Lieblingspastor Joel Osteen, der die größte Kirche der Welt führt. Er ist ein sehr positiver Pastor und kann Menschen einzigartig motivieren. Ich verehre ihn bis heute und verfolge regelmäßig per Internet seine wundervollen Predigten.

Houston war unser großes Ziel und wir freuten uns auf die neue aufregende Zeit. Nahe bei Houston erreicht man das Küstenstädtchen Galveston, mit einem bezaubernden Strand. Auf das Meer wollte ich nicht so gerne verzichten. So hatten wir geträumt. Alles war perfekt geplant.

Wir hörten über viele Wochen nichts von unseren Visa und führten unser Leben normal fort. Manfred wollte sich sehr gerne neue Baumaschinen und einen Bagger kaufen, hielt sich aus Sicherheitsgründen jedoch zurück. Das war richtig nervend, wir wollten uns gerne weiterentwickeln und mussten zurückstecken, weil das verdammte Visum noch nicht verlängert worden war.

Kapitel 27

Abgelehnt

Dann endlich kam ein brauner Brief aus Washington. Ich zitterte, als ich ihn aus der *Mailbox* nahm. Darin war nun unsere Zukunft enthalten.

Ich öffnete den Brief, Manfred war noch auf der Baustelle. Ich überflog den Brief, versuchte blitzschnell die wichtigen Worte zu fassen.
Erst las ich, dass man uns zusicherte, sehr erfolgreich gearbeitet zu haben, dann las ich einzelne Brocken, wie zu kleine Firma, zu wenig Angestellte, leider müssen wir Ihren Antrag ablehnen, sie sind bereits illegal im Land, müssen binnen 30 Tagen ausreisen, sonst droht Verhaftung.

Das durfte doch nicht wahr sein, ich konnte das doch nur träumen, was hatten wir getan??
Wie sage ich diesen Horror meinem Mann????????
WIE???????

Ich stand unter einem schweren Schock, versuchte zu funktionieren. Ich wollte das Gelesene, diese schrecklichen und unverschämten Worte nicht hinnehmen. Wir sind doch keine Verbrecher, und doch kam ich mir auf einmal so vor. In meinem Kopf drehte sich alles, wir wurden abgelehnt und sollten schnellstmöglich das Land verlassen, da wir bereits illegal hier lebten!!! Ich musste etwas tun, konnte das Geschriebene so auf keinen Fall hinnehmen.

Ich nahm die Gelben Seiten auf meinen Schoß und blätterte bis zu den Telefonnummern von Anwälten. Ich zitterte wie Espenlaub. Es musste doch jemanden geben, der uns helfen konnte.

Ich rief die erste Anwältin für Emigrantenrecht an. Sie war bereit, gleich persönlich mit mir zu sprechen. Sie hatte eine weiche, warme Stimme. Ich sprach mit ihr und musste dann auch sofort weinen, ich weinte meinen gesamten Kummer von der Seele, ich konnte kaum mehr atmen.
Die arme Anwältin verstand bestimmt nicht einmal die Hälfte. Sie riet mir einen Zeitaufschub zu beantragen, damit wir in Ruhe hier in Corpus noch alles verkaufen könnten.

Das wollte ich nicht hören, ich wollte gerettet werden.

An diesem Tag rief ich 50 Anwälte an, oder besser gesagt, ich sprach mit deren Sekretärinnen. Ein Telefongespräch mit einem Anwalt muss terminiert werden und kostet 150.- Dollar die halbe Stunde. Der letzte Anwalt, den ich sprach, war ein sehr erfahrener weiser Mann. Er sagte mir, dass er mir viel versprechen könnte, einen Kampf zu kämpfen, der für mich wahnsinnig teuer und wenig bis gar nicht erfolgversprechend sei. Er rate mir, in mein Land, welches doch sehr schön sei, zurückzugehen und es von dort aus eventuell noch einmal mit einem Visum zu probieren.

Er war sehr ehrlich und ich wusste nun, dass es vorbei war.

Ich schaute hinaus zu meinen Hunden, ich könnte sie nicht mitnehmen. Es zerriss mir das Herz, ich rannte hinaus und fuhr mit meinem Auto zu einer entlegenen Wasserstelle für Angler. Heute sah ich dort niemanden.

Ich stieg aus und schrie mir meine Seele aus dem Leib, ich klagte Gott an, warum er uns nicht zur Seite stand und uns half, einen Weg zu finden.

Ich fiel auf meine Knie und weinte so bitterlich wie noch nie in meinem Leben. Es schüttelte mich regelrecht. Auf einmal fühlte ich eine weiche, warme Hand auf meinen Schultern. Ich schreckte zusammen und sah, dass doch ein Angler da war. Er war erschüttert, als er mich so schreien hörte.

„Honey everything is going to be okay, God is with you (Liebes, alles wird gut, der liebe Gott ist bei dir)", diese lieben Worte höre ich noch heute. Der Angler half mir in mein Auto zurück, ich fühlte mich schwerkrank.

Ich fuhr nach Hause und wartete, bis Manfred die Tür aufschloss. Ich fiel ihm weinend in die Arme.

Manfred verfiel in einen schweren Schock, er hatte damit auf keinen Fall gerechnet oder diesen schlimmsten Ausgang verdrängt. Er zeigte rein äußerlich kein Gefühl, aber ich wusste, wie es in ihm aussah.

Das Schlimmste waren die nur 30 Tage, in denen wir alles erledigt haben mussten.

Ich fragte meinen Mann, ob wir eine Verlängerung unserer verbleibenden Zeit beantragen sollten. Er verneinte, als ich ihm auch von den Anwälten und ihren horrenden Gebühren erzählt hatte.

„Ich bin doch kein Verbrecher", schoss es aus meinem Mann heraus, „was ist das denn für ein beschissenes System hier?" Das Gesicht meines Mannes verfinsterte sich, er tat mir auf einmal entsetzlich leid, ich wollte ihn umarmen, ihm Halt und Liebe zeigen und geben. Er stieß mich weg, gab mir die Schuld an der Ablehnung, ich hätte das schlampig beantragt.

Wir hatten den Antrag gemeinsam sauber und ordentlich vorbereitet und so auch abgegeben. Die Worte taten weh, ich konnte an der schrecklichen Situation nichts ändern, konnte nichts heilen oder reparieren.

Als die Kinder von der Schule kamen, musste ich ihnen mitteilen, dass wir bald nach Deutschland zurückgehen müssen. Die Kinder waren extrem gefasst.

Die nächsten Tage verliefen grausam. Wir mussten unser Haus auf den Markt bringen, Möbel und Autos schnellstmöglich verkaufen. Jeder weiß, wenn man etwas schnell verkaufen muss, dann verliert man viel Geld. Alles, was man sich über Jahre aufgebaut und erschaffen hat und selbst wertschätzt, ist für andere wenig wert.

Nun begann die Phase, in der wir unsere Möbel verschleuderten, alles hochwertige massive Holzmöbel, oder neuwertige technische Anlagen, wie z. B. unseren super modernen Riesenfernseher, unsere Musikanlage. Wir konnten nichts mit nach Deutschland nehmen. Wir hatten mehrere Zeitungsannoncen in verschiedenen Zeitungen aufgegeben.

Wir machten mit potenziellen Käufern aus, dass sie die Möbel einen Tag vor unserem Auszug abholen könnten. Sie zahlten uns als Sicherheit eine kleine Summe an. So glich unser Haus einem Flohmarkt, ständig tummelten sich zum Teil auch zwielichtige Gestalten herum.

Manfred mietete einen *storage*, eine Art Garage, um seine teuren Arbeitsmaschinen und unsere Firmenbuchhaltung und einige Büromöbel dort unterzubringen. Er hatte sich überlegt, eventuell noch in Amerika zu arbeiten, wenn in Deutschland die Wirtschaftslage schlecht wäre, wie wir das immer wieder von der Familie hörten. Wir entschieden gemeinsam, dass Manfred schon nach Deutschland voranreisen sollte, um uns eine Wohnung zu besorgen.

Diese Aufgabe erwies sich als sehr schwierig, da wir in Deutschland keiner Arbeit nachgingen und auch noch keine Arbeitsverträge vorlegen konnten. Für einen Vermieter ein komplettes No-Go. Wer sollte uns

196

vertrauen? Wir hatten erst ausgemacht, dass wir als Familie eine kurze Zeit bei Manfreds Tante unterkommen. Die sagte aber kurzfristig ab, sie hatte es wohl in Anbetracht von uns vieren mächtig mit der Angst zu tun bekommen.

Wir beziehungsweise mein Mann wollten uns in Wiesbaden oder Mainz niederlassen. Meine Idee war Norddeutschland, Schleswig-Holstein, da hätten wir auch wieder ein Meer, und das Gebiet war nicht so teuer, da könnten wir vielleicht schnell wieder Fuß fassen. Ich mochte die norddeutsche Mentalität. Meine halbe Familie, von der mütterlichen Seite, kommt aus dem hohen Norden.

Wir konnten mit meinen Eltern klären, dass wir solange es nötig würde, bei ihnen in der Pfalz unterkommen konnten.

Eine wirklich gruselige Vorstellung. Hier die ganze verrückte Familie Feige, wir mit unseren Eigenheiten, da mein Vater mit seinen Eigenheiten in einem zwar sehr schönen, aber für uns alle viel zu kleinen Haus. Ich schob den Gedanken schnell beiseite.

Unerwartet kam ein Anruf von einem der Anwälte, die ich in meiner Not kontaktiert hatte. Er war ein netter ungezwungener junger Mann (am Telefon, gesehen hatte ich ihn nie), er erklärte uns, dass wir zwar nicht mehr in den Staaten arbeiten dürften, wir aber weit länger als die verbleibenden 30 Tage in Amerika verweilen könnten.

Manfred war dies inzwischen wirklich sch.... egal, er fühlte sich von Amerika betrogen und wollte am liebsten schnell dort weg, aus dem Land, aus dem er nun verwiesen worden war, dem Land, in dem er so fleißig gearbeitet und Karriere gemacht hatte, weg von dem Land, das er so sehr geliebt hatte.

Wir suchten im Internet günstige Tickets für Manfreds

Flug nach Frankfurt. Leider waren im Sommer zur Hauptreisezeit die Tickets besonders teuer. Es blieb uns jedoch nichts anders übrig, als die Tickets zu kaufen. Manfred sollte in einer Woche fliegen, die Kinder und ich drei Wochen später. So hatte ich Zeit gewonnen, noch viel zu verkaufen.

Manfred machte mit einem guten Freund aus, dass er seinen Pick-up-Truck für eine geringe Miete auf dessen Grundstück abstellen durfte. Sein geliebter Pick-up-Truck, es brach mir das Herz. Manfred wollte trotz aller Wut im Bauch Amerika nicht ganz aufgeben. Er hoffte wahrscheinlich, dass er irgendwann mal wieder zurückgehen würde. Tief in meinem Herzen wusste ich, dass dieser Wunsch unerfüllt bleiben würde.

Der schlimmste Part waren meine Hunde. Wohin mit ihnen? Was wird aus ihnen? Den Gedanken, die drei großen Hunde mitzunehmen, musste ich verwerfen, es war undenkbar. Die Hunde waren Straßenhunde, groß, sie brauchten Platz, waren nicht gerade gut erzogen. Wir freuten uns einfach, dass sie da waren, dass es ihnen gut ging. Wir liebten die Hunde so wie sie waren. Aber nach Deutschland? Wir hatten ja noch nicht einmal eine Wohnung. In der Pfalz bei meinen Eltern lebte ein kleiner Terrier, meine Hunde hätten dort keinen Platz. Wir würden nie eine Wohnung finden, in der drei große Hunde erlaubt wären. Dieser Kampf war aussichtslos. Wir als Familie mussten überleben, mussten einen Weg finden, um aus dieser Situation wieder herauszufinden. Ich musste einen Ausweg für meine geliebten Hunde finden, musste für sie ein liebevolles Zuhause finden.

Ich rief meine Freundin, die Tierärztin Esmeralda, an. Ich wusste, dass sie ein großes Grundstück hatte, auf dem viele Tiere miteinander lebten, und unsere Hunde waren auch mal während eines Urlaubes bei ihr gewesen. Ich erzählte ihr unter Tränen, was uns passiert war. Sie lud mich auf einen Kaffee ein. Sie bat mich, meine Hunde mitzubringen. Das tat ich gerne, und da Esmeralda nur wenig Zeit hatte, fuhr ich gleich los.

Auf ihrem Grundstück angekommen, lud ich meine Hunde aus und ließ sie frei laufen. Esmeralda umarmte mich, weil ich wieder so sehr weinen musste. Wir setzten uns auf eine kleine Bank und tranken zusammen eine Tasse Kaffee. Sie sagte mir, dass ich diesen Hunden ein wundervolles Heim gegeben hätte, ihnen Medikamente verabreicht, sie wie kleine Kinder umsorgt und mich stets um sie gekümmert hätte. Das stimmte und es beruhigte mich ein wenig.

Sie schlug mir vor, meine Hunde in Obhut zu nehmen. Jake wollte sie behalten. Berry und JC sollten zur Adoption freigegeben werden. Und wenn sie nicht vermittelt werden könnten, würde sie sich um die beiden mit Liebe kümmern. Ich solle mir keine Sorgen machen. Esmeralda erklärte mir, dass meine Hunde bestens bei ihr aufgehoben seien. Wenn bei ihr ein Hund vermittelt wird, kontrolliert das Team stets, ob es dem Hund in seinem neuen Zuhause gut geht. Die neuen Besitzer müssen eine Gebühr von 300.- Dollar zahlen und nachweisen, wo der Hund künftig lebt.
Was für ein Glück, dass ich Esmeralda kennen lernen durfte. Im finsteren Tal konnte ich die Sonne sehen. Mit einer innigen Umarmung verabschiedeten wir uns voneinander und machten eine Zeit aus, zu der ich die Hunde bringen würde.
Ich nahm mir vor, eine große Geldspende zu hinterlegen und fünf große Futtersäcke mitzubringen. Etwas beruhigter fuhr ich mit meinen Stinkenasen nach Hause, ein Zuhause, das es nun für uns bald nicht mehr gab.

Ich setzte jetzt meinen Ford in die Zeitung, in der Hoffnung, ihn noch gut verkaufen zu können. Dann kontaktierte ich den „besten Makler" der Stadt, um unser Haus zu listen. Tim, der Makler, war auf jedem Plakat in der Stadt zu bewundern, seine Umsatzzahlen, die er gerne öffentlich zur Schau stellte, konnten sich sehen lassen. Mit dem Mann konnten wir verkaufen, so dachte ich jedenfalls.

Er kam und wirkte auf mich klein und schwächlich, auf dem Plakat hatte er ein starkes siegessicheres Lachen, jetzt hier in der Realität wirkte er gestresst, zynisch, ja verbissen. Mein Bauchgefühl sagte mir, dass der Mann nichts taugte. Doch ich wollte ihn nicht verletzen und wegschicken, so machte er ein paar Fotos von dem Haus und verabschiedete sich zähneknirschend. Ich weiß nicht, warum der Mann so unzufrieden und zerknirscht auf mich wirkte.

Nach zwei Tagen war dann unser Haus überall gelistet, im Internet und in den ortsüblichen Maklerheftchen. Ein trauriges Bild für uns. Wir wären gerne noch ein wenig in diesem Haus geblieben, es war geräumig, wunderschön, hatte phantastische Pecanböden, eine tolle Veranda und bot Platz und Rückzugsmöglichkeiten für uns alle.

„Goodbye, America, goodbye Haus", waren da meine Gedanken.

Es war Zeit für Manfred, nach Deutschland zu fliegen, wir brachten ihn zum Flughafen. Der Abschied war schmerzlich, wir wussten nicht, was uns in Deutschland erwartete.

Betrübt fuhr ich zum Endspurt nach Hause. Via Internet suchte ich in Schleswig-Holstein fieberhaft Wohnungen, Doppelhäuser oder Häuser zum Mieten. Die Preise waren horrend und bedeuteten, dass wir schnellstmöglich Arbeit finden mussten. Mir war klar, dass ich mich in meinem Beruf als Erzieherin, in dem ich seit nunmehr 20 Jahre nicht gearbeitet hatte, bewerben musste. Wir brauchten die Grundlage einer geregelten Arbeit, im Angestelltenverhältnis.

Meine Mutter hatte große Zweifel, ob ich in dieser prekären Wirtschaftslage überhaupt noch Arbeit finden könne.

Ich las im Internet alle möglichen Stellenangebote durch und musste entsetzt feststellen, dass viele Stellen von Zeitarbeitsfirmen angeboten wurden. Ich war mir jedoch sicher, in meinem Beruf etwas zu finden.

Die Exposés der Häuser die ich annehmbar fand, schickte ich gleich zu meinen Eltern. Manfred konnte dann gleich anrufen und Termine machen. Doch nach seinen Beobachtungen sah der Markt nicht gut aus. Die Vermieter wollten alle einen Arbeitsvertrag sehen und den konnten wir nicht bieten.

Nur ein Haus, weit weg von der Stadt gelegen, stand für uns eventuell zur Verfügung. Die Vermieterin wirkte am Telefon freundlich und zuvorkommend. Aber Manfred fegte dieses Haus gleich vom Tisch, da es in einem sehr ländlichen Gebiet lag, etwa 35 km von der Stadt entfernt. Er wollte ein stadtnahes Haus, auch wegen der Schule für die Kinder.

Ein weiteres Angebot fand sich in der Stadt, es handelte sich um eine Hausmeisterwohnung, 4 Zimmer, Küche, ein Bad. Die Miete war extrem günstig, der Haken waren Handwerksarbeiten, die Manfred ab und zu unentgeltlich verrichten sollte. Das wäre für uns o. k. gewesen. Jeder fängt mal klein an.

Hauptsache, wir hätten erst mal einen Unterschlupf. Ich schaute wie besessen im Internet nach einer Arbeits-stelle für mich. Ich wollte auf jeden Fall sofort arbeiten, um die Familie in eine Krankenversicherung zu bringen. Als Selbstständiger muss man viel höhere Beiträge zahlen, außerdem lässt der Erfolg, das heißt Geld zu verdienen, viel zu lange auf sich warten.

201

Wir brauchten Sicherheit. Erspartes gibt sich wie Butter aus.

Endlich rief mich ein Interessent für meinen Ford an. Er war sehr an dem Auto interessiert und wollte gleich einen Besichtigungstermin ausmachen. Er hatte einen starken Akzent, erzählte mir, dass er bei der Army angestellt sei.
Am selben Abend kam er vorbei. Mister Albay kam aus Ghana, Afrika, lebte erst seit einem Jahr in den Staaten. Dafür sprach er erstaunlich gut Englisch. Er schwärmte von seinem Land und den Möglichkeiten im Baugeschäft in Ghana. Ich fragte mich, warum er dann nach Amerika ausgewandert war, um zur Army zu gehen?
Egal, ich wollte nur mein Auto verkaufen.
Anfangs war Mister Albay noch sehr nett, aber als die Zeit verstrich, hatte ich den Eindruck, den größten Macho aller Zeiten vor mir zu haben. Er gab mir ständig Anweisungen, was ich zu tun hätte. Er verlangte z. B., dass ich ihn zu seiner Army Bank fahren sollte, er das Auto dort kurz vorstellen wollte, um seinen Kredit zu beantragen. Ich erklärte ihm, dass ich keinesfalls mit ihm zusammen zur Bank fahren würde.
Er erwiderte frech: „Machen Sie einfach was ich sage, Frauen müssen machen, was die Männer sagen."
„Welcome to America", antwortete ich ihm.
Er ließ aber nicht locker, bis ich ihn rausschmiss. Ich sagte ihm mit fester und klarer Stimme, dass ich gleich die Polizei rufen würde. Wir standen während dieser Verhandlungen draußen auf der Straße. Er schüttelte verständnislos seinen Kopf und brauste davon.
So einen Quälgeist konnte die Army gerade noch gebrauchen, unglaublich.

Am nächsten Tag klingelte gleich morgens das Telefon, ich konnte es kaum glauben, aber Herr Albay war dran. Er berichtete mir, dass er das Auto gerne kaufen möchte, ich müsse es jedoch zu seiner Bank bringen, da der Kredit sonst nicht genehmigt würde. Ich schlug vor, dass Herr Albay einen Kollegen von der Army mitbringen sollte, der könne dann vermitteln. Ich erklärte mich jedoch bereit, alleine zu der gegebenen Bankadresse zu fahren, damit die Kreditabteilung einen Blick auf das Auto werfen konnte.

Am frühen Abend fuhr ich dann mit den Kindern zu der Bank. Herr Albay hatte einen Kollegen dabei, der mir noch einmal alles erklärte. Normalerweise bekommen Army-Angestellte schnell Kredite, Herr Albay war aber noch nicht lange bei der Army beschäftigt und kam zudem aus einem anderen Land. Wenn die Kreditabteilung bei dem Auto grünes Licht gäbe, würde alles ganz schnell gehen. Er würde dann das Geld sofort erhalten.

Auf einmal kam ein Mann mit Blaumann (war eigentlich grün) angelaufen und untersuchte das Auto von innen und außen, ich sollte den Motor anmachen, Gas geben, bremsen usw. Nach einer Stunde konnte der Mechaniker den Daumen hoch strecken, das Auto war tadellos.

Jetzt ging die Papierarbeit los, Herr Albay musste gefühlte 100 Formulare unterzeichnen. Wir warteten schon zwei Stunden. Dann machten wir den Vertrag, das dauerte ebenfalls noch eine Ewigkeit.

Herr Albay überreichte mir sein Geld, aber ich wollte erst nach Hause fahren und dort die Übergabe machen. Herr Albay fing wieder mit seinen Machoallüren an. Sein Kollege hielt ihn zurück und wir fuhren mit getrennten Autos zu mir. Danach übergab ich ihm meinen Ford, die Papiere und den Schlüssel.

Es war inzwischen 20 Uhr 30.

Wir waren todmüde, aber sehr erleichtert. Das Auto war verkauft, für einen in meinen Augen angemessenen Preis. Ich hatte keine Zeit zu verlieren, es musste noch die halbe Garage leergeräumt werden. Ich wollte schnell fertig werden, um den Druck aus meinem Genick zu bekommen.

Am Dogde Pick-up-Truck waren alle Fenster offen. Der Golf von Mexiko glänzte allgegenwärtig in mondänem Türkis. Überall auf dem Highway hatte man den grandiosen Wasserblick, es roch nach warmer, etwas fischiger, salzhaltiger Meeresluft, und sehr intensiv bis unangenehm nach dem Red Tide, einer roten, mit Bakterien versetzten Alge, die sich im Sommer, besonders am *Intercoastal*, da wo sich Salz und Süßwasser treffen, vermehrt. Dieser so vertraute Geruch, der mich an viele Spaziergänge mit meinen Hunden erinnerte, stimmte mich unsagbar traurig. In meinem CD-Player lief laut der Song „How deep is your love?" von den Bee Gees. Ja, wie tief ist meine Liebe zu diesem Land nur geworden? Die Liebe zu Amerika, dieser grandiosen Natur hier, den stolzen, liebenswerten und freundlichen Menschen, der Größe des Landes, der vielen Möglichkeiten im Business, und natürlich der Wärme hier im Süden in Texas.

Jetzt fühlte ich einen intensiven Schmerz. Dieser Schmerz, der sich wie brutale Messerstiche anfühlte, direkt ins Herz hinein, wohnte schon seit Wochen in mir, und kam und ging in Wellen. Seit ein paar Tagen weinte ich schon, wenn ein Nachbar mir freudig zurief und mir klar wurde, dass ich ihn bald nicht mehr sehen würde. Meine Tage hier in meinem geliebten Corpus Christi waren gezählt.

Wir müssen unser geliebtes Land verlassen.

Wie um alles in der Welt sollte ich nach diesen Jahren in Amerika nun wieder nach Deutschland zurück?

Nicht, dass ich Deutschland hasste, aber mein Leben war hier in den USA viel intensiver, interessanter, einfach schöner. Der Himmel war immer blau, wir waren erfolgreich, hatten ein wunderschönes Haus und eine hohe Lebensqualität. Jeden Sonntag fuhren wir nach der

Kirche an den Strand, legten uns auf Handtüchern auf die Ladefläche des Pick-up-Trucks und genossen das Leben.

Abends gingen wir mit Freunden essen, tranken zum Abschluss noch gemeinsam einen kühlen Wein auf unserer Holzterrasse, dabei zirpten die Grillen laut. Mein Herz war hier, ich gehörte hierher, nun wurde mir verboten, hier zu leben, das war alles so unreal. Niemand konnte mir helfen, es gab keinen Trost.

Wie so oft in meinem Leben stand ich mit meinem Schmerz allein da. Es gibt nie ein Rettungsnetz, in das ich fallen kann. Ich hatte und habe seit jeher die Aufgabe, in meiner Familie stark zu sein, andere zu trösten. Der einzige Trost für mich war und ist mein unerbittlicher christlicher Glaube. Dieser Glaube baut mich auch in schlimmsten Situationen immer wieder auf.

Laurenz, unser Sohn, jammerte neben mir „Mama, wie oft müssen wir noch zum *storage*? Diese Hitze ist unerträglich." Ja, der verdammte *storage*, eine Art Garage zum Mieten. Einen Teil der Möbel und die Buchhaltung unserer Firma mussten hier untergebracht werden, außerdem noch die ganzen Werkzeuge unserer Renovierungsfirma. Mein Mann Manfred war bereits in Deutschland, um für uns eine Wohnung zu finden. Das Ertragen von Hitze war und ist mir nie schwer gefallen. Nur Kälte, die mag ich gar nicht. Aber die körperliche Arbeit, wie Möbel wuchten, Kisten schleppen, und das bei 38 Grad Hitze, machte dann doch keinen Spaß.

Nachmittags gingen die Kinder mit mir zu den nahegelegenen Luxusappartementanlagen mit schönem Pool. Da wir Freunde aus der Anlage kannten, durften wir uns dort gerne abkühlen. Die Atmosphäre am Pool war immer sehr entspannt, es lief ein CD-Player mit heißer Rockmusik. Es wurde gegrillt, Bier getrunken und sehr nett geplaudert. Wir waren als Ausländer gekommen und wurden hier so wie an jeder anderen Stelle der USA als Freunde willkommen geheißen und interessiert und freundlich behandelt.

Meine Tochter Sarah flirtete heftig mit einem muskelbepackten Schönling. Ich sah das nicht so gerne. In Amerika nehmen viele Jugendliche Drogen, meist Kokain. Man konnte nie zuordnen, aus welchem Haus so ein junger Mann kam. Wir fuhren erschöpft nach Hause. Unser Haus war groß und geräumig, die Pecanholzböden glänzten, fast alle Möbel waren schon verkauft oder im Store. Die Klimaanlage blies kalte Luft in die Räume, das war immer ein prickelndes, schönes Gefühl.

Ich schloss die Augen und sog dieses Gefühl intensiv ein. Die Sonne schien tief in mein Wohnzimmerfenster.

Tim, mein Makler, rief mich an, um mir mitzuteilen, dass er für drei Wochen in den Urlaub fahre, zum ersten Mal klang er freundlich und entspannt. Meine Entspannung aber war nun dahin, ich erklärte ihm, dass ich das Haus einem anderen Makler in Auftrag geben würde, denn ich hätte einen enormen Druck, schnell zu verkaufen. Tim reagierte gelassen, er war wohl schon halb im Urlaub.

Ich rief eine junge Maklerin aus einem großen Unternehmen an. Sie kam noch am selben Abend vorbei. Marcy war eine attraktive dynamische Erscheinung mit mexikanischen Wurzeln. Sie hörte sehr genau zu, machte sich Notizen, machte viele Fotos und veröffentlichte das Inserat schon einen Tag später.- Tim hatte seine Veröffentlichungen sofort aus dem System genommen.

Jetzt hatte ich ein viel besseres Gefühl.

Ich ging mit meinen Hunden Gassi, am *Intercoastal* entlang, atmete tief durch und setzte mich auf „meinen Stammstein". Ich versuchte in all dem Chaos etwas Sinnvolles zu sehen, ich suchte ein kleines Licht im dunklen Tunnel.

Mir fiel ein Lied ein, das mir in meiner Ausbildung als

Erzieherin in der Diakonissenschule oft begegnet war. Dieses Lied schrieb der Theologe Dietrich Bonhoeffer, wenige Monate vor seiner Hinrichtung. Das Lied heißt: „Von guten Mächten wunderbar geborgen, erwarten wir getrost, was kommen mag, Gott ist mit uns am Abend und am Morgen und ganz gewiss an jedem neuen Tag."

Dieses unglaublich schwermütige Lied, mit vielen Strophen, hatte mir immer Hoffnung gegeben, besonders diese Strophe: „Und reichst du uns den schweren Kelch, den bittern des Leids, gefüllt bis an den Rand, so nehmen wir ihn dankbar ohne Zittern aus deiner guten und geliebten Hand." Es ist inspirierend, wenn man bedenkt, wieviel Leid und Schmerz andere Menschen durchmachen mussten und den schweren Kelch getragen haben. Jeder Mensch hat sein schweres Gepäck zu stemmen.

Es widerfährt nicht nur uns alleine etwas Tragisches.

Dieses Lied war und ist für mich der innere Halt, nie die Hoffnung und die Liebe zu verlieren und egal was passiert, zu wissen: Gott ist bei uns.

Abends gingen wir zum *Athletic Club*, wir wollten ein wenig trainieren und uns ablenken.

Die Kinder waren seltsam gefasst, ich konnte sogar eine kleine Freude auf ihren Gesichtern erkennen, wenn wir von Deutschland redeten. Sie freuten sich zudem sehr, ihre Großeltern bald wieder zu sehen. Das war natürlich sehr hilfreich für ihre Seele.

Im Club traf ich eine bekannte Familie, sie trainierten dort jeden Tag. Ihr erwachsener Sohn hatte eine seltene Nierenerkrankung und war deshalb kleinwüchsig und kränklich. Die Familie und der Sohn hatten einen festen Glauben und sprachen immer sehr positiv, dem Leben zugewandt.

Der Vater erzählte mir vom letzten Gottesdienst in seiner Kirche. Von den Spuren im Sand, dass Gott den anklagenden Verletzten nicht im Stich ließ, sondern ihn trug, deshalb waren nur seine Spuren im Sand. Es war hilfreich und wunderbar, diese Geschichte zu hören. Es war wie ein Streicheln von Gott, ich wusste jetzt, dass alles richtig war, wir waren nicht alleine, es sollte alles so sein.

Unsere Türen wurden hier in Texas geschlossen, es gab keine Möglichkeit mehr, sie zu öffnen oder sie gar aufzustemmen, sie waren zugemauert.

Joel Osteen, mein Lieblingspfarrer aus Houston, dessen Gottesdienste ich jeden Montag im Fernsehen sah, erklärte es so: Wir verstehen manche Dinge des Lebens einfach nicht, wir begreifen nicht, warum uns bestimmte Dinge nicht gelingen, warum auf einmal alles schiefläuft. „God looks behind the curtain, he sees the whole picture (Gott sieht hinter den Vorhang, er sieht das gesamte Bild unserer Zukunft)."

Ich fühlte mich gestärkt und freier. Vor uns lag ein harter Weg, aber viele neue Türen würden sich uns öffnen.

Kapitel 28

Good bye, Corpus

Die letzten zwei Tage standen uns bevor. Unsere Garage war leer, gefegt und sauber, im Haus lagen nur noch unsere Matratzen auf dem Boden, Tische, Stühle, Couchgarnitur, alles war abgeholt. Ich musste jetzt meine Hunde zu Esmeralda bringen, sie hatte mich schon angerufen und mir mitgeteilt, dass die Hunde schöne Schlafplätze eingerichtet bekommen hatten.
Dieser Schritt war schrecklich. Ich liebte meine Hunde so sehr. Ich lud sie in den Pick-up-Truck, lud noch etliche Säcke Trockenfutter und Nassfutter dazu. Esmeralda wartete schon auf mich, denn es war Samstag. Ich ließ die Hunde auf das große Grundstück, sie schnüffelten interessiert an den anderen Hunden.
Das Grundstück war gepflegt und riesig und bot meinen Hunden genug Platz. Ich hoffte, es würde ihnen hier gut gehen, ich wusste aber auch, dass sie uns alle vermissen würden.
Esmeralda zeigte mir den Innenraum für meine Hunde. Nachts würden sie drinnen schlafen. Die Schlafplätze waren liebevoll mit Decken und Kissen ausgelegt, unsere Hunde durften zusammen liegen. Ich legte die eigenen Decken und für jeden Hund ein Spielzeug dazu. Meine Tränen flossen in Strömen, „Jake, Berry und JC, ich liebe euch." Die Hunde leckten mein Gesicht. Esmeralda geleitete mich nach draußen. Sie umarmte mich, wir weinten beide. „Good bye, Esmeralda." – „Good bye, Betty." Ich steckte ihr noch einen Geldumschlag zu, wenigstens ein bisschen konnte ich sie in ihrem großen Herzen unterstützen.
Auf dem Nachhauseweg weinte ich hemmungslos,

unterwegs musste ich kurz stoppen, um mich wieder zu fassen. Ich musste nun den Pick-up-Truck wie verabredet zu Manfreds Freund Don bringen, der mich im Anschluss freundlicherweise nach Hause fuhr.
Die Kinder hatte ich nicht mitgenommen, ich wollte ihnen diese riesige Aufregung ersparen. Sie feierten ein wenig Abschied mit ihren Freunden.

Ich musste mich nun auf die Reise konzentrieren, ich hatte vorsorglich schon alles gepackt.
Am nächsten Morgen, früh um 5 Uhr 30, würden die neuen Eigentümer unserer Matratzen kommen, dann wäre alles erledigt und sauber.
Das Haus war leer, wirkte riesengroß und schon ein wenig fremd. Es war nicht mehr mein Haus, wir hatten noch keine Bleibe, außer bei meinen Eltern. Diesen Zustand mussten wir schleunigst ändern.
Am nächsten Morgen war ich schon um 4 Uhr 30 auf, ich hatte in der Nacht kein Auge zumachen können. Ich setzte mich auf den Holzboden unserer Terrasse und lauschte dem Gezirpe der Grillen, ein herrliches Geräusch.
Ich sog ein letztes Mal die würzige Morgenluft ein.
Die Kinder waren auch schon früher wach und sehr aufgeregt, ja freudig aufgeregt. Sie freuten sich auf ihre Großeltern, die sie ja lange nicht mehr gesehen hatten.
Dann kam die mexikanische Familie und holte die Matratzen ab. Den Rest Geld konnten sie uns nicht geben, den Grund weiß ich heute nicht mehr. Ich ließ sie mit den Matratzen ziehen, das war's.
Unsere Nachbarin Judy bot uns an, uns von ihrem neuen Freund John zum Flughafen fahren zu lassen. Wir wussten, dass John auf den Ölbohrinseln arbeitete und nur sehr selten nach Hause kam, wenn er dann da war, soff er ganz gerne gewaltig einen über den Durst.
Ich hoffte, dass John so früh aufstehen konnte, um uns pünktlich zum Flughafen zu bringen. Meine Furcht war

vollkommen unbegründet: John klingelte pünktlich um 6 Uhr. Wir schlossen das Haus ab, John wuchtete unsere Koffer in sein schickes, teures Auto und los ging es.

Ich weiß noch, wie ich mich gefühlt hatte, als wir im Mercedesbus zum Flughafen fuhren, am Tag unserer Auswanderung. Ich fühlte Stolz und Freude, hatte kein bisschen Angst. Und jetzt, was fühlte ich bei dem erzwungenen Abschied heute? Ich fühlte gar nichts, fühlte mich taub und ließ mich treiben.

Während der Fahrt sprach John sehr offen und freundlich mit uns, er erzählte von seinem Alltag auf der Bohrinsel. Jeden Tag musste er unter unsagbarer Hitze 12 Stunden lang malochen. Die Arbeit ging körperlich an die Grenzen. Er arbeitete 12 Wochen lang jeden Tag durch und hatte dann drei Wochen frei. Der Verdienst war hoch, krank sein oder schwach werden durfte nicht sein, denn das wurde natürlich nicht bezahlt. Lohnfortzahlung bei Krankheit gibt es in Amerika nur sehr selten. Genauso verhält es sich mit Urlaub. – John war ein sehr lieber Mann, der nie ein *College* von innen gesehen hatte, er wollte aber seine Familie exzellent versorgen und zahlte dafür einen hohen Preis.

Dann waren wir auch schon am Flughafen, John holte noch einen Gepäckwagen und verabschiedete sich. Ich wollte ihm noch schnell 20 Dollar in die Hand drücken, da blitzten seine Augen mich böse an: „We are friends, or not? (Wir sind doch Freunde, oder?)." Ich dankte dem jungen Mann und unsere Rückreise konnte beginnen.

Als wir die Koffer aufgegeben hatten, beschlossen wir drei, erst einmal gemütlich zu frühstücken. Die Kinder bestellten sich großzügig Pfannkuchen, Eier und Muffins, so richtig deftige Dickmacher. Mir war das nur recht, wir brauchten jetzt Nervennahrung.

Der Flug verlief ruhig und friedlich, die Kinder spielten auf ihren alten Gameboys herum, ihre Köpfe waren immer unten, auf das Spiel gerichtet.

Meine Gedanken schwirrten mir im Kopf herum, wir mussten eine Wohnung finden, um schnell wieder Fuß zu fassen, ganz egal, ob sie weiter weg wäre, wir mussten mal wieder Gas geben, ich musste dringend an Arbeit kommen.
Ständig schlief ich ein, der Schlaf war ein willkommenes Vergnügen, bei all den Sorgen, die mich auf einmal überfielen.

Nach zweimaligem Umsteigen in Dallas und London Heathrow kamen wir nach 18 Stunden Reise erschöpft am Flughafen in Frankfurt an. Meine Arme hingen wie Blei an meinem Körper, die Kinder stritten herum und die Koffer kamen eine gefühlte Ewigkeit nicht aufs Kofferband.
Ich hatte keine Kraft mehr, nicht die geringste.
Wir waren die letzten, die ihren Koffer erhielten und kamen entsprechend spät aus dem Gate. Da stand strahlend mein Mann, er war bleich, dachte schon, wir wären nicht im Flugzeug gewesen. Mir fiel auf, dass Manfred bestimmt 15 Kilo zugenommen hatte. Meine Mutter hatte ihn bekocht und im Hause meiner Eltern gibt es immer viel zu essen und viel Bier zu trinken.
Auf einer Bank hinter Manfred saß mein Vater, wie lange hatte ich ihn nicht gesehen? Er sah müde und erschöpft aus. Die lange Autofahrt hatte ihn angestrengt. Er leidet schon lange unter Rücken- und Herzproblemen. Wir begrüßten uns voller Freude.
Als wir aus dem Flughafen herauskamen, stellte ich erschrocken fest, dass es hier fast so heiß wie in Texas war.
Puuhh – und das ohne Klimaanlagen.
Nun fuhren wir in die Pfalz zu meinen Eltern, zu unserem ersten Wohnort.

Kapitel 29

Zurück in Deutschland

Wir hatten nichts mehr, kein Haus, kein Teller, keine Gabel, keine verdammte Wohnung.

In mir brodelte es, warum hatte Manfred noch nichts organisiert? Er sah unbekümmert aus, wie ein Urlauber, grinste wie ein Honigkuchenpferd, sein dicker Bauch hüpfte beim Lachen hin und her. Er wirkte auf mich, als ob er sorgenfreier nicht sein könnte.

Ich hätte ihm gerne eine geschmiert, ihn angeschrien, er solle aufwachen. Er, der sonst so bemüht war, alles zu organisieren und vorzubereiten, wirkte so verändert. Ich versuchte die Fassung zu wahren, irgendetwas mit meinem Mann stimmte hier nicht. Ich konnte es fühlen.

Wir planten, sehr schnell nach Norddeutschland zu reisen, um bestimmte Objekte zu besichtigen. Die Kinder waren bei meinen Eltern in exzellenter Obhut und freuten sich, so verwöhnt zu werden. Manfred hatte einen Volvo gemietet.

Die Fahrt nach Lübeck dauerte sieben Stunden. Manfred hatte im Herzen Lübecks das wunderschöne Hotel Radisson für vier Nächte gebucht. Wir hatten so genug Zeit, alle wichtigen Dinge zu erledigen, wie Wohnungssuche, Jobsuche, Schulen usw. ausfindig zu machen.

Zuerst fuhren wir zu der 4-Zimmer-Wohnung mit Hausmeisterdienst, in einer schlechten Lage Lübecks. Die Wohnung war klein und eng, hatte nur ein Bad und eine schmale, stickige Küche. Das Schlimmste war das Umfeld: Gegenüber standen riesige ungepflegte Hochhäuser, mit Graffiti beschmiert, auf den Balkonen war zum Teil meterhoch Müll gelagert.

Niemals würden wir zustimmen, unsere Kinder hier

wohnen zu lassen, mein Herz wurde bleischwer.
Jetzt gab es nur noch die Doppelhaushälfte weit weg vom Schuss. Mein Mann wollte unter keinen Umständen dort hinziehen. Manchmal muss man aber viele Abstriche machen, wenn kein anderer Weg möglich ist. Ich bat Manfred zu bedenken, dass wir, wenn wir Fuß gefasst hätten, ganz sicher etwas Näheres und Besseres finden würden.
Das sei jetzt unsere einzige Option, hier in Norddeutschland ein neues Leben zu beginnen.

Wir besichtigten das Haus. Es war schon in die Jahre gekommen und sehr verlebt, aber es bot 5 große Räume und 3 Bäder.
Die Vermieterin wollte uns gleich aufnehmen. In dieser Lage lief der Vermietungsmarkt nicht besonders lukrativ.
Manfred wollte noch nicht zustimmen und hielt sich mit einer Zusage bedeckt.
Wir schauten uns Lübeck, Travemünde und andere Gegenden an. Ich kaufte mir eine Zeitung für Stellenangebote und rief einige Kindergärten an. Alle schienen interessiert an mir zu sein, das ließ hoffen, schnell an Arbeit zu kommen. Bewerben wollte ich mich erst, wenn klar wäre, wann wir umziehen und wo wir hinziehen würden. Durch die Telefonate hatte ich einen ersten positiven Eindruck gewonnen, ein für mich überlebenswichtiger Aspekt.

Uns gefielen die Gegend und die Jobperspektive sehr gut. Manfred wirkte nach wie vor ein wenig befremdlich und abwesend.

Was ich nicht wusste, war, dass ihm zu diesem Zeitpunkt klar war, dass wir unsere Häuser verloren hatten. Die Bank machte nicht mehr mit, obwohl Manfred alles noch hätte gut verkaufen können. Aber das ist ein sehr komplexes, schwieriges Thema und findet keinen Platz

214

in diesem Buch. Die Tatsache sollt hier erwähnt werden, um zu erklären, warum Manfred sich so merkwürdig benahm.

Er war auf dem Weg in eine sehr schwere Depression. Er hatte nicht nur seine Zukunft in Amerika verloren, er hatte alles verloren.

Gott sei Dank hatte ich zu dieser Zeit einen riesigen Kraftschub und einen freien Kopf. Mein Mann hatte sein ganzes Leben für uns sehr hart gearbeitet, uns ein phantastisches Leben ermöglicht, mir alle Wünsche erfüllt, seinen Kindern alle Wünsche erfüllt, immer liebevoll Verantwortung getragen.

Wir fuhren etwas bedrückt zurück in die Pfalz. War es richtig, in Norddeutschland neu zu starten, oder sollten wir vielleicht lieber in der Pfalz bleiben, nahe bei meinen Eltern? Ich war zutiefst verwirrt. Ich wusste auf einmal nicht mehr, welche Entscheidung die richtige wäre.

Zurück bei meinen Eltern im Haus, wurde es nach ein paar Tagen auf einmal richtig eng, das führte zu Konflikten. Ich spürte, dass es Zeit war zu gehen.

Wir hatten uns auch in der Gegend in Kaiserslautern umgeschaut, aber tief in meinem Herzen war das nicht meine Heimat, wo ich leben wollte, mein Mann fühlte das Gleiche. Manfred überraschte mich dann mit seiner Entscheidung, das Haus in Norddeutschland in der dörflichen Lage anzumieten. Er tat das nur für mich. Die Gegend dort war etwas einsam, aber die Natur erschien mir wunderschön. Die Fahrten zu Schule und Arbeit waren nicht unerheblich, aber wir hatten keine andere Perspektive.

Wir zogen eine Woche später um. Wir kauften in Windeseile spartanische Möbel und Betten. Renovieren wollten wir nicht, da die Zeit in diesem Haus kurz sein würde. Ich putzte das Mietobjekt wie eine Irre, damit wir uns in dem einst verspackten Haus wohlfühlen konnten. Jetzt wollten wir uns den wichtigen Dingen widmen.

Sarah musste trotz ihrer herausragenden schulischen Leistungen in Amerika hier in Deutschland noch einmal ihren Realschulabschluss machen, da sie ihre *High school* noch nicht abgeschlossen hatte. Das bedeutete, dass sie die 10. Klasse in der Realschule wiederholen musste. Laurenz musste noch einmal richtig von vorne in der 6. Klasse derselben Realschule beginnen.
Aber wir hatten Glück mit allen Lehrern. Ich besprach mich intensiv mit ihnen, was wir zu Hause noch zusätzlich arbeiten könnten, um wieder schnell in die deutsche Sprache hineinzukommen. Für Sarah war das einfach. Bei Laurenz war es ein schweres Brot. Wir mussten die deutsche Rechtschreibung üben, bis uns allen die Luft ausging.

Kapitel 30

Unser Alltag und ein neues Arbeitsleben beginnen

Zwischenzeitlich bewarb ich mich bei einem Kindergarten in der Nähe als Erzieherin. Dort war aber nur eine
Ganztagsstelle frei, ich sagte trotzdem sofort zu. Ich
wusste, dass es sehr schwierig für mich sein würde,
nach 20 Jahren wieder zurück in meinen eigentlichen
Beruf zu gehen. Sicherlich hatten sich viele Dinge,
rechtliche Verordnungen, neue Gesetze, neue
Pädagogikmethoden usw. geändert. Ich konnte aber
davor keine Angst haben, ich musste einfach in Arbeit
kommen, wenn wir ein normales Leben führen wollten.
Manfred konnte kaum aus seinem Bett aufstehen. Er
war immerzu müde.

Am 1.9.2009 fing mein erster Arbeitstag an. In einem
evangelischen Kindergarten erhielt ich sehr schnell
einen für ein Jahr befristeten Vertrag. Der Kindergarten
war sehr groß und modern. Das Team war bunt
gemischt, von ganz jungen Zwanzigjährigen bis Frauen
um die fünfzig. Sie empfingen mich freundlich, aber
reserviert.
Ich sollte Springer für alle fünf Gruppen sein, d. h., wenn
eine Erzieherin krank würde oder Elternsprechtage statt-
fänden, sollte ich in der betroffenen Gruppe aushelfen.
Es sollte vermieden werden, dass Gruppenleiterinnen
alleine in der Gruppe arbeiteten. Der Alltag stellte sich
aber so dar, dass ich oft alleine in den Gruppen arbeiten
musste, denn die Kollegen hatten auf einmal viel Zeit für
viele Besprechungen. Für mich ein sehr anstrengender
Alltag.
Nach einer Mittagspause von etwa zehn Minuten sollte

ich den Hort eröffnen, diese Gruppe sollte ich ebenfalls alleine leiten. Anfangs wollte die Leiterin mich einführen, aber sie verließ mich nach zehn Minuten, um in ihr bequemes Büro zu gehen.

Die Hortgruppe war eine laute und lebendige Gruppe. Sie waren anfangs mir gegenüber sehr misstrauisch, testeten mich, indem sie mich zum Teil veräppelten: „Was, du heißt Frau Feige, weil du so feige bist?"

Als der erste Tag zu Ende ging, ich nach 9 Stunden nach Hause kam, dachte ich, ich könne nur noch schlafen. Ich war komplett erschöpft. Ich lag mit hängenden Armen auf der Couch. Meine Kinder und mein Mann redeten auf mich ein, ich konnte nichts mehr aufnehmen.

Nach ein paar Tagen hatte ich mich eingewöhnt. Einige Mitarbeiter waren mir gegenüber ziemlich misstrauisch. Sie wussten von meinem Aufenthalt in Amerika, fanden das unheimlich.

Meine Arbeit im Hort erfüllte mich mit großer Freude. Ich konnte den Kindern bei den Hausaufgaben gut helfen und ich versuchte mit abwechslungsreichen Freizeit-angeboten einen schönen Ausgleich zu organisieren. Einigen Kindern mit Migrationshintergrund konnte ich durch gezielte Übungen vor Klassenarbeiten helfen, bessere Zensuren zu erhalten. Ich fand es schrecklich und sehr traurig, dass die Kinder, die die Recht-schreibung nicht beherrschten, nur immer eine 6 bekamen.

Niemand konnte mit ihnen lernen, oft sprachen die Eltern selber sehr schlechtes Deutsch. Die Kinder standen unter massivem Druck. Zu Hause wollten die Eltern die schlechten Noten nicht sehen und schimpften, in der Klasse wurden die Kinder dann manchmal noch wegen ihrer schlechten Zensuren ausgelacht oder gemoppt.

Es war ein Teufelskreis, bei dem sicherlich eine Menge

Frust und Aggression aufgebaut wird.

Einfache sich wiederholende Diktat- und Leseübungen führten dazu, dass der kleine Mustafa aus der dritten Klasse auf einmal eine 3 schrieb statt der sich immer wiederholenden 6.

Meine Springertätigkeit war sehr anstrengend, ich musste mir in aller Eile möglichst alle Namen merken, um mit den Kindern adäquat arbeiten zu können. Die Kolleginnen waren sehr dankbar, dass ich da war, denn nun konnten sie viele vorbereitende Dinge erledigen. Ich aber war nach wie vor meistens mit ca. 18 Kindern alleine in der Gruppe. Manchmal hatte ich mittags vor Anstrengung schon einen hochroten Kopf.

Mein Mann versorgte mich liebevoll mit schönen, gekochten Speisen, wenn ich um 17 Uhr 30 nach Hause kam. Einmal stand ein riesiger Käsekuchen auf dem Küchentisch, als ich freitags etwas früher nach Hause kam. Ich dachte, mein Mann hätte den Kuchen gekauft. Er erklärte mir strahlend, dass er das Rezept im Internet gefunden und es nachgebacken hatte.
Der Kuchen schmeckte mir so gut wie kein Kuchen je zuvor, er war einfach eine Augenweide und köstlich im Geschmack, ich freute mich vor allem über die aufkommende Kreativität meines Mannes.

Im Oktober wurde es schon sehr zugig und kalt in Norddeutschland. Manfred kaufte mir eine gefütterte wunderschöne Winterjacke und brachte sie in den Kindergarten. Darüber freute ich mich sehr.
Ich fühlte mich schon seit einigen Tagen schwach, hatte Halsschmerzen und spürte eine beginnende Heiserkeit. All die Jahre in Texas hatte ich nie eine Infektion, ich glaube, durch die Hitze werden alle bösen Keime wieder ausgeschwitzt.

219

Jetzt ging es mir stündlich schlechter. An einem Wochenende lag ich nur im Bett, um schnellstens wieder fit zu sein. Aber mein Körper brach zusammen, ich bekam 40 Grad Fieber, Schüttelfrost, starke Schluckbeschwerden und eine endlose Müdigkeit nahm Besitz von mir.

Ich schleppte mich zum Arzt. Der schrieb mich die ganze Woche krank. Schwere Bronchitis hieß die Diagnose. Leider wurden zur gleichen Zeit vier weitere Mitarbeiter krank, die Leiterin war ein wenig angesäuert, als sich auch noch ihr „Springer" krank meldete.

Ich blieb erschöpft im Bett liegen, hatte wenig Interesse, Fernsehen zu schauen, wollte nur schlafen. Das Schrecklichste war, dass es mir nach dieser Woche noch kein bisschen besser ging. Die Antibiotika wirkten scheinbar nicht. Ich wurde noch eine Woche krankgeschrieben, genau wie die anderen Kollegen.

Ich hatte das Gefühl, nun für immer sehr krank zu sein, es wollte mir einfach nicht besser gehen. Ich dachte darüber nach, welchen schrecklichen Stress ich bei dieser Arbeit hatte, dass ich tagein, tagaus kaum Zeit mehr für mich hatte. Ich fühlte mich außerdem ausgenutzt. Alle hatten ein perfektes Dasein durch mich, leider auf meine Kosten. Eigentlich hätte ich offener mit meinen Gefühlen umgehen müssen, das Team darauf aufmerksam machen müssen, wie es um mich steht.

Ich hatte aber dafür keine Kraft mehr, schon wieder zu kämpfen.

Ich überlegte mir, die Stelle sofort zu kündigen, da ich mich nicht besonders wohl in dem Team fühlte. Ich setzte einen Brief auf und kündigte schriftlich. Ich schrieb, dass ich mich mit der Ganztagsstelle wohl übernommen hatte. Ich entschuldigte mich für diese plötzliche Kündigung, die wegen der Probezeit möglich war.

Die Kindergartenleiterin fiel aus allen Wolken, sie hätte

mich gerne übernommen.

Ich wollte einfach nicht mehr in diesem Kindergarten arbeiten. Für die Kinder tat es mir unendlich leid, ich hatte sie sehr ins Herz geschlossen, aber ich musste auf meine Gesundheit achten, denn meine Familie hing von mir ab.

Nach weiteren drei Wochen war ich endlich wieder fit.

Ich entschloss mich dazu, mich wieder als Immobilien-maklerin selbstständig zu machen und halbtags im Kindergarten zu arbeiten. Außerdem meldete ich unsere Familie in einem Sportclub an. Manfred, der noch immer erschöpft auf der Couch lag, fand die Idee ganz gut, aber er gähnte und legte sich erst mal hin.

Ich meldete mein Gewerbe an. Einen Gewerbeschein hatten wir ja schon lange. Ich bat Manfred, für mich ein paar Immobilien einzukaufen, die ich dann zum Verkauf anbieten wollte. So lief das früher immer. Manfred war ein Spezialist im Einkauf neuer Immobilien. Er konnte Verkäufer von Häusern immer sehr gut davon überzeugen, dass er der beste und erfolgreichste Makler aller Zeiten sei. Sich selber so anzupreisen, hatte ich nie gelernt und es wurde mir auch nicht in den Schoß gelegt. Im Gegenteil, es fiel mir extrem schwer, mich selbstsicher zu verkaufen.
Aber Pfeifendeckel, Manfred wollte bzw. konnte mir nicht helfen. Er war in einer Depression, konnte nicht mehr funktionieren.

Ich quälte mich mit dem Gedanken, den Einkauf von Immobilien zu schaffen, ich musste die Immobilien-akquise lernen.
Ich forstete die Zeitung durch und fand ein älteres Haus in der Lübecker Innenstadt für einen relativ günstigen

Preis. Mein Ziel war es, schnell zu verkaufen.

Ich rief die angegebene Nummer an. Ein sehr freundlicher Herr meldete sich. Wir unterhielten uns ein wenig, dann machte ich mit ihm einen Termin. Es war ein erhabenes Gefühl, diesen Termin zu haben.

Das Haus war schon 500 Jahre alt und stand unter Denkmalschutz. Das äußere Erscheinungsbild des Hauses war erbärmlich, es war ungepflegt und unsachgemäß renoviert.

Der Eigentümer erinnerte mich an einen Indianer. Er war sehr höflich und zuvorkommend. Er bat mich in sein Haus. Das Haus hatte drei Stockwerke und enge verbaute Zimmer. Es roch nach Katzenp... und Küchenabfällen.

Im ersten Stock saß eine stolze ältere Dame, sie hatte ein grünes Kostüm an und begrüßte mich sehr nett. Sie saß mit einem weiteren Mann auf einer antiken roten Couch. Sie entpuppte sich als die Mutter der beiden Männer. Ihre Haare waren gepflegt und gekonnt zu einer Hochfrisur gestaltet.

Die Leute erinnerten mich ein wenig an den Film „Tanz der Vampire". Sie waren schick und adrett, aber das Haus war schmuddelig und staubig.

Die Mutter, die hier das Sagen hatte, erklärte mir, dass sie in ein Altenheim ziehen wolle, da sie nicht mehr laufen könne. Da sah ich auch den Rollator hinter dem Sofa.

Sie wolle schnell verkaufen und vertraue mir, kein anderer Makler sei an der Immobilie beteiligt. Ich stimmte zu und machte viele Fotos.

Die Räumlichkeiten waren alle in einem sanierungsbedürftigen Zustand. Zum Teil hatten die Fenster hier noch Einfachverglasung. Aber ich hatte ein Haus in Auftrag, das war für mich ein absolutes Hochgefühl.

Ich überlegte mir einen spannenden Text, Manfred setzte die Fotos ein, dann veröffentlichte ich das Haus bei einem Online-Anbieter. Wow, das war ein erhabenes Gefühl, ich hatte ein Haus eingekauft und bot es nun an. Schon einen Tag später bekam ich Anfragen. Mir glühte vor meinem ersten Besichtigungstermin der Kopf. Mein Herz raste, jetzt konnte mein Leben als Maklerin in Lübeck losgehen.

Ein paar Tage später hatte ich ein Bewerbungsgespräch in einem Lübecker Kindergarten. Als ich den Kindergarten betrat, fiel mir gleich auf, wie sauber dort alles war. Einige Erzieherinnen liefen mir über den Weg, grüßten mich freundlich und machten einen herzlichen Eindruck auf mich.
Dann kam ich ins Büro der Leiterin, einer jungen Frau mit großen blauen, lieben Augen und einer flotten Frisur. Sie wirkte sehr offen und quirlig, verlor keine Zeit und führte mich im ganzen Kindergarten herum. Dann landeten wir in der Katzengruppe, dort waren zwei Erzieherinnen, die mich sehr freundlich begrüßten. Eine fand ich besonders nett, sie hatte eine mütterliche, warme Ausstrahlung, sie wirkte auf mich beruhigend, denn ich war ganz schön aufgeregt.

Ich sollte einen Tag zur Probe arbeiten, die Idee gefiel mir gut, denn dann könnte ich schon in etwa abschätzen, ob es mir dort gefällt, und auch die Kollegen wüssten, ob es ihnen mit mir gefällt. Wir machten einen Termin aus, an dem ich in der Katzengruppe arbeiten sollte. Ich hoffte, dass die nette Erzieherin namens Anja dann auch da wäre.

Der Probetag verlief sehr harmonisch. Anja sollte meine Kollegin in dieser Gruppe sein, ein absoluter Glücksfall für mich.
Nach dem Probetag sprach Steffi, die Leiterin, mit mir, ich hoffte, sie würde mir gleich zusagen. Aber das tat sie nicht. Freundlich verabschiedete sie sich von mir und

versprach, mir bald Bescheid zu geben, sie würde mich anrufen.

„Mist", dachte ich, „das wird vielleicht doch nichts."

Zwei Tage später klingelte das Telefon, ich ging ran und eine mir unbekannte Stimme fragte: „Spreche ich hier mit Betty Feige, der Betty Feige, die am 1. März bei uns im Kindergarten anfängt?" Ich hatte einen dicken Kloß im Hals. „Juchu, yiiieppiiee!", rief ich zurück. Steffi gratulierte mir zu der Stelle und wir vereinbarten meinen Arbeitsbeginn.

Epilog

Es sind seit unserer Rückkehr nach Deutschland fünf Jahre vergangen. So lange hat es gebraucht, bis ich in der psychischen Verfassung war, meine Erinnerungen niederzuschreiben.

Unser schönes Haus in Amerika konnten wir erst zwei Jahre nach unserem Auszug verkaufen. Wir taten es während eines zweiwöchigen Herbsturlaubes, der aber nur von der Pflege des Hauses und Verkaufsterminen geprägt war. Im Garten des Hauses hatte sich ein tiefes Loch gebildet. Sand und Erde waren eingesunken. Wir mussten das Loch wieder mit Erde und Steinen stopfen. In einigen Räumen strichen wir die Wände mit freundlicher Farbe an. Glücklicherweise fand sich durch unsere Mühe und dank der Hilfe unserer Maklerin ein Kunde, der für seinen Sohn und dessen Familie ein Haus suchte. Er drückte den Preis leider ziemlich nach unten, es reichte gerade so, um den Kredit zu löschen. Wir konnten und wollten auch nicht länger auf einen besser zahlenden Kunden hoffen. Wir mussten hier abschließen.

Das traurigste Bild bot der Pick-up-Truck. Er war durch die Sonneneinstrahlung und das ständige Stehen stark geschädigt. Die Plastikverkleidung über dem Bereich des Lenkrads war komplett gerissen und bröckelte schon ab. Wir haben das Auto fast verschenkt. Manfred hatte Tränen in den Augen, als ein Army-Veteran das Auto als „Arbeitsauto" für eine Baustelle abholte. Manfred war immer so stolz auf seinen Truck gewesen. Unsere Handwerksmaschinen konnten wir bei einem *garage sale* (Garagenverkauf) nur unter Preis veräußern. Das war das traurige Ende unseres Lebens in Amerika. Fast fühlte ich mich wie auf einer Beerdigung.

Unser Leben in Deutschland hat sich dagegen wunderbar entwickelt. Die Türen, die uns in Texas verschlossen worden waren, waren in Deutschland alle wieder geöffnet – und sogar noch mehr. Ich hätte damals, am Tag unserer Rückkehr, niemals gedacht, dass wir je wieder so glücklich und zufrieden sein könnten.

Meine Kinder schauen in eine vielversprechende Zukunft. Sarah hat nach ihrem exzellenten Schulabschluss eine medizinische Ausbildung absolviert. Durch viele Fortbildungen und zusätzliche Abschlüsse hat sie heute eine gesicherte und interessante Stelle in einem renommierten Geriatrie-Zentrum. Vor ein paar Monaten ist sie ausgezogen, in eine wunderschöne 3-Zimmer-Wohnung. Jetzt reist sie erst einmal für zwei Wochen nach Texas, zu ihrer guten Freundin Sarah.
Laurenz hat ebenfalls seinen Realschulabschluss mit Bravour gemeistert. Eine wirkliche Glanzleistung, denn er musste hart an der deutschen Rechtschreibung arbeiten. Heute macht er die Ausbildung zum Hotelfachmann, sein Traum ist es, in Selbstständigkeit einen Cateringservice zu eröffnen. Er hat die Gabe, phantastisch zu kochen und äußerst kreativ zu dekorieren, außerdem hat er ständig neue Ideen, Snacks zu entwerfen.

Manfred konnte seine Depression nach einem Jahr überwinden. Er ist jedoch noch immer tief verletzt von der Ablehnung und möchte nicht viel über Amerika nachdenken. Er lebt sein Leben im Hier und Jetzt.

Ich arbeite seit fünf Jahren im Kindergarten. Mit meiner Kollegin Anja leite ich die Katzengruppe. Das gesamte Team hat mir geholfen, das Leben wieder so anzunehmen, wie es ist, mit all seinen schönen Seiten und mit all seinen Schicksalsschlägen.

Ich gründete schon ein halbes Jahr nach unserer Rückkehr meine Immobilienfirma, die ich alleine führe. Es war ein hartes Brot, ich musste mal wieder über mich hinauswachsen, mich vielen neuen Herausforderungen stellen.

So arbeite ich jetzt in zwei Berufen und fühle mich glücklich und erfüllt.

Nachwort

Viele Bekannte und Freunde fragen mich, welches Leben denn das schönere gewesen sei.
Jetzt im Nachhinein eine Antwort zu geben, fällt mir sehr schwer.
Damals, bei der Ablehnung, hätte ich sofort gesagt, dass Amerika viel schöner sei und eine wesentlich höhere Lebensqualität biete. Meine Familie und ich fühlten uns sehr wohl in dem warmen Klima und der freundlichen Umgebung.
Tief in mir brodelte aber auch eine Angst, wohnte ein Ungeheuer, das nicht geweckt werden durfte. Ein Schreckensgedanke war für uns, dass jemand aus unserer Familie z. B. an Krebs erkranken könnte und die Krankenhausrechnungen irgendwann unser Budget sprengen würden und wir dann keine adäquate Behandlung mehr beanspruchen könnten. Oder es könnte uns ein Unglück bei unserem Hausbau geschehen, wenn z. B. ein Handwerker schwer stürzt, sich lebensgefährlich verletzen würde, wie sähe da die Gesetzeslage aus? Wir kannten unsere Rechte nicht genau. All das schlummerte tief in uns, machte uns Angst.
In Amerika glich unser Leben dem eines Tieres im Dschungel. Alles war schön, der Spirit war hoch, aber wir mussten immer hellwach und auf der Hut sein, um nicht gefressen zu werden. Man war immer angespannt.
Diese Ängste versuchten wir zu unterdrücken, deckten sie zu. Die Arbeit lenkte uns immer ab. Unser Leben war vielseitig, reich, bunt und voller Eindrücke und Herausforderungen. Ich glaube, in Amerika waren wir nicht einen Tag gelangweilt. Die Langeweile war uns abhandengekommen.
Unsere Zukunft in den USA schien brillant, wir konnten erfolgreicher nicht sein. Unser Weg führte steil nach

oben und doch schlossen sich alle Türen. Ein sehr verstörendes Erlebnis, das tief in unsere Herzen drang. Welchen Sinn hatte es? God looks behind the curtains (Gott schaut hinter den Vorhang). Was unser himmlischer Vater vorsah, weiß ich nicht, aber uns geht es jetzt in Deutschland sehr gut, es hatte alles seinen Sinn, davon bin ich fest überzeugt.

Man kann eigentlich die beiden Länder nicht miteinander vergleichen, zu verschieden sind das Leben und die Menschen. Die Menschen in Deutschland sind nicht wirklich härter, es hat nur den Anschein, weil wir Deutschen uns nicht ständig verkaufen müssen. In Amerika ist Businessdenken angesagt. Da lacht man, ist freundlich, um es im Leben etwas einfacher zu haben. Denn insgesamt ist das Leben in den USA meines Erachtens sehr viel härter, weil man für sein Leben mehr Eigenverantwortung aufbringen muss. Da kann man nicht muffelig durch die Gegend laufen, sondern man gibt sich Mühe, einen hohen Standard zu halten oder noch höher zu steigen.
Wir fühlen uns als Deutsche in unserem Land relativ sicher. Wir haben nicht diese massiven Existenzängste der Amerikaner. Die können von heute auf morgen ihren Job verlieren. Arbeitslosengeld oder soziale Unterstützung gibt es selten und wenn, dann nur sehr wenig. Dieser Kampf treibt, glaube ich, die Menschen an wie ein Dieselmotor.

Heute haben wir einen gesunden Abstand, um zurückzublicken. Ich halte Deutschland nicht für das schlechtere Land. Ich genieße meine gesicherte Arbeit, freue mich über wirklich nette Kollegen, habe meine inneren Ängste hier verloren. Wir freuen uns, dass unsere Kinder diesen wunderbaren Weg gehen konnten und in ihrem Leben sehr glücklich sind. Und trotzdem kann ich zugeben, dass ich persönlich alles noch einmal so entscheiden würde, wie wir es damals getan haben.

Wir sind durch unsere Erfahrungen gewachsen, sind heute stärker und liberaler als je zuvor.

Unsere Kinder sprechen fließend Englisch und konnten beruflich schon mehrfach damit punkten. Sie lernten eine völlig andere Kultur kennen und sind in ihrer Weltanschauung offen ausgerichtet.

Und manchmal, in stillen Momenten, schließe ich meine Augen, sitze auf meinem Stein, blicke auf das Wasser, atme die heiße, stickige Luft, rieche den *Red Tide*, die Möwen kreisen schreiend ihre Runden, die Hunde schwimmen nach ihren Stöckchen, die Kinder lachen laut. Und ein oder zwei Tränen rinnen meine Wangen hinunter.

Danksagungen

Ich danke meiner Familie für die schöne und schwere Zeit, die wir zusammen trugen.

Ich danke meinen Kindern, dass sie unempfindlich alles mitgemacht haben, was wir Eltern uns erträumt hatten. Sarah und Laurenz, Ihr seid mein Herz, ich liebe Euch über alles. Ich könnte stolzer auf Euch nicht sein.

Ich danke meinem Mann, dass er für mich noch nach Texas gegangen ist, einen Staat, den ich so liebte.

Ich danke meinem Mann, dass er immer das Versprechen gehalten hat: In guten wie in schlechten Zeiten.

Ich danke Dir für Deine unerschütterliche Liebe.

Herstellung und Verlag:
BoD- Books on Demand, Norderstedt
ISBN: 978-3-7481-3285-1

Lightning Source UK Ltd.
Milton Keynes UK
UKHW021127291121
394779UK00003B/165

9 783748 132851